Eu e você

DE A A Z

Eu e você
DE A a Z

JAMES HANNAH

TRADUÇÃO ALYDA SAUER

ROCCO

Título original
THE A TO Z OF YOU AND ME

Primeira publicação na Grã-Bretanha em 2015 pela
Doubleday, um selo da Transworld Publishers.

Copyright © James Hannah, 2015

James Hannah assegurou seu direito de ser identificado
como autor desta obra sob o Copyright, Designs and Patents Act 1988.

Este livro é uma obra de ficção e, exceto no caso de fato histórico, qualquer
semelhança com pessoas reais vivas ou não é mera coincidência.

Direitos para a língua portuguesa reservados
com exclusividade para o Brasil à
EDITORA ROCCO LTDA.
Av. Presidente Wilson, 231 — 8º andar
20030-021 — Rio de Janeiro, RJ
Tel.: (21) 3525-2000 — Fax: (21) 3525-2001
rocco@rocco.com.br
www.rocco.com.br

Printed in Brazil/Impresso no Brasil

Preparação de originais
ANA ISSA

CIP-Brasil. Catalogação na fonte.
Sindicato Nacional dos Editores de Livros, RJ.

H219e

Hannah, James
 Eu e você de A a Z / James Hannah; tradução Alyda Sauer.
- 1. ed. - Rio de Janeiro: Rocco, 2017.

 Tradução de: The a to z of you and me
 ISBN: 978-85-325-3056-1 (brochura)
 ISBN: 978-85-812-2681-1 (e-book)

 1. Ficção inglesa. I. Sauer, Alyda. II. Título.

16-38834

CDD-823
CDU-821.111-3

O texto deste livro obedece às normas do
Acordo Ortográfico da Língua Portuguesa.

Para Sheila
&
Para você

Sei exatamente o que você diria para mim agora.

Você diria que tenho de tentar.

De tentar, tentar.

Mas eu quero desistir. Só quero ficar aqui, deitado nesta cama, neste quarto, sem nada para ver além da parede, da janela, e da magnólia lá fora.

Um pequeno tordo voa rapidamente de um lado para outro entre os galhos. Isso basta para mim. Ela vai embora. Mas vai voltar.

E agora... pensamentos conhecidos começam a se avolumar. Nunca me deixam em paz. O que eu tenho para contê-los? Você? Se pudesse ficar aqui pensando em você, faria isso.

Não, não. Não posso fazer isso.

Sheila entende. Sabe que há um problema. Mas que respostas ela tem para mim? As mesmas ideias antigas. Exercícios mentais idiotas como o jogo de A a Z.

Talvez os pacientes mais velhos se satisfaçam de se manterem ocupados com jogos de salão. Mas eu não quero isso. Tenho 40 anos. Minha mente está ativa demais. Preciso abrandá-la.

Quero aliviar o turbilhão mental. Acabar com a espuma. Quero que tudo isso pare.

Você precisa tentar. Você tem de seguir em frente.

Você não deixa escapar nada que eu faça.

Você é melhor do que isso.

Adam's apple ['ædpəmz dæppəl] sm. Pop. Pomo de adão

Pomo de adão significa o reverendo Cecil Alexander.

Pomo de adão significa eu sair da igreja, descer os degraus, seguir minha mãe arrastando os pés. Saímos da capela todo domingo e nos revezamos na fila do "obrigado, até logo, nos vemos no próximo domingo" para o reverendo Alexander. Sou pequeno. Calça curta, pernas curtas. O imenso pomo de adão dele realmente me assusta. É o maior que já vi. Pula e rola para todos os lados, como um cotovelo ossudo querendo se libertar da garganta. Fico enjoado só de olhar. E penso, como é que esse homem não engasga? E se levasse um soco bem ali?

Sei que é uma coisa que não se deve fazer, apontar. Mas você me conhece.

— O que é isso na sua garganta?

É o tipo de pergunta que um ministro deve ter de enfrentar de improviso.

Se existe um Deus, por que Ele permite que crianças sofram?

Vestiu a camisa de trás para frente, hein?

E os dinossauros então, cara? Explique isso. Está vendo, não consegue explicar, não é?

Frank disse que você disse que ele podia cuidar das flores semana que vem, mas você me disse na semana passada que eu podia cuidar delas. Você disse isso ao Frank?

— O que é isso na sua garganta?

Devem ter perguntado isso para ele muitas vezes. Apesar da minha mãe engolir em seco e dar risada, além de passar a mão de censora no meu rosto, ele responde rápido.

— Ah, isso é um pedaço de maçã.

Franzo a testa com força.

— Por que não engole?

Ele é muito bom nas respostas rápidas. Faz parte dos requisitos da função.

— Não posso. Você se lembra da história do Paraíso? Bem, isso foi posto aqui para lembrarmos do momento em que Adão foi pego comendo a maçã que Eva deu para ele. Ficou entalado na garganta, entendeu?

— Meu pai tem um desses.

— Bem, sim, é claro. Todos os homens têm.

— Eu não tenho.

— Ah, não. Não, não. Ainda não.

Ele sorri ao dizer isso, com a expressão de um enxadrista simpático que dá um xeque-mate no adversário.

Gosto muito dos pomos de adão por isso. Fiquei completamente satisfeito com essa explicação. E não me fez gostar menos de maçãs. Mas levei anos para entender todas as repercussões que estavam ecoando na cabeça dele quando disse aquelas palavras.

— Ah, não. Não, não. Ainda não.

Você vai cair, era o que ele dizia.

Você vai cair.

◆

— Bom dia, Ivo!

É Jef. Jef, o chef.

— Tem alguma ideia do que gostaria para o café da manhã hoje?

Jef com um "f" só. Desde os tempos da escola, ele devia ter essa profissão em mente. Só que acabaram chamando-no de gerente de bufê.

— Quer que eu faça uns ovos? Ovos mexidos? Umas torradas? Obrigam Jef a usar calça xadrez preto e branco e tudo. Isso é higiene e segurança? É para o caso de a calça cair na sopa, para ele poder pescá-la com a concha mais facilmente?

— Você não comeu nada do seu mingau de aveia ontem, então imagino que não vai querer mingau de aveia hoje, não é?

Ele está meio escondido atrás da prancheta, parado respeitosamente à porta do meu quarto. Meio dentro, meio fora. Devia usar um bloco de pedidos com capa de couro preto, como um verdadeiro garçom.

Nunca senti tão pouca fome. Não é que esteja satisfeito, apenas...

— Oi, Jef. Sou a Sheila.

— Tudo certo, Sheila, ainda está por aqui?

— Estou. Ainda tenho mais uma hora e meia. Você acabou de chegar?

— Cheguei há uns vinte minutos. Pensei que ia resolver esses cafés da manhã antes dos trabalhadores chegarem. Você sabe o que eles estão fazendo?

— Não é nada importante, é?

— Eu não sei.

— Pensei que fossem só verificar as luzes de segurança lá fora. Só podem alcançá-las aqui por dentro, alguma coisa assim. Ainda estão acesas?

Jef põe a cabeça para fora da janela.

— Não — diz ele. — Estão apagadas.

— Meu Deus, mas não é sempre assim? As coisas se consertam sozinhas antes dos homens chegarem para arrumar?

— Lei de Murphy.

Sheila olha para mim.

— Como é que você consegue dormir com uma enorme luz de segurança acesa a noite inteira?

Dou de ombros por dentro, mas não sei se o movimento chega aos braços.

— Acho que são os porcos-espinhos pelo gramado — diz Jef. — Esses sensores são ultrassensíveis.

— Segurança contra ataques de porco-espinho. E isso custou três mil libras do dinheiro de alguém, não é?

— Três mil, é? — Jef assobia e batuca na prancheta com a caneta.

— Bem, acho que é melhor você continuar seu trabalho de qualquer jeito, não é?

— É o que estou tentando fazer, mas não conseguimos decidir nada ainda.

Ele vira-se para mim.

— Ovos mexidos? Torrada? Vou fazer um mingau de aveia para você, se quiser. Qualquer coisa que você quiser. É só falar.

Eu não quero nada. Balanço a cabeça.

— Não?

— Olha só — propõe Sheila. — Que tal se a gente trouxer uma coisa simples e aí você vê como se sente quando chegar? Gostaria que você comesse alguma coisa essa manhã, mesmo que fossem só duas mordidas. Que tal alguma coisa macia e fácil, como ovos mexidos?

Não consigo responder. Eu não quero nada.

— Está bem? Ovos mexidos? — Jef olha para mim, com um sorriso.

— Que tal? — diz Sheila. — Ou pochê? Ou fritos?

— Eu não faço ovos fritos — diz Jef.

— Ah, não, é claro! Bem, mexidos então? Ou pochê?

Não consigo responder.

— Gostaria que você comesse alguma coisa. Vai lhe dar força e talvez as coisas não pareçam mais tão tristes, não é?

Então.

Eles estão esperando.

— Pochê.

— Pochê?

Faço que sim com a cabeça.

— Muito bem, pochê.

Jef toma nota. Ataca a prancheta batendo um ponto final exagerado com a caneta e suspira.

— Você tinha de escolher o mais difícil de acertar, não é?

Ele não perde o bom humor, desaparece da porta e o som de seus passos o acompanha pelo corredor até ser cortado pelo vento da grande porta dupla se fechando.

Poderia muito bem ter dito, "não foi tão difícil assim, foi?". E eu teria ficado com raiva.

Sheila continuou ali, olhando pensativa para o espaço vazio que Jef tinha acabado de deixar. Pisca os olhos quando volta à realidade, estica a roupa de cama, olha para mim e sorri com os olhos ao fazer isso.

Eu gosto da Sheila. Todos gostam. Ela tem um jeito inteligente e cintilante. Mas gosto mais da dureza dela. É um pouco brusca, não é fofinha. Malvada, eu diria, quando quer ser. E parece que seus dias têm vinte e seis horas. Nunca se apressa nas conversas comigo, com Jef, com Jackie, a enfermeira substituta. E já vi isso: as pessoas se animam quando a veem.

Ela verifica se minha água de beber está fresca, faz contato total e firme com tudo — a palma da mão contra as nervuras da moringa de água, bate, com a outra mão, na tampa branca de plástico, e os anéis pesados de ouro tamborilam a resposta dizendo que a tampa está bem presa.

Há algo mais decidido nela quando segue seu ritual de verificação do equipamento esta manhã. Percebo isso. Parece que ela quer ficar ali. Será que está me avaliando? Ela acha que há algum problema.

Não aceito isso. Concentro meu olhar na parede do outro lado. Eu podia espiar pela janela. Podia olhar para a magnólia. O tordo voltou. Mas vou olhar para a parede. A parede que já viu tudo. Olho fixo para ela. E a parede olha fixo para mim.

Ela está ganhando...

Ela sempre ganha.

Sheila passou para as toalhas e usa toda a frente do corpo para dobrar uma limpa, que alisa enfaticamente com as duas mãos antes de dobrá-la na metade e, depois, em um quarto. Dá uma última acariciada e um tapinha como garantia quando a arruma no espaço sob a mesa de cabeceira.

Fico pensando em que época inauguraram esse asilo. Deve ter sido nos anos 1990, pela precisão dos cantos de 45 graus, tijolos que não se assemelham a pedras, que são mais como mingau de aveia solidificado, todas as fileiras exatamente da mesma cor, como se fossem alinhados por um computador e não por um pedreiro. E vigas metálicas verdes com curvas suaves e aparência de plástico.

Então essa parede vê pessoas em seus leitos de morte há um quarto de século. Um quarto de século de histeria e lágrimas e dor e sofrimento.

Eu não devia estar aqui.

Eu não quero estar aqui.

Estou aqui há quase uma semana e... nada. Nem melhoro, nem pioro. Será que eles estão decepcionados? Tanto esforço para conseguir vir para cá.

Como foi mesmo? O dr. Sood disse que iam definir meus sintomas e depois, talvez, me mandassem para casa um breve tempo, se as coisas melhorassem. Mas ele podia dizer isso em qualquer momento, não é? Mesmo que eu estivesse preso num caixão, rolando na esteira a caminho do incinerador, o dr. Sood ainda poderia dizer: "Deixaremos você sair, se começar a apresentar sinais de melhora."

Não estou tão doente para isso. Não sinto que devo ser cuidado por aquelas pessoas, gastar o tempo que elas deviam usar para atender aos pacientes que realmente estão morrendo... Consumindo todas aquelas doações das velhotas tagarelas e dos destroçados e enlutados.

— Está confortável, à vontade aqui? — pergunta Sheila, finalmente parando de mexer nas coisas.

Meneio a cabeça automaticamente.

— Bom, avise se precisar de qualquer coisa, está bem? Ou avise à Jackie quando ela vier.

— Humm.

— Você está bem?

— Humm.

Ela me avalia com olhos negros tão intensos e penetrantes quanto eram os da minha mãe, mas com muito mais rugas de riso iluminando os cantos.

— Quer que eu ligue a televisão?

— Não, obrigado.

— Tem certeza? Não fica entediado?

Forço um sorriso.

— Vou olhar para a parede.

— Ah, é? Ela encara você?

Faço que sim com a cabeça.

— Ela viu muitos de nós.

— Ah. Ouso dizer que ela deve ter uma história ou duas para contar.

— Humm.

— Mas tem muita coisa errada que as pessoas podem imaginar sobre essas paredes. Elas testemunharam muito amor e prazer, viu? — ela abre um sorriso bondoso. — Como vai seu andar de cima? — ela bate com os dedos na têmpora. — Mantendo a sanidade? Ainda me preocupo um pouco com você, sabe? Não quero que endoideça comigo, está bem?

— Não vou endoidecer.

— Como vai o seu jogo?

— Que jogo?

Claro que sei a qual jogo ela se refere. Só quero fingir que não sei do que está falando.

— Lembra que contei para você daquele jogo outro dia? O de A a Z? Ele mantém as células funcionando um pouco. Então o que você pode fazer é tentar pensar numa parte do seu corpo, certo? Uma parte do seu corpo para cada letra do alfabeto...

Faço que sim com a cabeça — sim, sim —, quero que ela saiba que eu me lembro agora.

— ... E aí você...

Sim, sim.

— ... conta uma breve história sobre cada parte.

— Eu fiz uma. Na verdade, comecei uma. Hoje.

— Ah, é? Olha... Bem, é uma tentativa, não é? Até onde você chegou?

— A.

Ela ri.

— Ora, não se apressar é bom.

— Pomo de adão.

— Ah, que ótimo! Já vi algumas pessoas dizerem pomo de adão quando digo para jogarem.

— As mulheres têm pomo de adão?

— Têm! Sim, acho que sim.

— Pensei que não tivessem.

— É a laringe, não é? Não temos tão pronunciado porque o nosso é menor do que o dos homens. Por isso temos voz mais aguda.

— É?

— É — ela levanta o queixo pensativa e desenha um círculo na garganta com o indicador. — Laringe. De qualquer modo, você não é mulher, por isso, não seja tão fresco.

— O vigário disse, quando eu era criança, que era um pedaço da maçã na garganta do Adão. O Adão de Adão e Eva.

— Quer saber? Eu nunca pensei nisso dessa maneira, mas faz sentido, não é? Muito engraçado. Bem, então quer dizer que você já tem uma história, não é? Às vezes penso que devíamos juntar as histórias de todos sobre os pomos de adão. Podíamos pregá-las na parede da sala de estar.

— O que se faz quando chega no X? Ou no Q?

— Bem, é aí que você tem de fazer sua cabeça funcionar, não é? Tem de ser um pouco criativo.

O que eu poria no X?

Ah, achei. É minha irmã Laura, não é? Zoando de mim só para ficar bem diante da nova melhor amiga Becca.

Então ele não sabe o que é xoxota? Ah, que...

A língua de Becca aparecendo entre os dentes alvos, sibilando de rir, inclinada para Laura e encostando em mim.

Mas nós não nascemos com toda a informação que devemos ter, assim, por um passe de mágica.

A risada sibilante de Becca ecoa através dos anos.

Sou a rainha xoxota!

Nada disso. Chega. Para com isso.

Olho para Sheila.

— Podia acabar com um alfabeto de todos os nomes chulos — eu digo.

— Bom, é preciso ter regras. Você tem de usar o nome certo para a parte do corpo, ou o mais próximo disso. Nada de gíria. Nada de palavrões.

— Sim, mas laringe jamais inspiraria a história do pomo de adão, não é?

Não, é verdade — ela diz pensativa. — Ah, afinal as regras existem para serem quebradas, não é? E é só uma brincadeira.

Anus [ˈeɪ.nəs] sm. Anat. Ânus

"Ânus", eu escrevo.

Estico sobre a carteira da escola a fotocópia e enfio os dedos na caneta tinteiro. Um jato de tinta se espalha nas articulações da mão, entra nas rugas e linhas minúsculas da pele, da cutícula. Limpo na calça.

Calça preta, tinta preta, tudo bem.

Há duas silhuetas de corpos humanos desenhadas na folha de exercícios, com linhas retas apontando para as diversas partes.

— Vou mandar parar daqui a dez minutos — diz o sr. Miller, empoleirando seu corpo magro sobre o banco da bancada do laboratório e fazendo o gancho da calça fedida se enrugar na forma dos bigodes de um gato.

— E usem os nomes corretos, por favor.

Faço a minha própria linha conectando a palavra "ânus" à área relevante da silhueta masculina. Não sei por que fiz isso. Não há como desfazer. Foi feito a tinta. Mas uma sensação concreta e meio assustadora de liberdade começa a crescer na minha barriga. Talvez agora seja a hora de dizer: — Sr. Miller, o senhor, eu e a biologia não combinamos nada. Vamos acabar com isso, certo?

Kelvin e o garoto novo olharam para o que eu tinha escrito e Kelvin dá uma risada muda, mas gostosa. O garoto novo não ri. Seu rosto sorri sem que a boca sorria — talvez seja a testa — e ele observa com um distanciamento calculado.

Ball [bɔ:ɔ] sm. Pop. "Saco" — "peludo", acrescento. Depois risco o A e o B iniciais e aí, rapidamente, escrevo C, D e E, tudo no mesmo final de linha. *Cock* [kɒk] sm. Chul. "Caralho", *Dong* [dɒŋ] sm. Anat. "Pênis". *Erection* [ɪˈrek.ʃən] sf. Fisiol. "Ereção". Nós dois nos contorcemos e rimos sem fazer ruído.

Fanny [ˈfæn.i] sf. Chul. "Boceta", escreve Kelvin, levantando uma sobrancelha para a mulher. *Gonad* [ˈgəʊ.næd] sf. Anat. "Gônada".

Horn [hɔ:ɔ] sm. Chul. "Tesão".

Incest [ˈɪn.sest] sm. Lat. "Incesto".

Franzo a testa para ele.

— Incesto não é parte do corpo — cochicho para ele.

— Não é, mas quando acontece cria um ser humano defeituoso. É genético.

Ele liga uma linha entre o meio do corpo do homem e o meio do corpo da mulher, para não haver dúvidas.

— Eles são irmão e irmã.

Olho para o garoto novo e o garoto novo ergue uma sobrancelha para mim. Não estamos convencidos. Mesmo assim: *Jug* [dʒʌg] sm. Chul. "Peitão".

Knob [nɒb] sm. Chul. "Cacete".

— Não começa com "k"?

— Não.

Lip [lɪp] sm. Anat. "Lábio".

Mammary gland [ˈmæm.ər.i glænd] sf. Anat. "Mama". *Nipple* [ˈnɪpl] sm. Med. "Bico do seio".

Orifice [awr-uh-fis] sm. Lat. "Orifício".

Engolimos tanto o riso que chego a tremer. A criancice que só podemos ter numa tarde quente de aula de ciências.

Prick [prik] sm. Chul. "Pau".

Queer [kweer] sm ou f. Gír. "Bicha". Uma linha em volta do punho.

Rim [rim] sm. Pej. "Olho do cu".

Slit [slit] sf. Chul. "Xana".

Tit. [tit] sf. Anat. "Teta".

Urethra [yoo-ree-thruh] sf. Anat. "Uretra".

Vagina [vuh-jahy-nuh] sf. Anat. "Vagina".

Wang [wang] sf. Chul. "Vara".

Kelvin morde a caneta e medita, olhando para o diagrama lotado, sobre o que botar com "X".

Enquanto isso acrescento: *Yum-yums* [yuhm-yuhms] sm. Chul. "Melões", *Zeppelin* [zep-uh-lin] sm. Chul. "Mamão", e risco linhas até as mamas com um grande floreio.

De repente, com uma segurança despreocupada, o garoto novo pega a caneta dele, tira a tampa e escreve *X chromossome* [eks kroh-muh-sohm] sm. Genét. "X, o cromossomo". Ele desenha uma linha para a barriga. Eu olho para ele e ele olha para mim. Eu não entendo. Mas ele sorri e eu sorrio de volta. Olho para Kelvin. Kelvin também não entende.

— Vou aceitar isso, obrigado.

A folha de papel é arrancada de debaixo da minha caneta e o sr. Miller se debruça sobre a carteira do garoto novo.

— Malachy, estou vendo que foi um erro botar você junto com esses dois. Quero ver os três logo mais.

◆

— Ainda não sei como Jef faz esses ovos pochê tão bem — diz Sheila. — Tento fazer em casa e eles ficam todos mutilados.

— Ovos mutilados — digo com um meio sorriso.

Não estou fazendo piada. Apenas registrando o que o meu cérebro manda para mim. Mas é bem engraçado, eu acho.

— Ha! Ovos mutilados. Essa podia ser minha receita exclusiva, não podia?

Ah, eu não sei, não consigo comer. Sou feito de pedra por dentro. Sinceramente, não quero ser difícil.

Sheila senta-se na beira da cadeira de visita e enfia as mãos entre as pernas.

— Acho que seria boa ideia você comer pelo menos um pouquinho. Não vai querer se sentir pior por não se alimentar. Eu sei que a última coisa que você quer é comer, sei bem. Mas, acredite em mim, ando para cima e para baixo nesses corredores há oito anos e vou dizer uma coisa, sempre ajuda. Comer sempre ajuda. Prepara você para enfrentar o dia.

Eu devia. Sei que devia.

— Quer que eu o convença a fazer ovos fritos para você? Sinceramente, não será problema nenhum. E se ele disser que não, faço eu mesma.

Bendita Sheila, ela realmente tenta me fazer rir.

Ou o que passa por risada nesses dias. Fungar e tossir.

— Ou então eu podia vir aqui e fazer aviãozinho com você, se preferir — diz ela, soltando as mãos e arrumando, distraída, o pequeno relógio de pulso pendurado de cabeça para baixo sobre o seio.

Sinto que vou sendo persuadido, como um barco na maré alta, o casco subindo com a arrebentação, batendo na areia molhada e parando, batendo e parando.

É de você que eu preciso agora.

Se imaginar direito, posso... posso sentir você, seu entusiasmo, dizendo para mim, *sim, você pode fazer isso.*

Eu posso fazer isso.

Claro que pode.

É claro que eu posso. Se ao menos... se ao menos lembrasse de você direito... consigo perceber seu rosto... que costumava se mover quando você decidia alguma coisa.

Isso vai dar certo.

Está aqui. Adoro isso. Adoro essa planta baixa de você, aqui dentro de mim.

Isso vai dar certo.

Sinto como se você estivesse aqui. Consigo ouvir o tom tranquilizante da sua voz. Posso realmente ouvir os sons. Ou a lembrança dos sons. Continuam no meu cérebro. Posso ser persuadido.

O que é isso, quando se pode ouvir a voz de alguém sem realmente ouvi-la pelos ouvidos? Não estou só ouvindo você, estou materializando você aqui. Trazendo você para cá. Você incendeia minha massa cinzenta. Você me acende. A ignição que me traz à vida.

Se comer agora, vai agradecer a você mesmo mais tarde.

Ergo minha mão pesada e estendo para o garfo.
Eu sei, eu sei, preciso tentar comer.
Mastigo, mastigo. Mastigo, mastigo e penso em você.

Ankle [ˈæŋkl] sm. Anat. Tornozelo

Será que conta nesse jogo de A a Z se o tornozelo for de outra pessoa, não meu?

Não consigo chegar nem aos pés da melhor história de tornozelo de todos os tempos, que pertence completamente à Laura. Ela entrou para a história da nossa família com seu tornozelo. Nem acredito no quanto aquilo tudo foi tão perfeito e também não posso acreditar no quanto eu fui inapropriado.

Quantos anos eu tinha? Uns 12? Então ela devia ter 17. Acho que eu disse para ela — disse? —, sim, eu disse para ela que seu namorado na época — como era o nome dele? —, eu disse que o namorado dela na época tinha me contado que ele achava que ela tinha bunda gorda.

Ele nunca disse isso. Ele nunca disse qualquer coisa parecida. Por que cargas d'água eu inventei de dizer uma coisa tão cruel? Não senti a crueldade na hora. Era apenas uma brincadeira.

O namorado dela deve ter dado uma explicação convincente sobre não ter falado isso, porque ela me procurou furiosa mais tarde, naquele dia, cuspindo veneno e me chamando de merdinha.

Mamãe ficou do meu lado, de novo. Ela disse para Laura que eu nunca faria uma coisa dessas de propósito e que devia ter sido algum mal-entendido. E continuou — pobre Laura...

— Eu não ficaria surpresa se qualquer pessoa dissesse que você tem traseiro grande, rebolando com esses shortinhos minúsculos por aí.

É claro que Laura correu para o andar de cima aos prantos. E a ironia, a bela ironia de tudo é que Laura deve ter se jogado na cama com tamanho peso de tristeza que acabou dobrando o tornozelo entre a armação da cama e a própria bunda, fraturando-o.

Não passa um ano sem que eu pense na terrível humilhação que ela deve ter sentido ao descer, sentada, a escada estreita da pequena cobertura para dizer para nós, gemendo, que precisava ir para o pronto-socorro.

Não é de admirar que tivesse descambado para o que descambou.

◆

— Deixe-me pegar isso.

Sheila pega meu prato abandonado. Consegui engolir algumas garfadas.

— Então, você comeu bem, não é? Como está se sentindo agora? Conseguiu deitar alguma vez?

Balanço a cabeça.

— Faz você tossir, não é? Ficou sentado a noite toda também?

Meneio a cabeça.

Balançar a cabeça significa não. Menear significa sim. Por que será que é assim? Vou guardar isso para o "C" de "cabeça", no meu jogo de A a Z.

— Isso é um problema, não é? Você tenta repousar um pouco porque está com frio e cansado e aí seus pulmões se enchem porque está deitado. Não parece justo, não é?

Ela fica ali parada com o peso do corpo num lado do quadril, como se nunca tivesse visto alguém com aquele problema antes.

— Eu estou bem.

Sheila arruma o garfo e a faca no meio do prato e olha para mim um tempo.

— Mesmo assim, me chame se quiser um cobertor ou qualquer outra coisa. Ou uma boa xícara de alguma coisa quente. Apesar de estarmos sem canecas de novo — ela abaixa a voz. — Eu não sei por que as pessoas não conseguem ler o aviso e levar as canecas de volta para a cafeteira. Está escrito lá. Não é pedir muito, é?

Ela pega o prato e põe num carrinho no corredor.

— Eu não me importo de lavar os restos se eles pelo menos deixarem as canecas lá, mas não tenho tempo para fazer uma ronda recolhendo tudo a cada vinte minutos. Já preencheu seu cartão do almoço?

— Não. Será que ele pode fazer uma canja de galinha para mim? Minha mãe sempre fazia canja de galinha quando eu estava doente.

Ela sorri. Um sorriso doce.

Ela compreende e sai para perguntar a ele.

Ficar numa boa. Autossuficiente. Eu posso fazer isso.

O quê?

Espiar pela janela. Olhar para a parede. Olhar para o lençol. Olhar para os meus braços.

Meu Deus, olhe para eles de novo, contra o lençol. Como as patas dianteiras inúteis de um cavalo. O que eles são? Uma parte que liga o peito à mão. Entre o pescoço e a mão. Entre o coração e a mão. Bem, e daí? São braços, não são?

Olhe para eles. A autoestrada do corpo. Eles são história. Um mapa histórico desesperado, roteiro de coágulos e crateras de tentativas efêmeras de me trazer de volta à vida. Evoluíram para os braços de outra pessoa. Braços de um velho, não braços de alguém com 40 anos. Roxo e amarelo, escuro e machucado. Todas as veias inutilizadas. Todos os pontos de entrada bloqueados. Uma massa inútil de cicatrizes de fístulas, não há como entrar. Minhas entranhas estão seladas pelo lado de fora para sempre.

Estão dormentes de frio, os meus braços. Braços gelados são o preço a pagar. Não consigo mantê-los sob as cobertas. A sensação é de que já estão mortos.

Arm [ahrm] sm. Anat. Braço

Dou um peteleco de leve na seringa com as pontas trêmulas dos dedos, a bolha se desprende do êmbolo e se esgueira contrariada para a agulha.

— Vamos lá, cara, as pequenas não têm importância.

— Mas essa não é uma bolha pequena, é?

A bolha se instala em volta da agulha e eu dou outro peteleco. Com mais força.

— Cuidado, cara, vai perder o líquido da ponta.

— Não vou injetar bolhas.

— É só uma bolha pequena.

— Olha aqui, cara, vai se foder. Sou eu que decido.

Mal chega para trás, surpreso. Nunca falo com ele assim.

Eu não gosto disso.

Parece errado. Não sou eu.

Só consigo pensar em você. E se isso der errado? E se... e se me transformar para sempre? E se você descobrir? Vou perdê-la.

Não, não. Tudo isso é bobagem. Estou exatamente igual ao que era antes da minha primeira viagem. Tive medo de não ter volta. Mas existe uma volta. De qualquer maneira, essa é a primeira e a última vez.

Experimente qualquer coisa uma vez. Uma vez só.

◆

A cabeça de Sheila cobre a tela da televisão por um segundo, quando passa na frente. Ela está empenhada na sua Cerimônia de Encerramento.

— Estou de saída, Ivo — diz ela. — Preciso ir para casa ver o que aquele traste inútil do meu marido andou aprontando à noite.

— Você devia... devia trazê-lo para cá. Pedir para ele vir para cá.

— O quê? Vir para cá para eu ter que cuidar de todo mundo ao mesmo tempo? Mas não é uma má ideia. Pouparia o tempo de ir e vir todo dia, não é? E então, como você está? Parece mais animado do que quando cheguei. Quero vê-lo assim mais tarde, por favor. Precisa de alguma coisa antes de eu ir?

Não quero que ela vá. Não vá, Sheila.
— Não.
— Está confortável?
Faço que sim com a cabeça.
— Como estão os braços e os ombros?
Ela põe a mão morena no meu braço, sem que eu peça. Não me importo. Tudo que todos fazem comigo agora é sem que eu peça, e raramente é tão carinhoso.
— Estão frios? Quer que eu pegue um cobertor?
Meneio a cabeça.
— Estão frios. Estão doendo.
— É sempre um problema — ela diz, abre o armário ao lado da cama para pegar o cobertor. — Porque a maioria das pessoas tem todas aquelas garrafas de soro, válvulas e tubos e precisam ficar com os braços expostos por causa disso. É sempre a mesma coisa. Onde estão os cobertores extras? Sinceramente, as pessoas devem entrar aqui e...
Ela levanta e olha em volta.
Já sei o que vai acontecer.
— Ah, aqui — diz ela e pega o cobertor de crochê na minha mala.
Não, não. Não pergunte.
— Ponha isso nos ombros, vai ficar bem quentinho, não é?
Não, não faça isso.
Ela joga o cobertor sobre os meus ombros e o seu perfume se desprende, perfeitamente preservado, e inunda os meus sentidos.
Não quero que ela veja. Não quero que ela veja, mas ela está examinando o meu rosto e percebe agora que há algo errado. Minha garganta está apertada. Quente, apertada, apertada, seca. Isso é o que acontece normalmente quando o choro vem. É a garganta seca. É não poder respirar.
Mas dessa vez, pela primeira vez, lágrimas de gratidão começam a arder.

— Ah, que lindo... — ela diz baixinho.

Ela não cria um caso. Deve estar acostumada com fluidos inexplicáveis que escorrem dos pacientes.

Que estranho, lágrimas. Água escorre de mim por você.

Sheila senta na beira da cama, segura a minha mão e faz um carinho nela.

— Tem alguma coisa que eu possa fazer, meu querido? — diz ela com a voz mais suave e gentil.

Minha garganta dói, está quente.

— Desculpe, desculpe. Idiotice.
— De jeito nenhum.
— Esse cobertor — digo. — Muitas lembranças.
— É mesmo?
— Minha namorada fez para mim.
— Ah. Não sabia que você tinha namorada.
— Ex.
— Ah, entendo.

É claro que ela não entende.

— Huff — eu fungo. — Ela fez esse cobertor especialmente para mim.

— Não... ela fez tudo isso? É lindo.
— Estive pensando muito nela ultimamente. Falando com ela. Na minha cabeça.

— Ela era especial, não era? É uma pena, não é? Às vezes é.

De qualquer modo, é melhor você ir   digo.

— Não, não. Não tenho pressa.
— Não, eu estou bem. E maridos não sabem se cuidar sozinhos, não é?

— Não, nisso você tem razão. Bem, se tem certeza de que está bem. Mas terei prazer de ficar...

— Não, não. Obrigado.

Ela levanta da beira da cama e põe a minha mão no lençol.

— Volto à noite, está bem? Aperte o botão se quiser chamar a Jackie. Não seja tímido.

Ela dá um sorriso triste e sai. Estou enrolado em crochê até o pescoço, com você até o pescoço.

Daria tudo que já tive na vida e tudo que terei só para abraçá-la e ser abraçado por você.

Nossos corpos simplesmente encaixam, o seu e o meu.

É nisso que vou pensar agora. Isso vai me fazer dormir. Os seus braços, bem apertados em volta de mim.

Back [bæk] sf. Anat. Costas

Estou deitado de barriga para baixo, com o rosto para o lado no seu travesseiro. Meus sentidos estão todos abertos, escancarados. Nunca tinha sentido qualquer coisa parecida quando sóbrio. Minha audição está absolutamente clara e os cheiros que respiro só florescem e florescem no meu cérebro. O cheiro limpo e fresco do seu cabelo no travesseiro, o cheiro da resina da madeira da cabeceira da sua cama.

Essa foi a primeira vez que me entreguei a você e a sensação dos lençóis na minha pele é poderosa.

Agora estou delineando seus lábios na minha cabeça enquanto eles deslizam na base do meu pescoço, pelos ombros, descendo e descendo pelas minhas costas. As pontas dos seus dedos também sobem e descem, para um lado e para o outro, delicados, delicados, nas linhas das minhas costelas, o seu cabelo cai de lado agora, passa suavemente de um lado para outro na minha pele, deixa um certo arrepio em seu rastro.

Você desce até a minha última costela, de repente eu me encolho e me reteso, quase empurro você para longe.

— Não — digo —, isso faz cócegas demais.

Você deita ao meu lado e murmura no meu ouvido:

— Era isso que eu estava querendo.

E se abaixa de novo e beija aquele ponto de novo, bem ali. E aí minhas costas não aguentam mais, eu grito e me viro, e vejo você ali, rindo maliciosamente.

— Eu adoro essa parte — você diz —, é tortura.

◆

Acordado agora.
Estou acordado.
O quê?
Posso ver, pela janela, a extensão cinza esverdeada do gramado além da magnólia. Acabaram de acender aquela luz? Ou esteve sempre acesa e eu só percebi agora?
Estou confuso.
O que me fez acordar, então? Estou certo de ter ouvido...
Uuuuuh
Ah não, não.
É a vizinha de quarto outra vez. A mulher gemedora e seus gemidos. A frequência sonora permite que eu ouça dentro da parede. A parede é fina; a divisória, oca.
Uuuuuh
Ponho a mão na testa e por um momento é só isso que existe de mim. Uma mão na testa, esfregando, espremendo e arranhando, e agora aperto os globos oculares com o punho. Esfrego, esfrego, esfrego para tirar esse barulho da minha cabeça.
Uuuh
Mas não vai embora, é claro. Não há como fazer parar. É inacreditável que ela sempre comece exatamente quando estou tentando dormir, assim que — assim que eu caio num sono tranquilo é...
Uuh
Estragou tudo. E vai piorar. Sempre piora. Se fosse o tipo de gemido que mantivesse o mesmo volume, eu poderia tirar da cabeça,

mas muda. Fica cada vez mais alto. Faz com que a gente preste atenção. É como um purgatório.

A luz lá de fora apaga de novo.

Uuh

Blood [blʌd] sm. Anat. Sangue

Pense em sangue. O que posso dizer sobre sangue? Uma história completa, do começo ao fim.

Uuuuuh

No princípio eu era algumas células de sangue — e seja qual for a composição dos bebês antes de se tornarem humanos. A massa abortável. Como é que os embriões e fetos conseguem desenvolver veias intrincadas e capilares e aurículos e ventrículos e todas aquelas coisas? É realmente espantoso.

Uuuuuh

Então, nascimento, muito sangue, mas nem tanto o meu. Tudo compartilhado entre mim e minha mãe. Tudo que havia fora de mim era dela, tudo que havia dentro era meu. E o que vamos fazer com isso aqui? Corte fora, jogue fora, clique, clique, lixo hospitalar. Não falaremos disso outra vez.

Às vezes fritam e comem, não é? Canibais.

Uuuuuh

Infância sem nada de extraordinário, meu sangue via a luz do dia através de joelhos arranhados e pancadas na cabeça, testando a coagulação — não era hemofilia —, e depois praticamente só cutículas arrancadas, antes do grande acontecimento — foi o quê, em 1982? —, quando minha irmã amarrou meu punho à traseira da bicicleta dela com sua corda de pular e me puxou pela rua em meu carrinho de mão. Lembro perfeitamente de que imaginei o vento fazendo meu cabelo esvoaçar enquanto Laura pedalava e ruas e casas passavam a cem quilômetros por hora. Aquilo era ótimo. Depois de três metros excitantes, fui arrancado do meu assento de plástico e percorri os cinco metros seguintes de cara no chão, antes de Laura parar e virar para ver por que estava fazendo tanta força para pedalar.

E aí ela deixou a bicicleta cair e fugiu correndo.

Esse foi, provavelmente, o primeiro drama do meu sangue, escorrendo pelo meu rosto ao subir trôpego, aos berros, os degraus à procura da minha mãe; os pegadores de madeira da corda de pular batendo e quicando em cada degrau. Mamãe estava sentada na beira da cama, se maquiando.

Ela contou que eu entrei no quarto cambaleando como uma vítima de assassinato.

Tive de tomar uma injeção.

O dr. Rhys usava óculos para leitura, era bondoso e tinha pirulitos numa lata sobre a mesa dele.

— Você, meu jovem, tem sangue tipo AB positivo, diz aqui.

O tipo sanguíneo chamou minha atenção porque eu estava aprendendo o abecedário. E AB parecia bom. ABC podia ser melhor, mas, tudo bem. Talvez pusesse isso na minha lápide: AB positivo. Junto com a altura e o tamanho do sapato. Para as futuras gerações saberem.

Depois da destruição completa do meu carrinho de mão, a história tinha de circular nas fofocas da família. No domingo seguinte eu estava na casa do meu avô e da minha avó para exibir as cicatrizes. Passávamos lá toda semana após a igreja, mesmo depois que papai já tinha morrido. Eles queriam nos ver.

— Pare de cutucar.

Mamãe adorava contar a história do carrinho para minha avó, enfeitando cuidadosamente cada detalhe para fazer Laura parecer muito mais malvada do que realmente era. Eu me sentia culpado e constrangido, por isso parei de escutar. Olhava para a televisão. A televisão não estava ligada, mas olhava para ela mesmo assim. Laura, sentada ao meu lado, soltava fumaça pelas ventas.

— Ele sangrava como um porco no espeto. Parecia vítima de um assassino. Mas só teve um ou dois cortes, não acreditei naquele sangue todo... De qualquer forma, o dr. Rhys disse que ele tem sangue AB positivo, não foi, querido? Bem raro, ele disse.

Vovô chegou perto de mim e sussurrou em tom de motim:
— Que tipo de sangue tinha Cristo?

Eu não sabia do que ele estava falando, por isso ele pegou a garrafa de vinho e derramou em mim.

— Dez por cento de teor alcoólico? — Ele fungou em vez de rir. — Um bom *Beaujolais*! — Fungada. — Isso me faria voltar para a igreja numa manhã de domingo! — Fungada.

Eu tinha 14 anos quando comecei a temperar meu sangue. 1989. É, vinte e seis anos atrás. Mais de um quarto de século.

Esse é provavelmente o assunto do próximo capítulo, depois que Laura fugiu para as montanhas e eu perdi o puxador de meu carrinho de mão. Tão pouco tempo, de 1982 até 1989. Tempo nenhum, não é?

Fiquei um pouco chocado com isso.

Vodca cor de laranja nas garrafinhas da escola. Kelvin e eu. Saqueávamos o armário de bebidas do pai de Kelvin e enchíamos a garrafa do filme *Transformers* do Kelvin de vodca e suco de laranja natural. Mais por sorte do que juízo, já que vodca não tem cheiro, nós nos safávamos dessa. Eu era mais cauteloso do que Kelvin, mas ficava em transe na aula de geografia e Kelvin era expulso da aula de matemática por fazer muito barulho. Não tinha ideia se o professor percebia. Provavelmente sim. Dizem que eles sempre percebem.

Só que acabamos sendo pegos. A mãe do Kelvin deu uma baita bronca nele por tomar todo aquele suco de laranja. Era artigo de luxo nos anos 1980.

Isto é, o sangue é extraordinário. A qualidade do nosso sangue faz a qualidade da nossa vida.

Eu temperava meu sangue com algumas ervas seletas e especiarias. Nada de errado nisso. Todo mundo faz, de um jeito ou de outro. Beber o líquido abençoado, ou líquidos fermentados, ou respirar vapores, ou fumar... ou seja o que for.

E o sangue carrega isso pelo seu corpo, condimenta seu cérebro.

E seu coração.

E seus pulmões.

E seu fígado.

E seus rins.

— Então, você tem sangue tipo AB positivo, diz aqui.

Faço que sim com a cabeça. O dr. Rhys ainda usa seus óculos de leitura depois de todos esses anos, como um figurão da rua Harley. Foram quantos, onze, doze anos? Na verdade quase treze, desde o carrinho de mão. Ele ainda tem uma lata de pirulitos na mesa. Vou pegar um hoje? Eu ainda chupo pirulitos. Nós os levamos para as boates, aqueles grandes com formato de bonecos e chupamos como crianças. Doces e *ecstasy*, de volta à inocência, de volta à infância. Puro prazer.

— Eu devia atualizar seu histórico aqui. Você... humm, você é fumante?

Faço que sim com a cabeça.

— Mais ou menos quantos por dia? Dez?

— Vin... — pigarreio. — Vinte.

Às vezes é difícil falar baixo. Tenho de limpar a garganta.

— Álcool?

Faço que sim com a cabeça.

— Doses por semana?

Não sei bem o que são doses. Conheço meio litro.

— Aff... — olho para o teto. — Talvez umas vinte canecas de meio litro? — Vinte parece justo.

Dr. Rhys anota e esfrega o nariz.

— Drogas recreacionais...?

Faz um leve movimento involuntário balançando a cabeça e depois olha para mim esperando a resposta.

Aqui estamos: estamos aqui; temos de dizer a verdade. Não me importo de dizer a verdade para ele.

— Humm... maconha.

— *Marijuana?*

Meneio a cabeça.

— Bala também.

— *Ecstasy?*

Faço que sim com a cabeça. Estou bem impressionado. Ele conhece.

O médico escreve algumas anotações. A cadeira antiga range quando ele ajeita os pés com sapatos pesados entre as pernas de madeira da mesa. Fico grato pelo seu silêncio profissional.

Então, conto para ele que sinto sede o tempo todo, que vou ao banheiro o tempo todo e que tem a perda de peso. Olho para ele atentamente. Ele sabe o que eu estou pensando. Ele tem as anotações. Deve estar pensando a mesma coisa. Ele deve estar pensando no que matou meu pai. Deve estar pensando, humm, histórico familiar de mortes prematura por câncer pelo lado dos homens... quais são as chances... humm...

— Estou preocupado que possa ser câncer — digo. — Acho que é por isso... bem, que demorei um pouco para procurá-lo.

— Mas você não pensa em parar de fumar? — diz ele, sem parar de olhar para o pedaço de papel.

Ele deve sentir o silêncio à frente porque me espia por cima das lentes dos óculos e faz uma pausa significativa.

— Os seus sintomas podem indicar várias coisas — diz ele, olhando de novo para as folhas de papel. — É melhor não ficar especulando. O que quero que faça é dar uma curta caminhada até a unidade de exame de sangue e seguimos a partir daí.

* * *

Minha cabeça lateja quando a enfermeira do sangue suga o líquido para fora. Eu devia dizer para ela. Mas preciso ser forte. Devia dizer para ela que não estou me sentindo bem. O teto está caindo em cima de mim e aquele lugar é quente demais. Vai passar, sem dúvida. Não comi nada no café da manhã, estou me sentindo fraco e nauseado, o hospital é muito quente e esperei séculos para me chamarem.

E aqueles frascos, enchendo-se de preto. É muito preto. Menos vermelho ainda, naqueles pequenos frascos, mais preto como tinta. E tem um cheiro forte. O cheiro é de... é de quê? O cheiro é de estruturas de obra. Andaimes de ferro sem pintura. Será que o ferro de um andaime é o mesmo ferro do nosso sangue? Eu podia perguntar, mas não quero... estupidez.

O chão desaparece debaixo de mim.

— Jean, temos mais um.
— São sempre os homens, não é?

Os resultados estão lá, diante dele. Bem ali, no papel. Mas tudo que ele faz é ficar sentado na sua cadeira, tentando fazer com que o ponteiro do mouse abra o site certo na tela do computador. Ele sabe muito bem que a minha mente está indo para longe, a mil por hora...

Câncer, câncer, câncer, câncer

... e o chão está despencando do meu estômago.

Ele está me castigando. Está me fazendo pagar por não ter me cuidado e por consumir drogas e por parasitar todos os recursos do serviço nacional de saúde, porque ele gosta que o seu trabalho seja certinho e fácil.

Câncer, câncer, câncer, câncer

— Bem — diz ele, soltando o ar pelas narinas que assobiam —, seus exames indicam uma taxa muito alta de glicose no sangue...

E você está com câncer

— ... que indica que seu pâncreas, um órgão bastante importante situado aqui — ele circula o ar em volta da minha barriga —, logo, é... logo abaixo da sua cavidade estomacal, não está funcionando direito...

E você tem câncer

— Então, quando o seu pâncreas produz insulina, essa insulina é bombeada para a sua corrente sanguínea para ajudá-lo a absorver os açúcares, entende?

Quanto tempo eu tenho? Ele está enchendo linguiça e a única coisa que eu quero é a resposta. Devia ter pedido para minha mãe vir comigo. Eu quero a minha mãe. Não estou brincando.

— Agora isso é uma mudança importante.

Ele vai falar. Ele para e olha nos meus olhos e diz bem devagar, e essa é uma mudança importante.

Faço que sim com a cabeça, compreensivo. O que, afinal, é uma mudança importante?

— As pessoas pensam que é muita coisa para se acostumar. Mas grande parte é questão de autodisciplina. Em pouco tempo será uma coisa em que você nem pensa a respeito. Uma picadinha... e você segue a vida como qualquer pessoa.

— Então eu preciso injetar em mim mesmo?

— Sim, sim, mas esses kits modernos tornam tudo muito simples e fácil, e muitas pessoas dizem que conseguem fazer isso sem que ninguém note. Ou então, se estiver numa situação complicada, você sabe, pode ir para algum banheiro ou coisa parecida e resolver tudo lá.

— Então vou ter de dar injeção em mim mesmo? — Tenho uma imagem de careta e dificuldade para apertar direito o torniquete com os dentes e enfiar uma hipodérmica na minha veia latejante.

— E também não há motivo para você não ter uma vida longa, feliz e realizada como a de qualquer outra pessoa. Há dezenas de milhares de pessoas vivendo com diabetes tipo um no Reino Unido e todas vivem bem. Centenas de milhares.

E essa foi a primeira vez que ele disse diabetes. Tenho certeza absoluta disso.

Então não é câncer.

Eu não tenho câncer.

— Eu estava me borrando de medo! — digo, e o alívio me domina no Queen's Head quando revelo o veredicto para Mal e Kelvin. — A única coisa que conseguia pensar era câncer. Câncer ou Aids. Mas digo uma coisa para vocês, se tivessem me dito que estou com câncer, eu iria direto para Hephzibah e me jogava de lá, direto no rio. Não ia passar por todo aquele sofrimento e agonia. Esperaria um dia de sol perfeito. Pularia no azul em câmera lenta, no topo do arco do meu salto, o rosto seria aquecido pelo sol e então cairia no Severn e seria levado embora para o mar. Não teria medo. Seria *hip, hip, hurraaaaa...* Tchibum.

— Não, não diga isso — diz Kelvin. — Não brinque com uma coisa dessas.

— Você estaria se cagando demais para fazer isso — diz Mal. — A menos que estivesse completamente chapado de *ecstasy* ou qualquer droga.

Algo em mim não gosta nada dessa ideia. Saber que Mal provavelmente está com o bolso cheio de *ecstasy* torna tudo meio real, meio decadente. Um pouco possível.

— Não — ele diz. — É melhor cortar os pulsos, não acha? — Ele puxa a manga para exibir o punho e traça uma linha com a unha do dedo mindinho. — O que deve fazer é cortar uma linha daqui até aqui. No comprimento do braço, está vendo? A maioria das pessoas tenta cortar na transversal, mas simplesmente fecha de novo. Não atravesse o caminho, siga pela estrada. E o trabalho está feito.

— Ei, Mal — diz Kelvin, se encolhendo. — Isso é doentio.

— O quê? — Mal dá de ombros. — Melhor isso do que ficar enganchado em um monte de máquinas.

— Ah, é — digo. — Se eu for enganchado num monte de máquinas é só me desligar. Eu nem quero saber.

— Ei, cara, eu desligaria você — diz Mal com entusiasmo de comédia. — Vou garantir que você tenha um bom despacho.

— Mas depois você me jogaria do topo de Hephzibah?

— Por você, faço qualquer coisa.

— *Hip, hip, hurraaaa...*

— Tchibum.

◆

Faz um clique lá fora quando a lâmpada de segurança acende e tira a minha janela da escuridão. Sombras elétricas supernítidas se ramificam da árvore e escapam pelo meu lençol mas são congeladas em pleno voo. Mexem bem pouco ao vento.

Uuuuuh

Os gemidos da mulher ao lado recomeçam, provocados pela luz, sem dúvida. Esse é o mundo em que vivo agora.

Eu praticamente não me importo.

É assim.

Lá fora, no corredor, as portas de incêndio se desprendem e batem, e passos se aproximam baixinho.

Sheila aparece na minha porta e espia para ver se estou acordado.

Eu estou acordado.

— Está confortável? — murmura ela em sua voz de crepúsculo. — Precisa de alguma coisa?

— Estou acordado — respondo. — Preferia estar dormindo.

— Ah. Bem, tenho certeza de que consigo alguma coisa para você... Só teria de dar uma espiada rápida no seu prontuário.

— Não, não. Tudo bem — digo com um suspiro. — Você pode me ignorar. Estou sendo rabugento.

— Ora, não me surpreende — ela diz, caridosamente. — Essa luz acendendo toda hora já basta para deixar qualquer um rabugento.

— Pensei que tinham consertado.

Uuuuuh

— São uns imprestáveis, não são?

Ela vai até a janela sem fazer barulho e espia lá fora.

— A menos que seja alguém mexendo para se divertir. Crianças.

— Isso é o que me preocupa um pouco — ela diz. — Tem coisas valiosas nos armários. Medicamentos, agulhas. Algumas pessoas fazem de tudo para pôr as mãos nessas coisas.

Uuuuuh

— Ah, escuta só... Dá para acertar seu relógio pelos gemidos dela, não dá?

— É a mesma coisa todas as noites. Ela não sabe que faz isso, não é?

— Ah, não. É como um ronco.

— Ela não sente dor?

— Não, não. Mas são os remédios também. Provocam esse efeito. Quem sabe podemos trocar e melhorar isso.

Uuuuuh

— Toda vez que ela começa eu acordo.

— Sempre penso que ela é como o famoso gêiser, Old Faithful, você sabe, que sobe ruidosamente toda hora, pontualmente.

— Ela está bem?

Uuuuuh

— É uma senhora muito doente. Muito doente. Mas é muito guerreira, certamente, que Deus a abençoe. Vem lutando a cada passo do caminho.

— É?

— É — diz ela. — Tem algumas pessoas que a gente conhece que nos fazem recuperar totalmente a nossa fé nesse trabalho, sabe? Ela é uma delas. Uma senhora adorável. Gentil, não reclama.

— Não é como eu — digo, meio brincando.

— Ah, você é legal, não é? Bem reservado.

— É, acho que sim.

Ela senta na cadeira de visita sem pedir licença. Você se importa? Não, não me importo. Mas eu gosto daquela presunção. É bom quando pessoas simpáticas presumem que eu sou simpático. Elas me deixam simpático.

— Olha, sinto muito se aborreci você ontem à noite... aquele negócio com o cobertor e tudo.

Olhei para o cobertor que agora está sempre sobre meus ombros.

— Não, não se preocupe. Eu é que sinto muito. Foi tudo meio inesperado, só isso.

— Qual é o nome dela?

— Mia — eu digo sem pensar... e a forma da palavra na minha boca, o som dela nos meus ouvidos, dão uma sensação... uma sensação estranha. Um som que eu costumava produzir todos os dias, muitas vezes por dia, coisa que já não faço há... há *anos*.

— Era especial, não era?

— Era. Mais uma que recupera a nossa fé. Aliás, ela era enfermeira também.

— Ah. De onde?

— Muitos lugares. Ela praticamente só se formou, trabalhou pouco tempo.

— É, muitas desistem logo no início.

— Humm.

— O que ela queria fazer na enfermagem?

— Ela queria ir mais fundo nas coisas. Coisas alternativas, sabe?

— Sei, como, humm... medicina holística? Reiki, hipnoterapia, coisas assim?

— É. Ela queria trabalhar individualmente com os pacientes, dependendo do que precisassem.

— Ah... Ia ter seu trabalho cortado então. Eles estão sob muita pressão, os hospitais.

— É. Higiene dos pacientes e procedimentos, não é?

— Higiene se você tiver sorte. É isso que adoro nesse trabalho aqui do asilo: dá para conviver com os pacientes. Eles chegam aqui assustados, porque não sabem o que esperar e a gente pode realmente reverter isso. Fazê-los ver que podem sair. Podemos fazer a diferença para os que passaram a vida inteira temendo o nome *St. Leonard*.

— Sair com os pés dentro de uma caixa — comento.

— Mas é muito ruim que as pessoas digam isso — ela diz meio aflita. — Fico furiosa porque não é verdade. Nós fazemos muitas coisas positivas aqui.

— É, desculpe.

— Ah, não se faça de bobo, não estou censurando você. Mas então... o que aconteceu com... Mia, não é?

— Ah... não deu certo.

— Diga que ela não acabou com algum tipo de consultor.

— Não, não.

— Porque eles são muito exibidos e prepotentes, esse bando. Todos eles precisam ser reduzidos ao que realmente são.

— Não, não. Foi tudo culpa minha. Eu estraguei tudo.

Ela faz uma careta, solidária.

— Isso não combina com você.

— Fiz algumas escolhas erradas. Só que... eu tentei corresponder... eu queria muito, demais, que desse certo, mas não consegui. Não fui capaz de organizar a minha vida e não sei por quê.

— Ah, Ivo.

Dou um sorriso triste.

— Acho que sou apenas um idiota.

— Bem, meu querido, não vai ter ninguém julgando você aqui, está bem? Você sabe e eu sei que tem muita gente aqui entre essas paredes que pagou um preço muito alto por não ter feito nada de errado. E pode apostar que há milhares de caras lá fora que não pagam nada por serem os mais completos cafajestes. Não é justo, mas é assim. Ninguém pode julgar.

Ela levanta da minha cadeira.

— Olha, eu digo isso para todo mundo, mas com você estou sendo sincera, porque você é um dos meus xodós. Se quiser conversar sobre qualquer coisa, estou sempre aqui. Você sabe disso, não sabe?

— Obrigado, Sheila.

— E se não quiser falar nada, então pelo menos faça o favor para você mesmo de manter seus pensamentos em ordem. Você tem seu jogo de A a Z. Ou pense em coisas boas. Talvez nessa ex. Se tiveram momentos felizes juntos, ninguém vai impedi-lo de voltar para eles, na sua cabeça. Pode ser útil, é isso que estou dizendo.

Arrumo o lençol em cima de mim.

— Não tenho intenção de fazer qualquer crítica — ela diz.

— Não, não. De jeito nenhum.

— Pode ajudar, é só isso.

Ela suspira e coça o braço.

— Bem, parece que o velho gêiser perdeu o gás de novo. Então me chame se precisar de alguma coisa.

— Está bem. Obrigado.

Ela vai para o corredor e quando ouço a porta dupla se fechar depois que ela passa, a luz de segurança apaga-se mais uma vez.

Foi muito bom falar de você com alguém que compreende.

Foi muito bom me sentir com força para pensar em você.

Breast [brest] sm. Anat. Peito

(Chest [/tʃest/]) sm. Peitículos
— Peitículos? — você diz.
— É — respondo. — Becca falava assim.
É a alegria no seu rosto que me pega de surpresa, depois sua risada contagiante e sem afetação.
— Ah, isso é uma delícia! — você diz. — E imagino que Becca devia saber. Você vai ver: vou usar isso *o tempo todo*.
Não consigo lembrar da última vez que ouvi alguém rir com tanto gosto. E de mim, comigo.
Fico surpreso.
Não sei o que fazer. Dou de ombros modestamente por ter tido a ideia de falar isso.
É *gostoso*.

São os pequenos detalhes que me comovem.

———◆———

— Se eu tivesse um milhão de libras certamente poria silicone nos peitos — diz Laura.
Troco olhares com Kelvin e combinamos, com um micromovimento das sobrancelhas, que vamos permanecer calados. Olho fixo para a minha caneca quase vazia. Olhe só para nós, dois garotos comuns de 17 anos que gravitaram feito crianças até os dois banquinhos em volta da mesa de madeira. Mas estamos com amigas de Laura, todas de mais ou menos 22 anos e todas sentadas em cadeiras com encosto. Laura finalmente deixou que eu a acompanhasse. Ela está mal no momento, terminou o namoro de seis anos. Eu quase consegui me convencer de que ela está feliz com a minha companhia.

— Porque os homens... a sociedade... são um porre, não são? Eles são homens-coxa, homens-peito ou homens-bunda, não são? Isso não é justo. Porque a mulher não pode dizer que é mulher-tórax, ou mulher-bingulinho, ou mulher-bunda.

— Ah, eu não sei não — diz Becca — Eu gosto de uma bunda — ela gira teatralmente para fora do seu penteado afro e olha para o espaço. Ah, Becca.

Se existe algum benefício no mundo em ouvir minha irmã reclamar da vida é poder sentar à mesma mesa com a deusa Becca. Olhar em brasa e pele perfeita de ébano — um ímã imediato para qualquer pessoa por perto. Kelv e eu devemos parecer uns patetas na companhia de Becca. Mesmo assim estamos ali. Nos banquinhos.

— Mas são os homens que fazem todas as regras. E nós todas devemos seguir essas regras. É uma estupidez. Eu acho que se você tem um lindo par de peitículos — e ela estica as mãos à frente de seus seios imaginários para ilustrar — você já está um passo à frente no jogo.

— E você é o quê, então? — Becca pergunta para Kelvin. — É um homem-peito? Gosta de um lindo par de peitículos?

— Bem — diz ele. — Eu não sei bem. Talvez seja um homem-coxa.

De repente noto o horror que é o cabelo do Kelvin. Ele tem cabelo de bom menino. Repartido do lado. Passo os dedos no embaraçado do meu, só por precaução. Pelo menos meu cabelo é comprido. Kelvin parece um *office boy*.

— Não é um homem-peito? — diz Laura.

Ele fica vermelho, mas não recua, balança a cabeça.

— Eu nunca entendi esse fascínio por peitos. O que há de tão extraordinário? Não passam de sacos de gordura, não é? Sacos de gordura com uma cereja em cima.

Uma pausa brevíssima de silêncio e então as duas caem na gargalhada. Olho para Kelvin e ele parece confuso. Elas pensam que ele está brincando.

— Qualquer coisa além do que cabe em uma mão é desperdício — ele acrescenta.

Ai! Eu não quero fazer parte disso. Estou aqui tentando fazer charme para as meninas — mulheres — e ele está entregando tudo, toda a nossa inexperiência. Me pego afastando meu banquinho do dele.

— E quanto a você? — diz Becca, virando para mim e exibindo um daqueles sorrisos capazes de derrubar um homem. — Dê uma lista de compras para podermos atendê-lo. Você é um homem-peito, um homem-coxa ou um homem-bunda?

— Aposto que você é um homem-peito, não é? — diz Kelvin.

O negócio é o seguinte: Becca tem os seios mais magníficos que eu já vi. Kelvin e eu passamos horas sonhando com várias posições para aproveitar os seios de Becca. Nós dois sabemos disso e nós dois sabemos que o outro sabe. Olho firme nos olhos dela, depois olho para o teto, me afasto um pouco da mesa, reclino para trás em duas pernas do meu banco.

— Bem, eu não sei — respondo. — Mendigos não podem escolher, podem?

— Nossa! — diz Laura. — Você se reduz à mendicância?

— Você deve ter uma preferência — diz Becca. — Qual é a primeira coisa que você olha? Vamos lá, imagine que está com tesão e esqueça tudo sobre personalidade, ser cavalheiro e toda essa baboseira. Você só quer o mais *tesudo*. O que é?

Penso em *peitos*. Estou pensando nos *peitos de Becca*. Eu sei que devia dizer simplesmente peitos. A palavra chega à metade da minha língua, mas cerro meus dentes com força.

— Peitos. Totalmente peitos — diz Kelvin, decisivo.

Mas não posso admitir para Becca. Inclinei meu banquinho especificamente para incluir os peitos dela na minha composição do salão.

— Sinceramente... eu não... não seria capaz de escolher, pegaria a loja inteira. Seria tudo. Não acho que existe homem-peito, homem-bunda, nada disso.

Caridosamente, Mal escolhe esse momento para voltar do bar carregando três canecas de cerveja com as mãos, uma taça de vinho no bolso de cima e um pacote de salgadinhos de camarão preso aos dentes.

— E você, lobo mau? — diz Becca, se distraindo da minha falsidade nervosa. — É homem-peito, homem-bunda ou homem-coxa?

Mal range os dentes no pacote de salgadinhos e bota os copos na mesa.

— Sou um homem-xoxota.

Ele senta e rasga o pacote.

— Ei, Mal — digo.

— O quê? — pergunta ele.

Becca dá uma risada gostosa.

— Eu detesto essa palavra — diz Kelvin.

— Xoxota? — diz minha irmã, animada. — Ah, eu gosto. É engraçada. Xoxota, xoxota, xoxota — pronuncia separadamente cada "xo".

Laura pega um cigarro para Mal e outro para ela.

É isso: estou tendo uma pista mínima de que Mal e Laura estão tendo alguma coisa. Ela agora ri alegremente e vejo que Mal sorri satisfeito, um grande e fumacento sorriso, olhando para a mesa. Bem satisfeito com ele mesmo. Chama a minha atenção porque Mal não costuma se abrir de jeito nenhum.

Como é isso? Como é que esse cara pode ser tão horrível assim e ainda sair com perfume de rosas? Essa é a mágica do Mal, não é? As pessoas se sentem atraídas por ele. Fazem o que ele diz. E não o impedem de fazer qualquer coisa.

— Então, você foi o único que não pôs suas cartas na mesa — diz Becca, olhando para mim. — Peito, bunda ou coxa?

— Bem, eu não sei — digo, com toda a sinceridade possível.

— Ah, que bonitinho! — diz Laura.

— Não é isso. Acho que sou todas essas coisas.

— Um amante sensível? — diz Becca, com um sorrisinho provocante.

— Bom, tenho 17 anos e tive só uma namorada — digo. — O que vocês acham?

Becca rola de rir.

— Sinceridade! Você vai longe!

— O que você acha, Mal? Acha que eu devo botar silicone nos seios? — diz Laura.

— Acho, vai fundo.

E agora, de repente, Mal é o especialista nos prós e contras da cirurgia cosmética.

— As pessoas se afligem muito com isso. Acham que é uma coisa moral. Especialmente com as mulheres. Essa pressão de dizer que você não pode fazer isso com o próprio corpo. É burrice.

— É! — diz Laura, muito animada.

— É como pintar o cabelo ou furar as orelhas, não é? É a nova maquiagem, um cortezinho e uma ajeitada aqui e ali.

— É isso mesmo que eu penso — diz Laura. — Todas as garotas de 18 anos ganham silicone no aniversário delas, faz parte da cultura. Como uma tatuagem.

— Aposto que mamãe ia adorar saber que você fez implante de silicone — eu digo. — Porque ela simplesmente amou a sua tatuagem, nao é? Ela chamou de quê? Etiqueta de vadia?

— Megera e rabugenta — diz Laura. — Só estava repetindo uma expressão do seu grupo da igreja. Aposto que essa história rendeu um mês de bocas-livres para ela. A filha pródiga.

— Acho que ela vai querer mandar exorcizar você.

— Sabe o que eles faziam no século dezenove? — Mal bate a cinza do cigarro e fala soltando fumaça. — Quando elas usavam corpetes, pelo menos, tiravam duas costelas, aqui — ele levanta os braços de

Laura pelos punhos e bate com o lado da mão nas duas costelas de baixo. — Aqui embaixo. Eram tiradas para poderem apertar e afinar o corpete.

— Ahhh... Mal!

— E apertavam esses corpetes com tanta força que todos os órgãos eram empurrados para o peito.

— É verdade isso?

— Então, não vejo problema se você quer promover um par de azeitonas a um par de adoráveis melões.

Há um breve processo que passa nos olhos de Laura, mas logo ela explode em uma gargalhada nada convincente.

Acho que ela está pensando: *que cara engraçado.*

Acho que ela está pensando: *ele tem sorte de eu estar satisfeita com o que sou, para cometer uma ousadia dessas.*

Mas eu sei que ele sabe.

Ele sabe que ela não está tão satisfeita como é. Ele sabe *exatamente.*

◆

Os pneus de borracha guincham quando Kelvin me empurra pelo corredor brilhante. Uma gentileza ele ter vindo me visitar. Ah, cara, por que deixei que me convencessem a usar uma cadeira de rodas? É humilhante, não é? Eu podia ir andando, facilmente. Mas, afinal, sempre gostei de ser um passageiro. É bom ser empurrado. A perspectiva mudando diante dos meus olhos. Leve mudança do vento em lufadas baixas, que modificam sutilmente as temperaturas, misturadas com uma onda enorme de acústica quando passamos pelos quartos.

Os prazeres poderiam ser mais simples?

— Aposto que está farto de ouvir essa pergunta — diz Kelvin atrás de mim —, mas, se tiver alguma coisa que eu possa fazer, é só dizer, está bem? Coisas práticas ou qualquer outra coisa. Qualquer coisa mesmo.

— Obrigado. Estou bem. Está tudo certo. Melhor agora que estou aqui.

— Você só tem de pedir.

— Está bom, valeu.

— Saímos pela entrada principal?

— Acho que sim.

A porta automática se abre e a primeira emoção do ar não condicionado bate nos meus joelhos e coxas. O vento me envolve completamente quando avançamos, paira perto das minhas narinas e dos meus lábios, embala a minha cabeça, meu pescoço, despenteia meu cabelo. Vamos para o ar livre e a luminosidade me faz semicerrar os olhos. Natureza mágica. Que faz com que me sinta tão morto, empoeirado e plastificado. Sou um animal caseiro. Não pertenço ao lado de fora, espaços selvagens como esse. Natureza sem controle, sem regras, que vem me pegar para me levar embora.

Descemos uma ladeira pavimentada, a cadeira fazendo sua percussão nos intervalos regulares das lajes. Batida que acalma. Fecho os olhos contra a luminosidade. O sol quente nas minhas pálpebras. Calor natural.

Os pneus da cadeira de rodas estalando sem parar no cascalho microscópico. Registro cada grão, alta definição bem clara. Minha audição foi calibrada tempo demais pelos bipes de máquinas, pela acústica da argamassa e do vidro, o ruído da geladeira, o pulsar do sangue corrompido em meus ouvidos. O vento abre a distância, desperta as árvores, as folhas ondulam um pouco e depois recuam. É lindo. É avassalador. Quero inalar isso tudo, respirar isso, beber tudo. Mas não posso. Não consigo respirar fundo. Só uma arfada.

Fazemos uma curva fechada na descida e passamos por um arco na entrada do jardim do asilo. E é lindo também. Grandioso gramado com caminhos cruzando a parte baixa e as suaves encostas. Muro alto em toda a volta. Muro de aspecto antigo, tijolos rosa-claro, com pontas esfareladas. Natureza que passou pela manicure, domesticada.

O sol resolve nesse momento raiar até mim, através de mim. A sensação é de... a sensação é de *vida*. Posso sentir meu sangue corrompido borbulhar se expondo sob a pele. Todas essas coisas me fazem lembrar de você: você e eu no nosso lugar preferido, no topo do vale, olhando para baixo.

— Lindo — eu digo em voz alta para mim mesmo, em voz alta para você. — Lindo.

— É — diz Kelv, o único que pode ouvir.

Seguimos tranquilamente à frente, passamos pelos canteiros de flores, todas aquelas espécies cuidadosamente escolhidas. Incrível, incrível que essas pétalas delicadas tenham irrompido da terra, cores vívidas iluminadas pelo Sol, chamando a natureza, chamando os humanos para vir, chegar e cultivar.

— Olhe só isso — eu digo. — Ainda têm as verbenas. Eles têm sorte.

— É?

— Estavam todas mortas nos dois últimos anos. Muita geada. Deve ser o muro que as mantém protegidas.

— Certo.

— E amarílis — comento com gosto.

Claro que imagino que converso com você, não com Kelvin. É você que posso sentir apontando para os brotos, olhando para mim, seus olhos encantados com a coleção de brotos despontando. Você fala uma frase para mim, toda entusiasmada e ouço você dizer...

Enorme!

... você dá um sorriso largo e olha para o outro lado.

— Há rosas e há não-rosas — diz Kelvin. — Só vejo não-rosas.

— Aqueles brotos grandes ali. São amarílis. E olha, aqui tem saudade. Abelhas pousam nelas, pegam o néctar que as faz dormir. Todas sideradas.

— Ah, é, olha só. Chapadas.

— É.

— Cortei dez mil pacotinhos de bulbos de amarílis do centro do jardim na liquidação do fim do verão. *Plante-as no início do outono.* Fico imaginando quantas das que vendi estão brotando nesse sol quente, espalhadas nos quintais da região. E se eu vendesse essas aqui? Isso seria a realização da minha vida. Talvez faça isso.

Retomamos o nosso passeio e fizemos uma curva delicada na grama tremelicante sob a brisa suave. Tulipas. O sol provoca calor nos meus joelhos e queima através da nuvem fina.

Com o tempo você e eu acabaríamos tendo um jardim. Teríamos uma terra e poderíamos cuidar muito bem dela. Teríamos uma touceira de saudade para agradar às abelhas, e grama fina cercando um laguinho.

Com o tempo.

Lembro de todas as vezes que você quis que eu me inscrevesse no curso de jardinagem. Todas aquelas lembranças para eu atualizar o meu currículo.

Vejo você agora, vestindo o seu casaco, pegando suas chaves, apontando para a sua mesa e dizendo: — Está tudo naquele monte de papéis. Três cursos nos quais você podia se inscrever. As inscrições vão até julho, então você tem tempo.

Não sei por quê não fiz nada disso. Cedo demais, cedo demais. Julho era muito distante. E como é que alguém pode se animar com atualização de currículo? Pouquíssimos secundaristas. Uns dois com as notas mais altas. Quem ia me querer?

— Apenas dê uma olhada neles — você disse —, você sabe do que é capaz. Vamos lá, só precisa de uma pequena mudança. Se preencher esse papel agora, vai agradecer quando puder escolher os melhores trabalhos e beber champanhe o verão inteiro.

Era uma boa fantasia.

Kelvin e eu chegamos ao topo de uma suave subida, fazemos uma pequena curva e descemos do outro lado. Chegamos a um banco. Kelvin ajeita a cadeira numa posição estável e senta no banco ao meu lado. Trocamos olhares rapidamente, sorrimos um pouco, depois admiramos o jardim, deixamos o silêncio se misturar ao sol. Kelvin tira os óculos e limpa as lentes na camiseta.

— Desculpe eu não ter vindo visitá-lo antes — ele diz, erguendo e bafejando sobre a lente esquerda. — Achei que você ia querer se ambientar nos primeiros dias. Como foi a mudança do seu apartamento?

— Está tudo embrulhado, pessoas daqui vão tirar tudo de lá quando chegar a hora.

— Eu podia ter feito isso para você. Era só você pedir.

— Não, não, está tudo bem. St. Leonard fica com tudo e é isso que eu quero. Acho que eles já fizeram bastante pela família e merecem alguns trocados meus.

— Então seu pai também ficou aqui?

— É, é. No fim.

Ele bota os óculos e usa o dedo médio para empurrá-lo em cima do nariz.

— Câncer, você sabe, todos acabam aqui. Sorte minha que me aceitaram, um paciente com falência renal. Mas o lugar estava funcionando, por isso... você sabe.

Kelvin fica em silêncio um tempo e tenho certeza de que percebo um quê de engasgado nele. Não quero olhar para... para não ter de fazer alguma coisa.

— Bem — ele diz, fungando fundo e suspirando —, o que você precisar que eu faça, é só falar. Se tiver alguma coisa pendente. Organizar as suas coisas, por exemplo.

Sorrio para ele.

Ficamos ali vendo um furgão vinho subir lentamente, à velocidade exigida, de dez quilômetros por hora. Tem *NRG Electrical* pintado de amarelo na lateral. Ouço os pneus e a suspensão quando ela passa pelos quebra-molas altos demais. Estão aqui por causa da luz de segurança, sem dúvida. Eu podia conversar sobre isso com Kelvin, ficar longe de assuntos complicados. Podia contar isso para ele. Mas me sinto pesado demais por dentro.

— Eu... eu vi Laura ontem — diz Kelvin, com a voz um pouco rouca.

— Ah, é? — respondo naturalmente.

— É. Ela está pensando em você. Pediu para eu lhe dar seu carinho. Ela está realmente preocupada, obviamente. Preocupada de saber se você está bem.

— Está bem.

— Ela me disse que fica pensando em vir para verificar se você está bem instalado. Mas, você sabe, ela não quer aborrecê-lo.

O furgão desaparece atrás do muro.

Posso sentir Kelvin juntando forças.

— Muito bem. Vou dizer só uma coisa. Eu sei que não é algo que você queira conversar, mas precisa ser dito, certo?

— Vá em frente. — Eu sei o que vem por aí.

— Bem, quanto tempo faz que ela procurou você? Cinco anos?

— Sete.

— Sete anos. E é bastante óbvio o motivo disso, eu acho.

— É?

— Ora, vamos, amigo.

— Eu quero saber. Por que acha que não me procurou?

— Bem, eu acho que ela tem medo. Acho que ela pensa que você não vai querer saber dela.

— Entendo.

— Mas a questão é que ela realmente quer vir aqui para ver você.

— Certo.

— Então... você aceitaria isso?

Dou de ombros.

Agora ele não sabe o que fazer. Kelvin nunca soube o que fazer. Eu podia mantê-lo na dúvida o dia inteiro.

Você vivia me dizendo para ser bom. *Seja bom.* Você está certa, eu sei. Isso não é um esporte. Eu devia ter dado alguma coisa para ele continuar. Mas só Deus sabe o quê.

— Por que ela quer me ver?

Ele dá uma risadinha.

— Porque você é irmão dela, imagino eu, e porque você está num asilo e ela está preocupada. Ela se preocupa de perder você sem...

— Sem o quê?

— Bem, sem...

— Sem ter aliviado sua consciência?

— Pode ser.

Dou risada.

— Diga para ela não se preocupar com isso. Diga que está tudo bem.

Kelvin fica em silêncio, pensando nessa solução.

— Eu não acho que isso vai bastar, amigo.

— Olha, Kelv, já não basta que eu tenha de esquecer tudo só para que ela se sinta bem? Isto é, ela nem teve coragem de vir aqui pessoalmente, teve? Ela mandou você, não mandou? Você acha que isso basta? Você acha que eu devo vê-la?

— Acho que você deve vê-la sim.

— Olha, quando realmente importava para mim, quando ela devia ter escolhido ficar do meu lado, ela não ficou, ficou?

— Não, não ficou.

— O instinto dela disse para ficar com Mal. Então é isso. E se ela quiser saber se isso foi bom, então tudo bem, foi. Eu aceito o fato de ela ter feito aquilo. Pode dizer para ela que não precisa se preocupar mais com isso. Ela fez e pronto. Mas não finja que ela não fez.

— Não se trata só disso, amigo.

— O que, além disso? A última vez que a vi foi há sete anos e só porque era o dia do enterro da mamãe. É um longo tempo para mostrar que há algo mais. Às vezes essas coisas são simples. Vocês não precisavam tornar mais complicado.

Kelvin solta um suspiro profundo e derrotado.

— É só que... está machucando as pessoas. Mesmo agora. Está machucando Laura, está machucando a mãe e o pai de Mal. E sim, você sabe, está machucando Mal também. E só você pode resolver isso tudo. Se conseguir aceitar apenas conversar com ela. Você sabe que não é uma situação normal.

— Não fui eu que criei essa anormalidade, Kelv. Pode perguntar para quem você quiser. O que ele fez...

— Ninguém está ignorando o que ele fez. Ninguém. Mas se você puder falar com ela pelo menos, ajudaria.

Faço todo o possível para respirar fundo.

— Eu não sei por que você está correndo atrás dela, Kelv.

— Não estou — ele diz.

— Ela vai fazer você de gato e sapato, se não tomar cuidado.

— Eu só estou falando o que tem de ser dito, está bem?

— Ouça — eu digo —, o meu problema não é com você. Você sabe que não é fácil falar sobre isso.

— Sim, sim. Eu sei. Mas você não ia querer que eu mentisse para você, ia? Eu posso falar sobre isso. Você sabe que sou franco com você.

— Para ser sincero, amigo, acho que preferiria se você mentisse.

◆

Merda, merda. Isso está ruim, isso está ficando ruim.

Não consigo respirar. Eu...

Eu não... não consigo *expandir* meu peito. Não consigo botar ar suficiente para *dentro*.

Chest [tʃest] sm. Anat. Peito

Inspirar, peito para fora. Expirar, peito para dentro.

Vamos lá. Com calma, tranquilo.

Peito para fora. Peito para dentro.

E agora sou eu, consciente, enquanto respiro.

Para fora, para dentro, para fora, para dentro, paraforaparadentroparaforaparadentro...

Bate meu coração.

Eu só quero... eu só quero dar um suspiro.

É pedir demais? Dar um suspiro grande e pesado?

Mini, agora. Mini, mini, minirrespiração.

Está... está tão ruim a ponto de...?

De apertar o botão? De chamar Sheila?

Nenhuma visita. Eu não devia ter *nenhuma* visita. São todas uma merda de complicação.

Você pensaria — não pensaria? — que toda essa merda ia parar em certo ponto. Você pensaria que haveria um ponto no qual o maldito passado o deixaria em paz.

Eu não tenho de perdoar mais ninguém, mais nada.

Esse sou eu.

Não posso acreditar que eles pensavam que ficaria tudo bem. Não acredito que Kelvin achou que seria bom ele vir aqui e perguntar se eu me encontraria com ela. O que ele sabe? Ele não sabe de nada. Está só tentando ir para a cama com Laura como sempre fez, e nunca vai conseguir.

Eles não me conhecem, não é? Não me conhecem mesmo. Deu para perceber, do jeito que Kelvin falou. Nenhum deles entende o que eu passei. *Todos os dias* que tive de viver com isso. Todos os dias. Dez anos. Arrumando a minha vida de novo. Perdendo minha mãe também, enfrentando tudo aquilo sozinho. A merda da diálise três vezes por semana. Isso é demais, não é? Chamar uma máquina de diálise de sua melhor amiga, cara!

Ninguém pode simplesmente chegar aqui de gaiato e consertar tudo de repente. E não sou eu que eles querem consertar, sou? Não é por mim que se preocupam. É por eles mesmos.

Creatinine [kree-at-n-een] sf. Bioquím. Creatinina

É isso — se vou fazer o jogo de A a Z de verdade, então, preciso incluir todas as coisas que tenho e que nem conheço direito. As coisas às quais eu nunca prestei atenção em mim e nas aulas de biologia.

Isso deve significar tudo no meu corpo inteiro.

Meu corpo não é meu. Eu não entendo meu corpo.

Eu não sei como essa merda de coisa funciona.

Quando o dr. Sood virou e começou a falar comigo sobre os níveis de creatinina e diálise e...

Eu não sabia o que era uma máquina de diálise. Quero dizer, tinha visto uma máquina de diálise quando pediram uma num programa de TV de criança. Provavelmente em 1984 meti na cabeça que uma máquina de diálise tinha luzes piscando e números, mas acho que estava confundindo a máquina de diálise com uma calculadora que eles tinham no programa. Toda vez que chegavam a alguma meta, um monte de luzes acendia e o número subia.

Minha máquina de diálise era branco-sujo e triste. Talvez tivessem me dado exatamente a que tinha sido feita para mim, trinta anos antes. Parecia fabricada em 1984.

Qual é o tempo de validade de uma máquina de diálise? Quanto sangue de pessoas diferentes tinha sido bombeado na minha? Agora a minha estava bombeando e limpando a creatinina.

Pelo menos eu pensava que estava.

Limpando tudo que havia de ruim, os acúmulos.

Imaginei-os como os acúmulos de ácido nas minhas batatas das pernas quando eu corria.

Ah, ah, meu Deus. É isso.

Quase me fiz chorar.

Não choro há...

Há algumas coisas que não podemos... são inesperadas. Não penso nisso há anos. Uma das lembranças mais nítidas que tenho do meu pai.

Câimbras nas panturrilhas por causa do ácido.

É isso.

Calves [kɑ:vz] sf. Anat. Panturrilhas

Estou chorando, deitado no chão da sala de estar da nossa casa, naquele horrível tapete de rodamoinho branco e marrom, de costas, e meu pai está segurando a minha perna, massageando a batata da perna com os polegares, esfregando suavemente com a palma da mão.

Para cima, para baixo, para cima.

Vai passar, rapazinho. São só dores do crescimento.

Que agonia. A pior dor que já tinha sentido até aquele dia. E não conseguia fugir dela. Estava dentro de mim e eu não sabia o que a provocava.

Vai passar, não se preocupe. Vai passar.

Eu não queria que ele parasse.

Continuei chorando o máximo de tempo que pude, mas acho que ele percebeu quando a dor passou. E ele não me mandou embora. Deu uns tapinhas no sofá ao lado dele e eu subi.

◆

Ha, ha, ha.

Isso é um inferno — é o meu coração. Isso é o meu coração? Um ataque do coração? Não, dores no peito.

E se fosse?
Tinha de apertar o botão?

Laura, ela devia ter ficado do meu lado.
Porra — era a mim que ela devia ter apoiado. Seu próprio irmão.
Ela fez a escolha dela.
Querendo ficar bem em todas, agora.
Não.
Merda, merda, é agora. Merda.
Aperte o botão. Onde está o botão?
Pronto. Apertei?
Fez clique?
Pronto. Disparei a campainha no fim do corredor. Acho que foi isso que eu fiz com o botão. Tarde demais para recuar agora. Não posso desapertar.
Quantos morrem de boa educação?

Corpo C. E., um corpo tipo "caso encerrado".
Corpo. Meu corpo.
Não.

— Oi, você está bem?
Sheila.
— Eu... Não consigo...
— Dificuldade para respirar? Tudo bem, espere um minuto. Volto logo, está bem?
Ela sabe. Era a coisa certa a fazer. Apertar o botão. Não criar uma confusão.
— Vamos lá.
Ela carrega um tubo de oxigênio e prepara uma máscara. Coisa séria. Grave, grave.

— Muito bem, só vou fazer você se sentar mais para cima aqui. E depois vai receber um pouco de oxigênio.

— Eu...

— Não fale agora. Vamos sentar. Certo. Agora, se você segurar essa máscara eu vou...

Mãos pequenas e escuras mexem nas válvulas do tubo de oxigênio.

— Muito bem... eu acho que... você pode me dar isso? — Ela pega a máscara de volta e olha para ela. — Não, é... essa é a que tem falhado, às vezes. Ela mexe mais nas coisas. — Desculpe... desculpe, espere um minuto. Vou chamar o Jef para nos ajudar.

Ela sai apressada, então volta para desativar a minha campainha e sai rápido outra vez.

Nada de pânico agora. Não. Ela está tratando do caso. Sheila está tratando do caso. É treinada e capaz.

Ande logo, ande logo.

Sua mão na minha, minha mão na sua. Apertada, apertada.

Você animada.

Sim, você consegue.

Eu consigo.

Claro que você consegue.

Claro que eu consigo.

Isso vai dar certo.

Sheila de novo, seguida por Jef.

— ... tem falhado e acho que tem a ver com a válvula de cima. Porque não está funcionando direito desde...

Eles se agitam e mexem em tudo, cada um pega a máscara e experimenta no próprio nariz.

Sheila olha para mim.

— Sinto muito por isso. Como você está? Não consegue descongestionar os pulmões direito?

Balanço a cabeça.

— Está tudo bem. Vou pegar a outra se não pudermos... ah, espere, ah, pronto.

Jef dá a máscara para mim. Triângulo de plástico emborrachado sobre o meu nariz e a minha boca.

— Pronto — diz Sheila. — Segure isso aí, está bem? Não se preocupe, vai passar, vai passar. Quero que você se concentre em reduzir a respiração, em respirar mais devagar, para se sentir melhor, está bem? Respire normalmente, não tente engolir grandes quantidades de ar, apenas respire o oxigênio. Vai ajudar você.

Jef sorri um pouco para mim e sai.

— Pronto — diz Sheila. — Segure isso no seu nariz e na boca, certo? Precisa receber uma boa dose de oxigênio no seu organismo.

Pela porta ouço a mulher do quarto ao lado começar a gemer de novo.

Uuuuuh.

— Ah, oi — diz Sheila. — O gêiser começou outra vez.

Ela sorri para mim.

— Eu... sinto muito — eu digo. — Dar todo esse trabalho.

— Você está certo — ela diz, enfia as mãos nos bolsos do uniforme e se equilibra distraída em um pé como uma menina. — Tenho de merecer meu salário de alguma forma, não é? Tudo bem. Eu só vou dar uma espiada agora. Fique com a máscara até se sentir melhor. Já desarmei sua campainha mas aperte de novo se precisar de alguma coisa. Não hesite. É para isso que serve.

Vamos lá, querido.

O que você quer dizer para mim?

O que você diria?

Fique calmo. Fique com a mente tranquila que acontece. Calma. Calma. Acalme-se.

Diaphragm [dahy-uh-fram] sm. Anat. Diafragma

— Certo. Bem, se vocês vão insistir em demonstrar a capacidade de principiantes, é melhor eu tratá-los como principiantes. Quem sabe soletrar "diafragma" para mim?

O sr. Miller está parado na frente da turma com seu blazer azul esquisito, seus seis botões dourados e aquela calça fedida de sempre.

— Que espécie de blazer é esse? — Mal resmunga para mim e para Kelvin. — Parece que é do século dezenove. Quem ele pensa que é? O rei fodão?

Kelvin e eu nos rasgamos de rir. O rei fodão.

— Kelvin? — diz Miller. — Muito bem, você acabou de se voluntariar para soletrar no quadro. Venha cá.

Kelvin desce a contragosto do seu banquinho de laboratório e vai se arrastando para a frente da sala.

Viro para Mal e rolo os olhos nas órbitas.

— O que tem o Kelvin que faz dele o alvo de todos os castigos do Miller?

— Muito bem — diz Miller e dá o giz para Kelvin. — Pode começar. Ah, esqueci de mencionar. Qualquer um que erre ficará detido.

Um arrepio de indignação contida percorre a turma.

— Kelvin?

Já resignado com seu destino, Kelvin se atrapalha, deixa cair o giz, pega do chão e tenta segurar como um lápis.

"D..."

Miller põe o apagador no quadro perto da letra "D" tremida e mal desenhada de Kelvin. Kelvin olha para ele e franze a testa, questionando.

— Continue — diz Miller. — Está indo muito bem até agora.

Risadinhas pela sala.

"I".

— Excelente! — grita Miller sarcasticamente.

"A". Kelvin para e Miller inclina um pouquinho a cabeça, pressentindo o erro.

"R".

— Não!

Miller passa o apagador na escrita de Kelvin, bate na mão dele e lança o giz no outro lado da sala, numa mesa de meninas.

— Kelvin ficará detido e o giz caiu em você. Venha para cá.

Ele aponta o dedo ossudo para uma das meninas. Ela pega o giz e tenta limpar a marca dele no vestido antes de substituir Kelvin ao lado de Miller.

Kelvin volta cabisbaixo para o seu banquinho ao meu lado.

"D", escreve ela.

— Bom...

"Y".

Miller para um pouco antes de virar para o resto da classe. Então apaga as letras da menina no quadro e pega o giz ele mesmo.

— D, I, A, F, R, A, Ggggg, Mmmmm, A. Quem soletrar isso errado depois de eu ter soletrado tão devagar merece a detenção que vai ter, certo?

Derrotados, resmungamos que sim.

— Muito bem, então. Como espero que lembrem do ano passado, o diafragma é uma membrana que fica bem aqui no nosso peito. Quando respiramos usamos nossos músculos para puxar esse diafragma e isso puxa o ar pelo nosso nariz e garganta e ele entra nos *pulmões*, e é assim que *nós respiramos*.

Miller rabisca "respirar" no quadro e sublinha a última letra oito vezes.

— Agora, *isso* é exatamente o que vocês *não podem* fazer... — ele pega o livro grande que estava no banco à sua frente e enquanto isso —, não podem fazer... — ele procura a página e alguns poucos aventureiros começam a rir. — Se os seus pulmões estiverem *assim*.

Ele abre o livro numa página dupla que está completamente tomada por uma foto de um par de pulmões cobertos de preto, como queijo queimado na torrada.

Uma das meninas fala:

— Ah, professor, isso é horrível!

— E isso — conclui Miller com um floreio de satisfação — é *exatamente* o que está crescendo dentro de um de vocês.

Faz-se um silêncio repentino. Ele anda pela sala, brandindo o apagador à sua frente, na sua habitual pausa dramática, adorando aquilo. Adorando.

Mas o que ele quer dizer? O que quer dizer?

— A única pergunta é, qual de vocês tem isso crescendo por dentro?

Do bolso da esquerda do grande blazer azul ele tira um maço de cigarro, segura entre o indicador e o polegar diante da turma.

— Qual de vocês sentiu falta de um maço quase cheio na aula dessa manhã?

Ficamos atônitos. Olho para Mal.

Um maço cheio de Embassy No. 1.

Ele fica lá quieto, vendo com a expressão da mais absoluta inocência seus cigarros largados na carteira, e Miller assume seu lugar predileto, encostado no estreito suporte de giz do quadro-negro.

— Bem, aí está — diz ele. — Quem quiser pegar, pode vir agora.

E ele olha para Mal logo antes da campainha da próxima aula soar no corredor, só que ninguém se mexe.

Um silêncio impossível e inusitado cai enquanto se instala o jogo de desafio. Lá fora o corredor começa a se encher e a se agitar com a garotada indo para suas próximas aulas fazendo o máximo de barulho.

— Eu sei — diz Miller — que vocês pensam que vou deixá-los sair.

Silhuetas trêmulas das cabeças dos alunos começam a aparecer no vidro congelado da porta da sala de aula.

— Eu sei que vocês acham que vou ter de deixar entrar a próxima turma. Mas eu não tenho de fazer nada.

Mal olha para mim, eu olho para ele e uma ideia começa a tomar forma.

Miller vai lentamente até o canto da sala e abre a porta. Sua presença cala imediatamente toda atividade no corredor. Ele fecha a porta bem devagar e concentra sua atenção em nós mais uma vez.

— Já deixei turmas paradas lá fora os cinquenta minutos de uma aula, e estou disposto a fazer isso de novo. Por isso... — ele senta e pega o maço de cigarro. — Por isso...

Miller adora ter inimigos e se sentirá mais triunfante ainda se conseguir pegar o garoto novo. Tenho certeza de que ele se concentrou em Mal desde que Mal passou a sentar perto de mim. E Mal parece um cara legal. Não é qualquer um. Miller é apenas um velho amargo, perverso e antiquado. É odiado por todos e sabe disso.

Eu não olho para o Mal. Levanto a mão e Miller leva um tempo para ver. Algumas meninas veem, mas estão assustadas demais para chamar a atenção de Miller.

— Senhor — eu digo.

Miller vira os olhos primeiro, depois a cabeça para me encarar.

— Sim.

Eu quero falar isso sem medo.

— São meus.

A turma finalmente corre pelo corredor e Mal leva minha pasta para a próxima aula.

Anotado.

Miller já está manobrando cuidadosamente entre as carteiras abandonadas, vindo na minha direção. Eu sei qual vai ser a reação dele. Não de raiva, mas de simpatia. Irritado sim, uma detenção mais longa, sem dúvida, mas simpatia por causa da minha situação em casa e porque não quer perder o controle.

A porta da sala de aula se fecha e ele começa a falar devagar.
— Devo dizer que estou decepcionado.

— E o que Miller disse, afinal? — pergunta Mal, juntando meticulosamente duas folhas do papel de seda Rizla, com acompanhamento do tilintar dos zíperes das mangas da sua jaqueta de couro. Põe os pedaços de papel sobre sua pasta da escola e vasculha o bolso da jaqueta à procura da bolsa e da lata com maconha.

Estou sentado ao pé da cama dele, bebendo a cerveja de agradecimento que ele comprou. Estou meio irritado.

— Bem, eu pensei que ele ia começar a falar do meu pai, sobre câncer e tudo o mais. Mas ele não chegou a isso. Falou de como andou com um grupo de amigos que o fizeram fumar um cigarro uma vez, só que ele não gostou, ficou enjoado e nunca entendeu por que as pessoas fumavam.

Mal dá uma risada maliciosa olhando para o teto.

— Isso mostra tudo o que você precisa saber sobre ele, não é? Ficou enjoado? Aposto que ele chega em casa e se chicoteia toda noite depois do trabalho.

— Ah! É mesmo — começo a me açoitar com um chicote imaginário. — "Não posso deixar ninguém soletrar diafragma errado."

Mal dá uma gargalhada, satisfeito.

— "Não devo espiar os decotes das meninas e nem bater uma no banheiro dos professores na hora do recreio."

— Recreio melado — eu digo.

Mal ri e aponta para mim.

— Você é um cara engraçado.

Eu rio também e curto a glória de ser elogiado. Tento desesperadamente pensar em mais alguma coisa engraçada para acompanhar, mas não vem nada.

Kelvin continua em pé, apoiado no batente da porta, bebendo sua lata de coca. Ele dá uma risada borbulhante.

— "Não devo deixar que ninguém escape de coisa nenhuma!"

A risada acaba e Mal se empenha em girar e amassar um cigarro Embassy No. 1. Esvazia o conteúdo sobre o papel, depois joga a maconha apertando para um lado e para o outro.

— Então qual é essa história do seu pai? — pergunta Mal.

— Ah, ele morreu de câncer quando eu tinha 6 anos.

— Ai, cara, verdade?

— É e foi mais ou menos por isso que me acusei, porque sabia que ele não ia abusar.

— Ah, cara — diz Kelvin, franzindo a testa — isso é baixaria.

— O quê?

— É doentio usar seu pai desse jeito.

— É?

— Não, não é, cara, é genial — diz Mal, compactando a mistura de tabaco com maconha e rolando o papel para frente e para trás na ponta dos dedos.

— Ah, não, não é o meu estilo — diz Kelvin, agachando contra o batente da porta e observando o baseado, cada segundo mais nervoso.

— Essa coisa do seu pai faz de você um intocável. E você sabe, é uma merda isso acontecer com qualquer pessoa, então se puder fazer funcionar em seu benefício, acho que é uma coisa inteligente. É que você tem esse direito, não é?

Mal rasga um pedaço de papel grosso do maço de cigarro e enfia na ponta do cigarro à guisa de filtro.

— E quanto a você? — Kelvin pergunta para Mal. — O que fez seu pai e sua mãe virem para cá?

— O velho foi transferido para uma nova paróquia.

— O seu velho é vigário? — diz Kelvin.

Mal não responde, adota expressão sarcástica, já que a pergunta não merece nem desprezo.

— Uau! Isso deve ser muito interessante — diz Kelvin.

— É? E por quê?

— Sei lá — diz Kelvin, meio perturbado. — Todas as confissões que ele ouve, coisas assim.

— Parece que você já sabe tudo que tem para saber sobre isso.

— O que você quer dizer?

— Confissões são apenas para católicos, eu acho — digo baixinho.

— Ah. E é diferente dos... — ele desiste de comentar.

— Então você viajou muito por aí? — pergunto.

— É, viajei, seguindo a missão do velho — diz Mal, pensativo.

Ele olha para mim.

— Quer trocar de pai comigo?

Olho nos olhos dele um segundo.

Esse é o Mal autêntico. Ele não se intimida de ir até o fim.

Rio com tristeza.

— Não, você serve.

— E agora do glorioso norte até esse buraco aqui — ele diz, se espreguiçando e bocejando.

— Você tem saudade de morar lá no norte, então? — diz Kelvin.

Bem quando acho que ele não podia fazer pergunta mais idiota. Estou definitivamente irritado.

— Vou sentir falta das festas — diz Mal.

— Quais foram suas notas nas provas do secundário? — pergunta Kelvin.

— Onze "As".

— Mentira.

— Verdade.

— *Onze?*

— É.

— Caraca! — Kelvin olha para mim com entusiasmo de debiloide. — Eu só tirei um "A" e só fiz dez provas.

Mal dá de ombros e sua jaqueta de couro estala com o movimento.

— Não é difícil tirar "A" se tudo que você quer é tirar "A"... É só aprender como eles querem que você aprenda, prever como vão formular as perguntas. Não é segredo nenhum, é? Mas eu não dou a mínima. Não me interessa. Não quero mais saber de provas.
— Mas você está estudando.
— Nada de provas.
— Vai abandonar os estudos, então?
— Ainda não resolvi. Estive pensando em arrumar emprego no centro e dar o fora daqui. Começar umas coisas. Tenho algumas ideias.

Mal passa a seda na ponta da língua e fecha o cigarro. Mal, mestre de enrolar um baseado. Nunca apertado demais. Mistura meticulosa.

Ele tira o isqueiro Zippo do bolso da calça jeans.

Clique, clique e chama.

— Muito bem, e agora, quem vai querer isso aqui?

Ele passa para Kelvin que hesita tempo suficiente para demonstrar um certo mal-estar e segura com a pontinha dos dedos. Começa a tragar. Só um pouco de fumaça na boca, que é logo soprada para fora.

— Não, cara, qual é? Pare de fazer gracinha — diz Mal.
— O que foi?
— Você não está fazendo direito. — Ele pega o cigarro de volta.
— Agora... — diz ele, invocando a imitação mais imperiosa do sr. Miller — ... se se lembrar do seu diafragma, que é a membrana que fica embaixo do seu peito aqui... — ele cutuca Kelvin no peito —, você tem de tragar para valer, para a fumaça entrar — ele dá uma tragada profunda, segura o ar e depois solta —, e sair dos seus pulmões. Entrar e sair dos seus pulmões.

Pobre Kelvin. É óbvio demais que ele nunca fez aquilo antes. Observo atentamente enquanto Mal mostra para ele como se faz. Eu só fumei dois baseados da Laura, mas acho que vou me dar bem.

Tudo que fazemos é lento como um glaciar.

Falando sério, não estou mais sentado nesse pufe mole. Estou estatelado no chão, com a minha cabeça plantada onde estava sentado. Ouço todos os pequenos feijões dentro do pufe se embolando, de modo delicado, impossivelmente leve.

Olho para Mal e espremo os olhos. Pisco um pouco para ver se aquilo faz mais sentido, de alguma forma.

Kelvin está em pé de novo, olhando lá de cima, de perto da porta, para nós dois.

— Ouçam — diz Kelvin. — Eu vou embora, está bem? Preciso...

— Você não quer mais? — diz Mal, oferecendo o segundo baseado.

— Não, obrigado, cara. Tenho o meu em casa. Vou embora agora... tenho o que fazer — ele olha para mim. — Você vem?

— Não. Eu não quero — eu respondo. — Estou me sentindo ótimo aqui.

Isso é tão gostoso... Estou confortável demais.

— Eu nunca mais vou me mexer — diz Mal. — Apenas quero ser sugado para dentro do sofá.

Ele começa a rir baixinho e eu dou gargalhadas.

Ficamos lá sentados com a TV desligada por uma longa e adorável eternidade. Não importava. A TV estava a uma distância impossível.

— Bom, acho que eu vou — diz Kelvin.

Olho para a porta e ele *continua* lá. Pensei que tinha ido *séculos* atrás.

Ninguém vai tentar convencê-lo de ficar. Ninguém devia tentar convencer ninguém de fazer qualquer coisa.

Está chegando ao ponto com Kelvin em que... eu não sei... simplesmente não digo nada para evitar que ele fale mais. Eu não quero conversar, quero apenas dizer *psssiiiiuuu*. Mas parece que isso o angustia e aí ele tartamudeia.

— Vejo vocês por aí — diz Kelvin.

— Tchau, Kelv.

Três é um número muito ruim para amigos. Dois se juntam contra o terceiro, é sempre assim. Dois são companhia, três formam uma situação política. Apenas trate de garantir que você seja um dos dois.

Bom que ele foi embora.

Eu me sinto meio mal, mas é melhor para todos.

―――◆―――

— Toc, toc — diz Sheila, batendo no batente da porta do meu quarto. — Como estamos? Ah, assim está muito melhor, o som da sua respiração está muito mais leve agora, não está? Vamos tirar essa máscara, para ver como você fica sem ela.

Ela tira a máscara de mim, eu estico meu rosto frio e úmido, passo os dedos na pele à procura das marcas da máscara.

— Pronto. Vou deixar aqui para você, certo?

— Certo.

— Vou pedir para o dr. Sood vir aqui examiná-lo de manhã para ver se tem algo que possamos fazer a fim de tornar as coisas um pouco mais fáceis para você.

— Está bem.

Ela desprende o meu prontuário do pé da cama, tira uma esferográfica do bolso de barra branca e começa a morder a tampa, anti-higiênica.

— O que vamos fazer com você, hein?

— Eu não sei. Olha, Sheila, será que você pode providenciar para que eu não receba mais nenhuma visita? Eu não... eu não quero ver ninguém.

Ela olha para mim, por cima da prancheta do prontuário.

— Você vai me contar que história é essa?

— Que história?

— Bem, quando um dos meus pacientes fica nervoso com um simples passeio no jardim, gosto de tentar entender a causa disso.

Ela me espia intensamente com seus olhos negros sem fundo.

— É só... aquela boa e velha bagagem familiar.

— Então aquele era seu irmão?

— Kelvin? Ah, não, não. Ele está bancando empregadinho da minha irmã.

— Coisas... complicadas por trás de tudo?

— Um pouco.

Ela franze a testa e olha de novo para as anotações no meu prontuário.

— Coisas com a sua irmã?

— Um pouco.

Ela bate a prancheta no peito.

— Tão complicadas que você quer cortar todos os laços?

Fecho os olhos e suspiro.

— Olha, eu sei onde você quer chegar. Mas é a melhor solução. Nós já dissemos tudo que tínhamos para dizer um para o outro.

— Não sou eu que vou julgar isso, Ivo. Tenho certeza de que você sabe melhor do que eu.

Ela põe a prancheta de volta no lugar, a esferográfica no bolso e vem sentar no pé da cama.

— Vou contar o que eu estou pensando — diz ela. — O que estou pensando é que aqui está um homem, ele não está bem e evidentemente não está feliz. Agora, não é da minha conta, mas eu estou aqui por um motivo. Se você não quiser ver ninguém, é problema seu. O que você quiser, é isso que eu farei.

— Certo.

— Mas você precisa saber que, se recusar todos os visitantes, isso vai significar alguma coisa para nós. É um recado para nós. Dr. Sood virá aqui amanhã de manhã e ele e eu vamos conversar sobre todos os casos, ele lerá todas as suas anotações e dirá, "ah, recusa todas as visitas", e tirará conclusões disso.

— Sim, eu sei.
— É minha função informá-lo disso. Quero dizer, nós oferecemos muitas coisas para ajudar as pessoas quando elas têm pensamentos negativos. Posso pedir para um dos nossos conselheiros vir conversar com você a qualquer momento.
— Não... não, obrigado.
— Desde que você saiba que eu estou aqui para ajudar. Estou aqui para ajudá-lo a obter o que precisa.
— É, é o que eu quero.
Ela sorri para mim e levanta as mãos.
— Certo — diz ela —, certo. Vou ver o que posso fazer. Mas faça-me apenas um favor: não se feche completamente. Qualquer idiota pode ficar infeliz. Afastar-se completamente de todas as pessoas... bem, é muito tentador, eu sei... mas às vezes não é o melhor. Às vezes você precisa se esforçar um pouco, para se sentir melhor.
Eu franzo um pouquinho a testa, virado para a parede. Aquilo parece o que você diria. Posso ouvir você falando isso.
— Eu não quero ver ninguém — digo, num tom calculado.
— Certo, querido. Vou avisar na recepção.
Olho para ela e meneio a cabeça.
— Obrigado.
— Seu desejo é uma ordem. Ela sorri, levanta da cama e espana farelos imaginários da calça. — Mas, ouça, Ivo. Você pode ser rabugento como quiser comigo. Eu volto sempre. Mas... não deixe nada por dizer para as pessoas que importam. Bastam algumas poucas palavras para mudar seu mundo.

Hoje está tudo mais quieto por aqui. Tem alguma coisa que não está certa... o ritmo das pessoas está diferente. Sheila não apareceu tantas vezes e quando veio sinalizou coisas diversas. Ocupada, ocupada. Andei pensando que ela está me evitando porque fui brusco com ela. Ela está muito formal.

Mas estou começando a entender que não sou eu que povoo a mente deles. Os sinais do lado de fora da minha porta, lá no corredor, estão começando a ficar claros.

A respiração da velha gêiser no quarto ao lado ficou mais pesada. Perdeu a materialidade. Soa como um mirlitão, exausta, abafada.

Hzzzzzzzz, hzzzzzzzz, hzzzzzzzz

É constante, mas cansada.

Isso é um estertor? É isso que chamam de estertor da morte?

Hzzzzzzzz

Estertor da morte, leito de morte... todas essas palavras acumuladas de algum lugar. De algum tempo. Todas as experiências de todos os finais à beira do leito ao longo dos séculos. Todos apontam para cá, para esses sons, essas sensações, esses sinais aqui dentro, agora.

Sheila exibe um profissionalismo respeitoso. Mantém a conversa no mínimo necessário e seu rosto sério só olha para mim de tempos em tempos para dar algum medicamento ou ajustar as persianas. Seus meandros amistosos tornaram-se retas de eficiência resoluta. Isso torna tudo tão quieto, como um domingo à tarde. Eu só percebo o roçar do tecido da calça dela e um clique ocasional do tornozelo que marca seu avanço em direção ao alvo.

Hzzzzzzzz

O marido da gêiser Old Faithful tinha acampado na sala de espera das visitas a noite inteira. Um japonês mal ajambrado e atarracado, mais ou menos na idade de se aposentar, mas ainda vestindo uma camisa amassada e gravata de trabalho. Ele anda sem rumo, espera, se esforça para distender o tempo. O tipo de andar que se vê em pessoas na plataforma dos trens quando não há trem. Esperando, esperando. O andar dos mortos.

Hzzzzzzzz

Ele passa pela minha porta mais uma vez, espia aqui dentro. Eu procuro chamar sua atenção para dar um sorriso de consolo. Nem sei por quê. Não há nada que eu possa fazer para tranquilizá-lo. Talvez eu queira dizer: *Isso vai dar certo e você ficará bem.*

Ele devolve o meu sorriso meneando a cabeça. Bom, isso é bom.

Ele segue em frente.

Eu espio pela janela de novo, olho para a magnólia. Hoje não tem tordo, até agora. Mas olhe só para ela, eu poderia ficar assim para sempre, olhando para aquela florada tardia do jeito que está. Gosto dos brotos quando estão mais apertados, se preparando para se revelar. Talvez mais adequados a um jardim japonês, só linhas simples. Mas belos, belos.

Hzzzzzzzz

— Todas as enfermeiras aqui são mulheres muito boas.

Levanto a cabeça. O sr. Old Faithful parou à minha porta na volta da caminhada.

— Perdão?

— Todas as enfermeiras aqui são mulheres muito boas. — Ele se arrisca a entrar.

— Sim, sim — digo. — As melhores.

— Elas cuidaram da minha filha e de mim muito bem. Elas entendem bem esses estresses. Dão grande apoio.

Faço que sim com a cabeça e sorrio.

— Estão cuidando bem de você? — pergunta ele.

— Sim, sim. São muito bons aqui. Sempre solícitos. Atendem a tudo que pedimos.

— Sim — concorda ele. — Sim.

O rosto dele se desmancha, quase comicamente, as narinas se dilatam e os lábios apertam.

Eu não sei o que fazer.

— Desculpe, desculpe — ele diz.

Ele tenta ir embora, mas não tem para onde ir, de modo que fica onde está e é forçado a se recompor.

— Desculpe, desculpe. É difícil. Estou aqui, você sabe, com a minha filha, e estamos assistindo a mãe dela ir embora. Eu não sei o que vou fazer. Um pai é um substituto muito medíocre para uma mãe.

— Isso é muito triste — digo. — Eu sinto muito.

— Desculpe. Desculpe — diz ele. — Você entende.

— Entendo.

— Esse câncer é uma doença terrível — continua ele. — É maligna. É difícil acreditar que não haja mais nada que eles possam fazer. Nós achamos que ela estava melhorando. Tinha recebido o laudo de cura. Por isso nos permitimos ter esperança. Ela começou a recuperar peso. Começou a ficar mais parecida com o que era antes. Mas o câncer voltou. Não se pode jamais baixar a guarda. Eu trabalhei demais. Não tínhamos tempo para nos divertir. Quando percebemos o que estava acontecendo, ela já não estava bem e não podia mais aproveitar. Trabalhei demais.

Eu quero ajudar esse homem, mas sinceramente não sei o que dizer.

A filha dele aparece à porta com duas canecas.

— Papa? — ela murmura com voz quase inaudível.

Ela percebe que o pai esteve chorando e se aproxima dele. Dá a caneca para ele e olha timidamente para mim. Meneio a cabeça e contraio os lábios, indicando... alguma coisa.

Ele aceita a caneca e faz umas duas tentativas de enfiar o número certo de dedos na alça desconhecida. Homem de xícaras.

— Desculpe, eu estava apenas... — ele olha para mim. — Essa é minha filha, Amber.

— Olá — cumprimento.

— Oi — ela diz.

A menina parece brilhante. Cabelo preto cheio com uma mecha azul escuro. Delineador, do mesmo jeito que me lembro que você usava. Um *tracinho*. Eu me esforço para encará-la com o tipo de olhar certo. Olhos lindos, limpos, vívidos olhos. Parte japoneses, parte não japoneses. Deslumbrantes.

O que estou fazendo? Paquerando?

É só o que eu consigo. Reflexo condicionado. Ela é exatamente como você era. Segura. Bastante segura para dizer "oi", para olhar nos meus olhos.

Ela não deve ter nem 18 anos. Metade da minha idade.

— Vocês dois estão aguentando? — pergunto. — Pelo menos até onde é possível?

— Quando se sabe o que esperar cada dia é melhor — diz Amber, olhando para o pai. — Entramos numa rotina.

— É. Rotina é bom. Incerteza é quase a pior coisa — digo.

— É bobagem — diz ela. — Mas as enfermeiras aqui... bem, elas têm sido brilhantes. Nós temos muita sorte. Ela podia estar no hospital e não queríamos isso. Aqui é muito melhor do que no hospital. Nós confiamos nelas... com minha mãe.

Até pela postura dela ali em pé eu percebo que é ela quem está no comando. Apenas uma adolescente, mas está carregando o pai. Quando fala ela olha desconsolada pela janela, para a árvore e para o gramado mais adiante.

— De qualquer maneira, você não devia estar perguntando como nós estamos — diz ela. — Como você se sente?

— Ah, é muito mais fácil se preocupar com os outros — respondo. — Toda vez que vejo um médico, minha primeira pergunta é sempre "como você está?". A minha preocupação é que estejam sobrecarregados de ter de vir me examinar. Eu me preocupo com a Sheila. Vocês conheceram a Sheila?

— Adoro a Sheila — diz Amber. — Ela é incrível! Está sempre presente. Sabe exatamente o que deve ser dito. Parece que as coisas ficam um pouco mais alegres depois de falarmos com a Sheila.

Para a idade, Amber parece muito madura. Tudo bem, então tem a mecha azul e aqueles olhos, os belos e artisticamente pintados olhos, e a roupa jogada sobre ela. Uma afirmação. Como qualquer adolescente. Mas a cabeça de uma mulher adulta.

Eu quero dizer para ela, "ouça, você é jovem demais para estar num lugar como esse". Mas não consigo, não posso. "É jovem demais para perder a mãe". A sociedade vai concordar, "você é jovem demais". A sociedade vai estalar a língua no silêncio da sala de estar e dizer: "é uma grande lástima".

Eu quero consolá-la.

Mas ela não vai aceitar isso de mim.

Deixe para lá.

Deixe ela para lá.

Eye [aɪ] sm. Anat. Olho

— O que você está fazendo? — pergunta papai.

— Nada — respondo.

Mesmo com apenas 4 anos eu sei que não posso admitir que estou fingindo ser pisca-pisca de carro com os olhos.

Embaraçoso.

◆

Seguro o olho de boi com a pontinha dos dedos dentro de luvas de látex, mas mesmo assim consigo sentir o frio do refrigerador, a morbidez escorregadia que pode criar vida de alguma forma. Inclino o corpo para o mais longe possível e faço pressão com o escalpelo, mas *não entra*, um *escalpelo*, uma droga de um escalpelo cego da escola, que não fura a merda da superfície fria e escorregadia, e Kelvin diz, "aqui, bote mais energia", e ele tira o escalpelo da minha mão, eu recuo para longe, ele golpeia o olho que guincha e escorrega, ele *enfia* o escalpelo, o olho explode e espirra um caldo no rosto dele. Kelvin pisca, faz careta e passa as costas da mão no olho, e nisso passa o escalpelo perto do outro olho.

— Ai meu Deus... que merda! Isso é... Puta que pariu!

Mas isso é... não, está errado. Não são os meus olhos, são? São apenas olhos.

O que será? Será que são coisas que meus olhos *viram*, ou como meus olhos *foram vistos*?

— Como vai meu paciente favorito hoje?

A cabeça de Sheila aparece na porta, olho para ela e dou um sorriso.

— Ai, ai — ela diz. — Esse sorriso não chegou aos seus olhos, querido.

Ela entra.

— Não chegou?

— Não. Acho que você vai ter de se esforçar mais do que isso para me deixar feliz.

Abro-lhe um grande sorriso debochado, até os olhos e além. Ela dá risada. Agora parece mais tranquila. Tem mais tempo para mim. Talvez o estado de Old Faithful tenha melhorado.

— Boa tentativa. Como você está?

— Bem.

— Já terminou aquele de A a Z?

Hmm... sem chance.

— Sem chance? Ora, isso não parece nada bom. Conte até onde chegou.

— Até "E". Aliás, eu estava pensando exatamente nisso, nos olhos [*eyes*].

— Bem, os olhos enxergam se o sorriso de alguém é verdadeiro ou não.

— Ah, é?

— É. Eles entregam mesmo — diz ela, batendo com o dedo no nariz e piscando um olho.

— Minha mãe costumava olhar bem dentro dos meus olhos para saber se eu estava mentindo.

— Ha! É! *Olhe nos meus olhos e conte a verdade!* Eu dizia isso para os meus meninos o tempo todo.

Sinto uma onda repentina de afeto por aquela mulher que arrumava meus pés entre as cobertas, que cuidava de mim com ternura e paciência, sem questionamentos. Ela é naturalmente maternal. Talvez esses cuidadores sejam isso mesmo. Maternais, todos eles. E meio inocentes também. Inocentes que já viram tudo que há para ver.

— E em certas culturas não se deve olhar nos olhos das pessoas, não é? — ela diz. — Reis e rainhas... se olhar diretamente para eles, cortam sua cabeça.

— É.

— Talvez não queiram que você saiba se estão mentindo ou não — conclui ela, e sai do quarto por um tempo.

É uma afirmação que reverbera verdadeira no silêncio.

Ela volta segurando uma caneca fumegante.

— Nós costumávamos ter uma regra — Sheila diz com prazer —, uma regra sobre paquerar com os olhos quando estávamos nas boates. Eu era muito boa nisso. Olhávamos para um cara quatro segundos, depois desviávamos o olhar quatro segundos também. Depois olhávamos para ele outros quatro segundos e, se ele ainda estivesse olhando para nós, tínhamos certeza de que tinha gostado. Fiquei muito boa nisso!

Balanço a cabeça e dou um sorriso. Dessa vez tenho certeza de que chega aos meus olhos. Noto uma linda covinha que surge no rosto dela. Posso vê-la agora, a jovem maliciosa que deve ter sido, ainda viva e pulsante, apenas um pouco mais macia nos contornos.

— Eu sei — diz ela. — Sou terrível, não é?

— Bem, você tem de usar o que tem.

— Certo! Usar enquanto tem. A propósito, não tenho mais isso há muito tempo.

Ela me encara antes de perceber o efeito do que acabava de dizer, ergue a mão para cobrir a boca e desaparece rapidamente porta afora. Ouço quando ela cacareja lá fora no corredor:

— Estou sendo inconveniente com os pacientes!

Olho para o outro lado do palco e você me espia com seus vívidos olhos azuis. Observo seu olhar a tempo de vê-la virar para longe.

Será que imaginei isso? Seus olhos, muito brilhantes na escuridão em volta, mirando por cima do microfone enquanto você canta, espiando o fundo do salão do Queen's Head, mirando para mim.

Você me olha de novo agora. Eu desvio o olhar.

Embaraçoso.

Você pode pensar que gosto de você. Eu não estava *olhando* para valer.

Olha de novo.

O tracinho, a caligrafia do delineador. O delineador torna o branco dos olhos um branco puro. Você desenha bem os olhos.

Você desvia o olhar, olha para baixo, tênue sensação de timidez, seu cabelo cai sobre a testa e você verifica se está apertando os trastes certos quando move sua mão sobre o braço do violão elétrico. Verifica também quando pisa no pedal do violão e os acordes agora começam a latejar pelo salão, escritos sobre nós em sons formados por aquelas mesmas pontas de dedos que habilidosamente manipularam o seu delineador.

Eu sinto. Posso sentir desse jeito.

Sou um homem de olhos.

É isso. É o que eu devia ter dito quando Becca não parava de falar naquela época distante, se eu era homem de bunda ou de peito, ou seja lá o que for. Eu devia ter olhado bem nos olhos dela e dito, com toda segurança e convicção: sou um homem de olhos.

Foi amor à primeira vista?
    As pessoas nos perguntavam isso, não é?
    Você dizia, "ééé... mais ou menos...".
    Eu ficava meio decepcionado quando você dizia isso.
    Mas, afinal, o amor é menos amor se não for à primeira vista?

Olho para trás, vejo Becca e Laura sendo espremidas por uma multidão incomum numa quinta à noite no Queen's. Becca sorri, aplaude, olha para mim e meneia a cabeça.
    — Aquela é a que foi morar com você? — pergunto.
    Becca dança, dentro dela mesma, faz que sim e sorri sem tirar os olhos do palco.
    — Ela se mudou para lá depois do Natal.
    — É uma aluna mais velha?
    — Estagiária de enfermagem.
    Olho para você de novo, você está olhando para trás, para o seu amplificador, espiando o homem do som meio distraído à sua direita, antes de voltar a se concentrar no microfone e no canto, de olhos fechados, entrando numa rica harmonia com seus acordes simples distorcidos. Não consigo entender os acordes, mas o efeito é hipnotizante.
    Você abre os olhos outra vez e outra vez olha para mim. O acorde diminui, seu semblante solene se aquece aos poucos com um sorriso e eu penso que está sorrindo para mim. Meu Deus, você está sorrindo para *mim*.
    Você é boa demais para estar ali, sorrindo para mim.

Mas só agora eu me dou conta de que não. Não, não. Você estava olhando para Becca, porque você mora *com Becca*. E é *óbvio* que era isso que você estava fazendo. Você não *me* conhecia.

Becca se inclina para falar diretamente no meu ouvido.

— A voz dela não é linda?

Eu sorrio e faço que sim com a cabeça. Quando achei que você olhava para mim, e não olhava — a sensação foi de uma coisa boa, o primeiro bruxuleio de alguma coisa —, eu não sei bem.

Meu telefone toca, enfio a mão no bolso para tirá-lo de lá e atender. Mal. De novo. Querendo combinar um encontro mais tarde. Penso em desligar mas não quero que ele saiba que o estou rejeitando deliberadamente. Seguro o celular e fico olhando para o nome até sumir e a tela ficar escura outra vez.

Guardo o telefone no bolso direito. Sempre o direito.

No esquerdo dou um tapinha no maço com dez notas de vinte. Duzentas libras para sair e ficar completamente lesado esta noite.

Mal já deve estar com o bagulho a essa altura. As duzentas libras já foram gastas.

Mas é que eu... eu não estou a fim disso. Quero dizer, eu vou fazer, mas não estou a fim.

Franzo a testa para mim mesmo, sua música seguinte começa e penso que eu desisti de mim. Sem perceber, eu desisti da ideia de que qualquer pessoa possa me achar remotamente atraente.

O que eu poderia dizer se você me perguntasse sobre mim mesmo? Bem, eu posso dizer que estou pendurado na última advertência no trabalho que arrumei no centro de jardinagem daqui, porque cheguei muitas vezes duas horas atrasado e ando cansado demais até para completar a palavra "crisântemos" numa manhã de domingo. Tenho exame para licença médica amanhã. O quê? Sim. Moro com minha mãe, tecnicamente, menos nas noites em que fico na casa da minha irmã para transar com meu caso.

Isso não sou eu. Não é quem eu devia ser. Como foi que me tornei esse completo idiota que estou personificando?

Não são muitas as vezes em que tudo se abre e você começa a se ver como realmente é, mas é isso que estou sentindo agora. O som trêmulo do seu amplificador queima tudo que é supérfluo no meu cérebro e penso: eu posso fazer isso. Se ao menos puder... me desligar de Mal que está esperando do outro lado da linha... talvez tenha segurança para dizer para Mal... Não, não, eu sei que eu disse que ia sair e ficar muito louco de novo, mas não quero sair esta noite. Estou fazendo isso sem motivo. Tudo que tenho feito há... há *anos*... tem sido sem motivo.

Quero apertar o *reset* na minha cabeça e não quero... não quero mais fazer isso.

Será que isso está certo?

Eu não sei.

Meu cérebro esponjoso incha em todas as direções diante das possibilidades. Seja o que for que eu tenha, devo subir lá naquele palco, é isso que sei que eu quero.

Você termina sua última canção, põe o violão cuidadosamente na caixa e vem na nossa direção, agradecendo e sorrindo para as pessoas que a parabenizam.

— Ah, oi! — você grita. — Estou muito contente de você ter conseguido vir!

— Trouxe alguns amigos — diz Becca. — Pessoal, essa é a Mia.

Você recebe os cumprimentos e as palavras gentis e eu consigo inserir uma frase insignificante: "boa apresentação", que você recebe modestamente.

Becca a convida para vir sentar-se conosco e eu calculo antes dos outros que não teremos assentos suficientes. O instinto faz com que me levante e avalio as opções. Penso que, talvez... se eu for para o bar, você terá onde sentar.

— Vou pegar uma rodada no bar — digo. — Pronto, sente-se aqui se quiser.

— Não, não — você diz, com um suave sotaque do norte que eu nunca poderia imaginar —, eu vou... tenho certeza de que posso arranjar um banco ou qualquer coisa em algum lugar.

Você olha em volta à procura de algum assento vago.

Ofereço-me para pegar uma cadeira quando voltar do bar. Você olha para mim e sorri, eu não sei para onde olhar, por isso olho ao longe. Volto a olhar para você e você já não está mais olhando para mim.

— O que vocês vão beber?

Olho para você diretamente, com um olhar que significa que você também está incluída.

— Hum... eu quero um suco de laranja, por favor. Se eu puder pagar um para você também.

— Suco de laranja? Nada mais forte? Acabei de receber...

Ah, seus olhos. Aquela linha felina mortal. São realmente azuis, afinal? Pensei que eram azuis, mas podem ser verdes. São uma mistura. Realmente deslumbrantes. Eu sou definitivamente um homem de olhos.

Becca escolhe um *snakebite* com cerveja preta, pelos velhos tempos, e Laura pede vinho branco porque o tinto mancha dentes que passaram por clareamento.

Eu me afasto e assumo posição no bar, dobro minha nota de vinte libras na horizontal, nao com a dobra normal, porque assim fica melhor para cutucar o atendente do bar.

O que era mesmo? Suco de laranja, *snakebite*, vinho branco, uma Beamish.

Arrisco uma olhada para trás, para a mesa, mas seus olhos não estão virados para mim. Posso vê-la observando Becca que explica alguma coisa muito animada, enquanto Laura faz bico e meneia a cabeça. Ah, Deus, aposto que Laura está viajando em suas angústias do relacionamento com Mal. Ela tem de ficar remoendo e remoendo, e isso não muda nunca.

Meu bolso vibra outra vez e é ligação de Mal. É sempre Mal.

Eu podia dizer para ele. Podia dizer para ele agora. Eu não quero ir. Eu não quero...

As duzentas libras... não, as restantes cento e oitenta... queimam um buraco no meu bolso. Sem escolha.

Suco de laranja, *snakebite*, vinho branco, cerveja Beamish.

Rápido, rápido.

— Sim, amigo?

— Suco de laranja, caneca grande de Beamish, um *snakebite* com cerveja preta e um vinho branco, por favor, amigo.

Quatro drinques. É um número complicado para levar do bar para a mesa. O barman alinha os quatro na minha frente, eu lhe dou o dinheiro e avalio o peso dos copos de formatos e tamanhos diferentes. Experimento duas vezes segurar desse e daquele jeito para ver se vou conseguir levá-los todos de uma vez só. Não. Sem chance.

Finalmente resolvo enfiar dedos e polegar no meu, no de Laura e no de Becca e carrego o seu normalmente com a outra mão.

Laura não se impressiona.

— Urgh! Meu Deus!

— Desculpem os dedos — digo.

— Que tal uma bandeja? — você sugere.

— Seria uma opção — eu digo, e gostaria mesmo de ter sido suficientemente esperto para ter pedido uma.

Ainda não há assento extra, por isso ponho os copos na mesa e me agacho entre você e Becca. Você não se mexe, mas faço um gesto indicando que deve continuar sentada.

— Tudo bem, vamos lá, dividir — você diz, dando um tapinha no assento ao lado da sua coxa. — Você pode alojar metade da bunda aqui.

Sentamos meio de costas um para o outro, metade e metade. Contato firme.

— E aí, o que você faz — diz você —, já que evidentemente ganha o suficiente para ostentar dinheiro?

— Bem, esse sou eu gastando tudo que tenho esta noite — eu digo, e as cento e oitenta libras formam um retângulo perfeito e evidente na minha coxa sob a calça jeans.

— Ah, é? Nossa! Bem, não se preocupe, pago o outro para você — você diz. — E como foi que conheceu Becca?

Eu explico.

— Ah, entendo. Ah, aposto que todos vocês, rapazes, estão loucamente apaixonados por ela, não estão?

— Ah, ela é adorável — eu comento, moderando o meu tom de voz com o máximo de cuidado. — Mas não é o meu tipo.

— Não é? Eu imaginava que ela era o tipo de todos.

Dou de ombros.

— Então acho que eu não sou "todos".

Você olha nos meus olhos um segundo a mais do que o normal? Tenho certeza...

Nesse momento, Becca se debruça sobre a mesa.

— Um brinde, saúde!

— Saúde! — eu digo e viro para você. — A uma apresentação muito boa.

Todos tilintamos os copos, mas você faz com que eu pare no último segundo.

— Não, não, você não está fazendo isso direito. Precisa manter o contato ocular quando batemos os copos — você diz.

— Ah, é isso que temos de fazer? — pergunta Becca.

— E eu não estava fazendo? — pergunto.

— Não, vamos lá, faça de novo — diz você. — Saúde!

— Saúúúde... — eu digo e estendo o meu copo sem muita coordenação. — Isso é difícil. Eu devia olhar para o copo.

— Não, assim não conta — você diz. — Tente de novo. Saúde!
— Saúúú...

Os copos se encontram: tim-tim.

— Assim? — eu questiono.

Você franze o nariz.

— Bem, tecnicamente teria de ser um tim mais limpo.

Tento outra vez, olhando mais fundo nos olhos dela.

— Saúde.

Timmmm.

— Perfeito! — você exclama e dá um sorriso largo para mim.

— Foi a espontaneidade, eu acho, que fez isso realmente especial — afirmo.

Definitivamente um olhar prolongado dela. *Definitivamente.*

Meu celular, preso entre nós dois, vibra de novo no bolso. Você dá um pulo.

— O que é isso?

— Ah, desculpe — eu digo, saltando da minha metade da cadeira. — Estou sempre... estou sempre recebendo ligações — olho para o nome de Mal piscando e grito fraquinho para a tela: — Deixe-me em paz!

Fraquinho. *Fraquinho.*

Olho para você e você me observa achando graça.

— Você deve ser muito popular.

E mais uma vez você mantém o olhar no meu.

Eu não sei o que você tem, mas pela primeira vez em... em anos? ... Eu sinto que um pouco da ansiedade está indo embora. Consigo ficar olhando nos seus olhos. E só agora percebo como tenho sido inseguro ultimamente.

Meu celular para de vibrar.

— Você tem olhos lindos — comento.

E pronto. Eu disse. Calmamente.

— Ora, obrigada — você diz, meio atônita. — É muito doce da sua parte dizer isso.

Não! É terrível dizer isso! Todo mundo já deve ter dito isso para você!

Mas você sorri.

E eu sorrio também.

— Ivo? — Laura chama.

— O que é? — olho para ela e vejo que está estendendo o celular dela para mim.

— Mal quer falar com você.

E eu não posso ficar. Merda, eu não posso ficar.

— Eu sinto muito — eu digo. — Foi maravilhoso conhecer você, mas preciso ir...

— Ivo... — Laura está balançando o celular dela para mim.

— Diga para ele que eu sei — falo bruscamente para ela.

— Ah, está bom — você diz, desapontada.

Você desvia o olhar instintivamente e eu sinto o desligamento.

— Você vem? — pergunta Becca, pegando sua bolsa e casaco.

— Sim, sim — eu digo, me esforçando para pensar num jeito de reatarmos de onde paramos. — Olha... eu sei que só nos conhecemos há mais ou menos três minutos, mas será que você gostaria de sair comigo para um drinque um dia desses? A não ser que...

— Ah! — você diz, surpresa. — Bem, sim, sim. Seria legal.

— Excelente. Pego o seu número com a Becca, pode ser? E... — meu telefone começa a tocar de novo. — Eu preciso ir. Ligo para você, está bem?

— Certo.

Atravesso o *pub* aos tropeços, tentando atender o celular e alcançar Laura e Becca.

— Você está bem, garotão? — diz Mal do outro lado da linha. — Por onde andou? Estou ligando há séculos.

Sinto um aperto no braço, viro e vejo você agarrada à manga da minha camisa. Faço "o que foi?" com a boca para você.

— Desculpe — diz. — Eu tinha esquecido... vou para casa amanhã. Quero dizer casa casa, volto para a casa da minha mãe nos lagos, para a Páscoa.
— Ah, merda.
— Ãhm? — diz Mal.
— Mas, olha, quem sabe depois? — você diz.
— Sim, certamente — digo.
— Aqui, deixe-me pegar uma caneta para anotar as coordenadas da minha mãe. Quem sabe você me encontra lá?
Você procura dentro da bolsa enquanto a voz de Mal no meu ouvido exige saber o que está acontecendo.
— Espere um minuto — eu digo para ele, irritado.
— Pronto — você diz, tirando da bolsa uma velha esferográfica.
— Você tem papel?
— Escreva aqui — eu peço e ofereço as costas da mão.
— Você gira meu punho com a palma da sua mão, escreve os números bonitos e nítidos e desenha uma clave de sol muito profissional no fim.
— É para você se lembrar de quem escreveu, amanhã de manhã — e sorri.

Ear [ɪər] sf. Anat. Orelha

Orelhas. Não penso nisso há anos.
É você mais uma vez: é você, logo depois daquela Páscoa, na plataforma da estação de trem, cercada por todas aquelas pessoas.

Passamos horas falando ao telefone nesse feriado. E era tão cômodo e afetuoso falar sobre qualquer coisa e sobre tudo, que você tinha sentido falta da sua mãe o semestre inteiro, mas que cinco minutos bastavam para acabar de vez com essa saudade. E nós também tiramos as histórias trágicas dos pais do caminho. E a sensação... a sensação é de que dá tudo certo com você. Eu contei a história do meu pai mil vezes e sempre encontro pessoas que se chocam, constrangedoramente. Eu sempre tenho de tranquilizá-las de que está tudo bem e isso e aquilo. Mas quando você me contou do seu pai, fiquei pasmo ao ouvi-la falar com tanta naturalidade.

— Sim, meu pai foi embora... acho que quando eu tinha uns 15 anos. Ele bebia demais... ainda bebe, eu acho. E não era capaz de dar à minha mãe o que ela precisava. Quero dizer, eles ficaram anos juntos, mas nunca ia funcionar. Não combinavam mesmo.

— Ah, certo.

— Mas não o culpo por isso... ele passou por maus momentos, fez escolhas péssimas. Mas nada disso faz dele um homem mau.

— É, imagino que não.

— Não o vejo muito, porque acho que ele fica meio perturbado. Ele deve se sentir mal e eu não quero provocar isso. É triste. Mas, você sabe, não deixo que isso me defina.

Quase pude ouvir você dar de ombros ao telefone. Por isso embarquei na milésima primeira versão da história do meu pai e meio que me vi imitando seu tom fatalista. Pela primeira vez senti que estava contando a história da forma que eu queria contar.

Então agora eu sei. Não preciso ser como Laura nesse assunto. Não preciso amplificar esse melodrama, porque se trata de uma coisa que aconteceu. Foi triste e continua sendo triste. Ninguém vai mudar isso, para o bem ou para o mal.

Você chamou nossa conversa de "Sequência real do pai triste".

— Ah, pai morto ganha de alcoólatra não violento sempre.

Depois de semanas de conversas quase todas as noites até de madrugada, não consigo acreditar que nos encontramos apenas uma vez antes.

Você perguntou:

— Como é que você vai me reconhecer na estação de trem?

— É claro que vou reconhecê-la.

— Ahhh, sim, serão meus lindos olhos — ela me provocou pelo que eu tinha dito no nosso único encontro real. — Vou fixá-los em você como uma Medusa e atraí-lo pelo saguão da estação.

— Nããо... na verdade serão suas orelhas enormes e deformadas. Você engoliu em seco e bateu o telefone. Como piada. Eu acho.

Agora consegui descobrir qual trem será o seu e depois de angustiantes oito minutos a mais de espera, com as pernas formigando de nervoso, o número piscou "chegada" no quadro e estou começando a me preocupar porque posso de fato não reconhecê-la. E se não reconhecê-la imediatamente, você vai ver isso escrito em toda a minha cara, e isso será o fim de tudo.

Quando os passageiros começam a sair, primeiro em pequenos grupos, depois numa onda caótica, meus olhos dardejam em volta à sua procura. A visão de algo familiar. Alguma coisa que eu possa lembrar daquela noite três semanas atrás.

Fico pensando se imaginei demais tudo isso. E é claro que imaginei. Isto é, cara a cara pode não haver nada entre nós, nenhuma química, nenhuma luz fraca de *pub* para criar uma certa atmosfera. Apenas as manchas achatadas e pretas de chiclete na plataforma, e a lojinha de café que oferece o mesmo café velho desde 1989, só que dessa vez num copo de papelão com tampa de plástico, não exatamente como as cafeterias da moda.

Nem sinal ainda. Olho para trás com certa esperança de vê-la encostada em alguma parede, olhando para mim e batendo o pé, desapontada.

No frigir dos ovos, que droga estou fazendo, me deixando aberto para tudo isso?

Mas não, olha só: lá vem você. Flutuando na plataforma, já olhando para mim, já sorrindo, meio escondida atrás de um grupo desordenado de estudantes. *Essa* é você. Claro que eu teria reconhecido imediatamente. E me aninhado sem preocupações no seu cabelo: um par de orelhas cor-de-rosa de coelho balançando sobre seu rosto como pontos de exclamação.

— Oi! — você diz, deixando cair sua mala e beijando meu rosto com um abraço animado quando finalmente me encontra.

— Oi — eu digo e toda a minha rabugice se desfaz com o carinho e a naturalidade do seu cumprimento.

— É muito bom vê-lo, finalmente — você afirma.

— É! Você também — digo. — E então, por que essas orelhas?

Você franze a testa e olha para mim sem entender.

— Orelhas?

Ahá! Entendi.

— Ah, nada — eu digo.

— Certo — diz você, alegremente. — Então, vamos pegar o ônibus?

Você dá meia-volta e se abaixa para pegar sua mala.

Um rabo todo fofo de coelho está preso com elástico na parte de trás da sua calça jeans.

Não, eu nem vou mencionar.

Fiquei com o riso sufocado no peito todo o caminho até a rodoviária.

◆

Uma sirene de emergência agora fura meus tímpanos e invade o meu cérebro, acordo de um pulo e meu coração bate com muita força, o suor começa a pinicar e a brotar na superfície da minha pele.

O quê...?

Olho em volta à procura de algum aviso do que eu devo fazer. O que eu devo fazer?

A sirene continua tocando, tortura meus ouvidos, refazem a forma do meu crânio com cada toque regular.

Agora é pontuada pelo barulho de passos apressados.

Vejo Sheila passar voando pela minha porta e parar logo depois, no corredor.

Então uma voz de homem, soterrada entre os ecos. Jef, eu acho. Não consigo distinguir as palavras.

— Não — responde Sheila. — Sim, mas já foi aberto. Você está com a chave?

Outro barulho parecido com Jef falando mais adiante, no corredor, e vejo Sheila relaxar, voltar calmamente em direção ao meu quarto.

Ela me vê e para meio dentro, meio fora do meu quarto.

— Desculpe o transtorno — ela diz, ainda vigiando o corredor. — As pessoas estão sempre empurrando a porta de emergência. Diz lá no aviso: "porta de emergência com alarme". O que elas pensam que vai acontecer?

— Não vi ninguém passar por aqui — digo.

— Não. — Ela suspira, sem se surpreender — É uma chatice. Tudo depende de eletricidade. Dizem para você, "ah, vai ser um avanço enorme perto do que você tinha antes", e em pouco tempo você se dá conta de que o lugar inteiro foi atualizado para não ter mais utilidade nenhuma.

Ela fica vigiando a porta e rola os olhos para a esquerda quando Jef passa com passos largos, balançando um pequeno molho de chaves na mão.

A porta fecha com estrondo e o barulho ecoa pelo corredor, a sirene para por completo e deixa gravado aquele ultrassom nos meus ouvidos — e o meu coração disparado.

Foi você que enviou uma lufada de vento para abrir a porta com alarme e invadir meus ouvidos?

Às vezes posso ser persuadido.

Acalme-se agora, acalme-se.

Hzzzzzzzz.

Ah, pronto. O gêiser.

— Obrigada, querido — diz Sheila para Jef quando ele passa de volta.

— Tudo bem — diz ele.

— Não vai demorar para eles porem respiradores junto da máquina de café — diz ela, entrando de vez no quarto. — E teremos uma dose dupla de *latte* com direito a acompanhamento de residente morto.

Ela afunda na cadeira de visita e puxa um pé para cima da outra coxa, enfiando o dedo dentro do sapato para aliviar alguma dor.

— Desculpe — diz ela, com a boca relaxada. — Eu não devia falar assim com você, não é?

Eu sorrio, mais perturbado pela presença do pé dela.

— Não se preocupe com isso. É bom ver que você se importa.

— Bem, eu realmente me importo. Esse deve ser um lugar de paz e tranquilidade. Mas ainda temos de encarar todas as eficiências e ideias geniais da administração como em qualquer outro lugar. Se você não consegue escapar destas coisas aqui, não dá para escapar em lugar nenhum, não é?

Feet [fi:t] sm. Anat. Pés

Deitado no sofá. Não consigo falar.

Minha mãe chega, levanta minhas pernas e as deixa cair de novo sobre seu colo quando senta ao meu lado.

Há um desenho animado passando na TV com o som bem baixo, mas não estou assistindo.

Vejo que ela achou o meu cartão. Ou a criação irregular de macarrão, cartolina e cola que a professora substituta nos deu para levar para casa. Minha mãe deve ter catado na lata de lixo.

Feliz Dia do Papai.

Mamãe esfrega os meus pés e evita com cuidado as áreas de mais cócegas. Às vezes olha de lado para o meu rosto.

— Vamos pedir comida esta noite, querido?

Não posso responder.

Ela olha para o meu pé e diz:

— Parece que somos só eu e você, pé. Como se sente? Está triste?

Depois de uma breve pausa, meu pé faz que sim, com tristeza.

— E quanto a você — ela diz, pegando meu outro pé. — Está triste também?

O outro também está triste.

— Ah, meu Deus — diz ela. — Ah, meu Deus.

Ela fica parada, pensando, eu abraço uma almofada sobre a barriga e olho para a tela.

Um longo silêncio. Silêncio longo, longo, cheio de barulhos de desenho animado. Tiros e "tóins".

— Tive uma ideia — ela diz para o meu dedão do pé. — Vamos conversar sobre o que você fez hoje. Vamos falar dos seus sapatos. Em que sapatos você andou hoje?

Meu pé pensa um pouco e olha para o outro lado da sala, para a porta.

— Seu Hi-Tec Silver Shadows? — diz ela. — São seus sapatos favoritos?

Pé faz que sim.

— E você? — ela pergunta para o outro pé. — Andou calçando Hi-Tec Silver Shadows?

O outro pé faz que sim também.

— Claro que sim. Seria tolice calçar outra coisa, não é? Porque assim vocês seriam sapatos descombinados. Vocês gostaram de usar seus Hi-Tec Silver Shadows?

O pé esquerdo faz que sim e o pé direito balança a cabeça, que não.

— Ué...

— Eles gostam, mas um estava apertando um pouco.

Ela se debruça sobre os meus pés.

— Quem é esse? — ela murmura e aponta para a minha cabeça. Os dois pés dão de ombros.

— Você tem formigamento nos pés?
Dr. Rhys.
— Você fica com os pés dormentes?
— Humm... às vezes? Pode ser?
— Sim, você sabe, isso não é bom. Com diabetes isso pode indicar o princípio dos danos nos nervos. O que pode significar que você terá ferimentos que não curam, que infeccionam e depois podemos ter de amputar. Tenho quatro pessoas aqui nesse distrito que têm uma prateleira cheia de sapatos do pé esquerdo inúteis, nesse momento.

◆

É isso. Isso é bom.

Estou caminhando. Saí da minha cama, estou andando pelo corredor e foi ideia minha.

Sou muito insignificante para ter tido essa ideia. Tenho de imaginar o que você diria para mim. O que você diria? Diria isto:

Imagine-se lá. Então vai reconhecer quando chegar lá.

Estou andando, estou andando.

Estou fazendo alguma coisa da minha vida.

E é bom. É bom manter os pés em movimento.

Estou com o meu cobertor nas costas, os seus braços em volta de mim.

É gostoso. Vamos devagar.

Um pé na frente do outro.

Empurro e sigo meu caminho pelas portas de incêndio. Elas batem e fecham atrás de mim.

Isso movimenta a circulação sanguínea. Mantém o cérebro funcionando, os pensamentos, as ideias funcionando. É bom, é positivo. Algo simples como coisas para ver, novas coisas para apreciar. Faz com que vejamos o mundo com mais bondade.

Gostaria de ter feito isso antes.

A máquina de café, lá está ela. A Matic 2. Tem uma grande pilha de canecas ao lado dela. Todas diferentes. A equipe as traz de casa. Eu amo Londres. *O fantasma da ópera*. *Um teto todo seu*, Virginia Woolf.

Firme, agora. É bom ir num ritmo glacial. Mantendo-me perto da parede.

Olho para dentro do quarto à esquerda. Há uma velha mulher na cama. Uma mulher mais jovem sentada na cadeira de visitante olha para mim e eu sumo de vista.

Viro uma esquina do corredor. Quadro de avisos na parede à direita, com tachas por todo lado, segurando folhetos e panfletos. Os papéis da parte de baixo dobram para cima e tremulam na corrente de convecção do aquecedor no rodapé.

Corrente de convecção. Outro conceito que o sr. Miller ensinou em Ciências. Será que algum dia vou me livrar da influência daquele homem?

"Festa da igreja de São Leonardo — 430 libras arrecadadas para o asilo." Nada má essa quantia. Ou será que é? Difícil dizer. "Muito obrigado a todos." É, obrigado.

"Cuidados paliativos no asilo. Todos queremos ir para onde nos sentimos mais confortáveis. Ambiente familiar." Não é a minha casa. "Com a família e os amigos." Nem minha família. Nem meus amigos.

"Câncer, sexo e sexualidade. Todas as pessoas são diferentes. Não existe isso de vida sexual normal. Você ainda pode ter desejos e carências mesmo estando muito doente."

"Massagem. Karen Eklund. Massagista sueca. Sessões duas vezes por semana na sala Baurice Hartson. As sessões duram aproximadamente cinquenta minutos. Escreva seu nome abaixo para obter uma consulta." Sem uma caneta por perto.

"Reflexologia, terapia de Bowen e Reiki. Cure-se."

Hora de seguir em frente.

Risos enfeitam o corredor, vindos do último quarto. Riso de plateia. E uma voz. Voz conhecida. Quando os sons percorrem o corredor e chegam até mim, as palavras acumulam vibrações das paredes e do chão de modo que são soterradas pela avalanche de som, de tinta brilhante e de vinil. Elas falam do corredor. Falam para mim de papel e detergente. Chão brilhante. Fácil de limpar. Pronto para a inspeção dos agentes da saúde.

Meu sapato guincha no corredor, indo em direção ao som e as palavras vão ficando mais distintas.

— E que tal o orçamento, hein? Terrível, não foi?

O orçamento. Urgh, barulho. Barulho de fora. Barulho de um mundo continuando sem mim.

— Mas você não ia querer ser o primeiro-ministro, ia? Não. Você não ia querer ser primeiro-ministro.

Tudo em mim quer dar meia-volta e retornar para o meu quarto, retornar para a cama.

— Dá para imaginar? Cortar todo o orçamento do serviço nacional de saúde? Você não ousaria ficar doente, ousaria?

Não. Ora, ora...

— ... bem, sinto muito, primeiro-ministro, com todos esses cortes no sistema nacional de saúde, sabe, não posso dar-lhe nada para a sua constipação. Você terá que ficar cheio de merda mesmo...

Na sala da televisão o aparelho está transmitindo para uma plateia de cadeiras vazias. A luz da tela agora muda o estofado para azul, agora amarelo, agora branco, agora azul. Cheguei até aqui, posso muito bem sentar e assistir um pouco. Escolho a cadeira perto do grande baú de brinquedos, pego um cubo de Rubik do topo da pilha e giro inutilmente nas mãos.

— Então essa é a resposta, não é? Você é tão bom com orçamentos, que sugiro que volte e comece tudo de novo. Sim?

Agora ouço risadas bem altas e faço uma careta diante do barulho. Estão aumentando o volume sem parar, hoje em dia.

— Isso vai ajudá-lo a se mexer e orçar, não vai?

Risos.

Amber aparece na porta segurando duas canecas de café vazias. Olho para ela e sorrio.

— Oi.

Ela me espia por trás de mechas de cabelo e eu penso, por um segundo, que ela não vai conseguir me ver, mas ela vê, entra timidamente na sala e olha para a tela.

— Hora do café?

Ela não responde, olha para as canecas que tem nas mãos.

— Eu vim procurar um pouco de cultura.

— Ah, ele. É. Eu não gosto dele.

— Eles sempre põem a TV com um volume muito alto.

Ela sorri educadamente. Urgh. Comentário de velho.

Nossas idades não são tão distantes. Vinte anos. Vinte e dois, três. Eu só quero dizer para ela: "Eu entendo. Sei o que está tentando dizer. Com sua mecha azul no cabelo e seu jeito de se vestir." Quero dizer, eu quero virar para ela e dizer: "Você, eu, amigos, sim? Iguais, sim?"

Mas não. Não, não.

Não podemos nos agarrar a coisas como essa.

— Desculpe bancar o chato — eu digo —, mas, se você for até a máquina, será que podia trazer um chá para mim? Eu iria, mas...

Ela pigarreia.

— Claro — diz ela. — Com leite e açúcar?

Ela desaparece.

Zapeio os canais à procura de algo menos chato. Notícias, notícias, programa de auditório. O que Amber gostaria de assistir?

Acabo em um dos canais de música e deixo nesse. Diminuo o volume para ficar como música ambiente.

Ela volta carregando duas canecas. Vermelho forte e azul forte. Uma diz "Humpf", a outra diz "Albert".

— Humpf — ela diz.

— Muito obrigado — pego a caneca.

Ela recua alguns passos e senta de pernas cruzadas, segurando a caneca contra os lábios, com os cotovelos nos joelhos. Meia-calça com listras verdes e pretas.

— Tem bastante para mantê-la ocupada? — pergunto. — Toda essa espera. É para minguar a gente.

— Tenho alguns livros. Mas não é o melhor lugar para ler. Não consigo me concentrar.

— Não, e não é surpresa isso, é? Você precisa tentar jogar o jogo da Sheila.

— Qual é?

— Bem, o que tem de fazer é percorrer o alfabeto e pensar em uma parte do corpo para cada letra. Daí você pensa uma história sobre essa parte do corpo, por exemplo, diz qual foi a coisa mais maravilhosa que seus dedos já fizeram. O momento em toda a sua vida em que eles foram melhor utilizados.

Minha explicação para de repente e fico achando que ela deve estar imaginando sobre que diabos eu estou falando.

— Adrenalina — diz ela, animada. — Eu começaria com A de adrenalina.

— Por que adrenalina?

— Ela nos motiva e nos defende. Faz as pessoas fazerem coisas espantosas, como virar super-homens. Você sabia que teve uma mulher que conseguiu levantar um carro que estava em cima do bebê dela?

— Não.

— É, na América. Eu li sobre isso... foi a adrenalina nos braços dela.

— Isso faz com que a minha história do pomo de adão pareça meio inadequada — comento. — Mas é isso que dá trabalhar num jardim a vida inteira.

Olho para ela e não vejo acender nenhuma luz.

— Jardim do Éden — eu digo. — Pomo de adão.

— Em que jardim você trabalhou?

— Você conhece o que fica mais abaixo, na rua para cá? No cruzamento?

— Conheço. Às vezes vamos ao café de lá.

— Ah, é. Bolos bons.

— É! Bolos ótimos!

Olhamos um tempo para a tela da TV e começamos a ser sugados pelo magnetismo que empata qualquer conversa. Procuro pensar em algo para dizer sobre adrenalina. Só consigo pensar nela como antídoto de *overdose*.

— Adoro o seu cobertor — eu a ouço dizer.

Viro e ela está estendendo a mão para tocar na ponta dele.

— Ah, obrigado — eu digo, sorrindo. — Foi feito para mim.

— Uau! É maravilhoso. Posso dar uma olhada? — ela vira um canto. — Tem uma tensão perfeita nos pontos. Estou querendo fazer *design* têxtil na universidade, sempre amei isso.

— Toma — digo, estendendo o cobertor para ela. — É bem pesado.

Não consigo disfarçar o orgulho na minha cara.

Amber interroga o cobertor com dedos inteligentes e seguros. Engraçado como uma diferença mínima em um movimento ou pose pode contar muita coisa sobre os talentos de uma pessoa.

— Olhe só para isso...

Ela segura o cobertor perto do corpo e fala praticamente com ela mesma.

— ... os hexágonos. Realmente incomuns. Deve ter levado séculos para fazer.

— Ela escolheu hexágonos porque são um pouco mais suaves, eu acho, do que quadrados.

— Quem foi que fez esse cobertor?

Hesitei um pouco, sem querer admitir ter tido uma namorada um dia, para o caso de... para o caso *de quê?* De Amber estar, quem sabe, *interessada?*

Meu Deus.

— Minha namorada — digo. — Ex.

Amber olha para mim com súbita simpatia.

— Ela podia ter alguém muito melhor do que eu — digo, para rebater quaisquer perguntas.

— É lã de ótima qualidade, deve ter custado uma fortuna.

— É?

— Sim, definitivamente. Ela certamente deve ter achado que você valia o trabalho.

— É... é. — Sorrio e depois meu rosto deve se abater um pouco, porque Amber parece preocupada.

— Você está bem? Desculpe, eu não queria...

— Eu costumava ser enredado nos grandes planos dela. Sempre algum plano de desempenhar algum ato aleatório e criativo em algum lugar. Ela fazia grafite de crochê. Isso é conhecido em têxteis, o grafite de crochê?

— Não... o que é isso?

— Ela planejava ir para certos lugares no centro, às quatro da madrugada, para decorá-los com corações ou margaridas de crochê ou o que estivesse fazendo no momento.

— Nossa, que coisa, isso é incrível!

— É, pequenos flocos de neve no Natal, pintinhos na primavera. Apenas atos aleatórios de bondade, mas executados dentro de padrões loucamente elevados. Ela era meticulosa ao extremo quanto a isso.

— E você tinha de ir junto com ela?

— É, bem, eu nunca vi desse jeito. As pessoas costumavam dizer para mim, "ah, Deus, aposto que você odeia acordar de madrugada, não é?" Mas eu nunca quis ser a pessoa que odiava levantar cedo. Era duro, mas nunca foi ruim. Na verdade era bom. Talvez os projetos certos devessem ser assim mesmo.

— E as peças de crochê não eram roubadas?

— Ah, sim, eram "capturadas". Mas esse não é um motivo para não fazer. As pessoas são o que elas são. Nunca poderemos controlar isso.

— É...

Amber não parece convencida.

Ela devolve o cobertor para mim e dou tapinhas na manta espessa. Parece uma bandeira daquelas que são dobradas nos enterros de militares.

— Ela viria aqui visitá-lo? Mesmo sendo ex?

A pergunta me pega de surpresa.

— Não — eu digo. — Não.

Finger ['fɪŋgər] sm. Anat. Dedo

— O que é isso? Parece um ânus!

Mal enfia um dedo num dos buracos da costura do cobertor e a unha bate na madeira da mesa do *pub* que está por baixo. O cigarro enrolado à mão que ele tem entre os dedos desprende um pouco de cinza da ponta.

— Mal! Porra!

Dou um tapa nele.

Ele recua e bufa para mim com um sorriso de autoincriminação.

Vejo na mesma hora. O lugar do cobertor em que seu dedo encostou tem uma marca de sujeira. Olho rapidamente para você, mas você não viu — está ocupada empurrando as sacolas e os embrulhos que deslizam do assento ao seu lado.

Eu não vou chamar a atenção. É meu aniversário e meu presente, por isso não vou assumir a responsabilidade de estragar tudo. De qualquer maneira, deve sair com uma esfregada. Posso experimentar daqui a pouco.

— Ah, olhe só para isso, é maravilhoso — diz Laura, estendendo a mão e virando a ponta para ver a parte de trás. — Você que *fez*?

— Sim — você diz, depois de conseguir fazer o papel de embrulho cooperar dando um golpe de caratê.

— Para ele?

Você olha para mim e abre um sorriso afetuoso.

— É.

— Sabe de uma coisa? — pergunto. — Acho que é a primeira vez que alguém faz alguma coisa para mim.

— Por isso eu quis fazer — você diz. — Foi feito com amor.

Fico envergonhado ao perceber que olho em volta para ver se alguém está se divertindo com a palavra "amor". Becca está cochichando alguma coisa no ouvido de Mal e dando risada. Ele também ri. Uma boa piadinha particular.

— Ah, Ivo, você sempre fica com a melhor parte! — diz Laura. — Como é que sempre consegue levar a melhor? Quantos pontos tem aqui?

— Ah... eu não sei — você diz. — Uns... cinquenta, sessenta mil?

— Você é louca — diz Laura. Sessenta mil pontos? Para ele?

— Isso é loucura? — você pergunta, endireitando o cobertor, verificando se tem alguma imperfeição, estalando a língua quando encontra um fio solto.

— Não sei onde você arruma tempo para tudo que faz. Você é como uma fábrica de quintal ou algo parecido, com tudo junto, tocando violão, escrevendo letras de música, fazendo crochê, além do curso de enfermagem.

— Ah, a gente sempre encontra tempo para a pessoa certa — você diz. — Ele vale.

— Bem, estou feliz de você pensar assim — diz Laura, com cara de incrédula. — Acho que não há ninguém no planeta para quem eu faria uma coisa dessas. Ou ainda não conheci.

Noto uma nuvem passando um segundo pelo rosto de Mal quando ela fala isso.

— Eu curti fazer isso. Tive todas as viagens de ônibus para trabalhar e preenchi todos os momentos de tranquilidade no turno da noite: podia pegar o cobertor e trabalhar nele e ter a sensação de que estávamos juntos — você olha para mim. — Pense nisso como se fosse um pedido de perdão, se preferir, por estar longe nas noites de todas aquelas semanas. Esse cobertor é feito de todas aquelas horas em que eu pensava em você e quando queria estar com você.

— Aaah — diz Laura, virando para mim. — Isso é adorável.

— E sempre que eu encontrava um problema, havia muitos pacientes idosos que ainda tinham suas habilidades com crochê... aprendi centenas de técnicas.

— Você adorou o cobertor? — Laura pergunta para mim.

Seus olhos viram timidamente para mim e a pressão da expectativa cresce de imediato.

— Sim, é realmente... — Eu gostei demais e me vejo procurando as palavras que quero usar, então parece que o *pub* inteiro está olhando para mim. — É realmente... realmente *de peso*.

Balanço o cobertor na mão avaliando o peso, impressionado.

— É só um cobertor. Tudo que precisa saber é se ele esquenta — diz Mal. — Se vai impedir que esses frágeis joelhinhos batam um no outro.

Talvez haja algum defeito no meu DNA, mas olho para Mal e penso que ele parece muito criança. Até que ponto ele pode ser pueril? Certamente pode fazer melhor do que isso.

Sei que eu posso.

— É brilhante — digo, deliberada e decisivamente. — Eu adoro. E foda-se você, Mal.

— Bem — diz você, virando para mim —, no que me diz respeito é apenas uma coisa que alguém que pensava bastante em você passou muito tempo fazendo. E era o que eu queria fazer para você. Feliz aniversário.

Estou comovido. Estou genuinamente comovido.

— Bem, lá vamos nós, amigo — diz Mal enfiando a mão num saco plástico. — Feliz aniversário, falou?

Ele põe um pacote com vinte e quatro barras de KitKat sobre o cobertor e outro com vinte maços de Benson & Hedges por cima de tudo.

Levanto a cabeça e vejo que ele está empertigado e pronto para a minha risada.

— Aí, não dá para deixar de adorar isso — você diz, quase tranquila. — Perfeito para um diabético.

— Saúde de todo jeito, amigo — diz Mal, levantando o copo e encorajando os outros a fazerem o mesmo.

Então ele diz:

— Desculpe, Mia, esqueci que você não estava bebendo.

— Eu não estou não bebendo — você diz. — Só não estou com um drinque aqui.

— Ah, certo, achei que era por causa do seu pai e tudo.

— O que tem ele?

— Por ser um... desculpe, será que não devia dizer? Alcoólatra?

— Mal! — grita Laura.

— O que foi? — pergunta Mal e levanta as mãos fingindo inocência.

Você olha para mim e eu balanço a cabeça, indicando que não sei como ele descobriu.

— O que é isso? — você diz.

Ah, merda... você descobriu o estrago do dedo de Mal.

Você olha furiosa para Mal na mesma hora.

— Levei oito meses para fazer isso. Preste atenção onde mete a mão, certo?

— Eu não entendo — você diz.

Sua mesa do computador e todos os seus livros tremem quando você vai e vem batendo os pés no tapete do seu quarto.

— Não entendo que tipo de código especial eles querem que eu desvende para poder entrar em seu grupinho exclusivo.

— Quer fazer o favor de sentar? — peço, deitado atravessado na sua cama, com a cabeça apoiada numa grande almofada. — Você está me deixando tenso.

Você senta na beirada da cama e se inclina para frente.

— É difícil — eu digo —, mas nós todos nos conhecemos há anos. Acho que eles ficam um pouco... sei lá... um pouco preguiçosos quando chega gente nova.

— Já faz nove meses que estamos saindo. Isso é mais proposital do que preguiça. Quero dizer, qual é a do Mal? Ele fez aquela marca no cobertor de propósito.

— Não, não foi de propósito. Eu vi quando ele fez, foi um acidente.

— Ah, está bom, ele nem se desculpou, não é? Estava se divertindo abertamente às minhas custas. Por que você anda com esse bando de debochados?

— Eu não sei.

— Falando sério, eles são parasitas uns dos outros. Qualquer coisa que não se encaixe em suas visões de mundo é imediatamente atropelada.

— Eu não sou assim.

Você suspira e afunda de costas na cama.

— É, eu sei que você não é. Não sei como conseguiu escapar de ser.

— Eles não sabem nada de você. Não conhecem quem você é de verdade. Vai levar um tempo, só isso.

— Becca devia me conhecer, mas ela está ocupada demais sendo paparicada por todo mundo, todos encantados com ela.

— Ah, não, Becca é legal.

— Ah, ela é um amor, mas nunca fica do seu lado, nunca defende ninguém. E qual é a dela com o Mal, cochichando como criancinhas?

— Nada de mais, eles apenas se conhecem há muito tempo.

— É, não ficaria surpresa se houvesse alguma coisa entre os dois, sabe? Não sei por que a Laura gosta dele.

— Não sei por que você gosta de mim — eu digo e ofereço um KitKat.

◆

— Na verdade são dedos verdes — minha mãe disse para mim. — Você terá dedos verdes.

Ela estava se esforçando para empurrar o velho cortador de grama para cima e para baixo sobre o gramado num sábado. Ela sempre ficava triste nos sábados. Tristeza sabática. Era coisa que papai devia fazer.

Ela disse para mim:

— Temos de separar um pedacinho do jardim para você. Você terá dedos verdes como o seu pai.

Um leve franzido na minha testa. Eu via uma imagem ruim de dedos verdes de podre no fundo da terra.

Ela deve ter notado. Eu não sei, mas logo disse:

— É isso que dizem quando você adora jardinagem. Que você tem dedos verdes. Nunca ouviu isso?

Balanço a cabeça.

Ela separou uma pequena área para eu cuidar e tomar conta sozinho. Plantei girassóis naquele primeiro ano, mas a área logo cresceu e ficou do tamanho de um canteiro inteiro, uma mistura esquisita de plantas sazonais e perenes, ervas e legumes. Em poucos anos todo o terreno era meu e minha mãe podia se limitar a aproveitar suas noites quentes de verão.

Era o mínimo que eu podia fazer.

É engraçado ver que são coisas pequenas que põem sua vida num determinado curso.

◆

Meu Deus, olhem só a minha cara.

Estou com um triângulo no lugar em que a máscara apertou, em volta do meu nariz e da minha boca.

Eu me firmo com as duas mãos, uma de cada lado da pia e espio o espelho à luz fraca do banheiro.

Meu rosto está *amarelo*. Cinza-escuro embaixo dos meus olhos encovados.

Mexo a cabeça lentamente, examinando os ângulos, vejo as pupilas fixas, imóveis, compensando a rotação da cabeça.

Sempre fiz isso, desde criança. Sempre pensei que só podemos ver nosso rosto a partir de um ponto fixo, dos nossos próprios olhos. Nunca vou me ver desviando os olhos.

Não sem uma câmera.

Mas caramba... Estou cada dia mais parecido com o meu pai.

Tem um rosto impresso na minha memória. Papai. É o *movimento* do rosto que fica comigo. O *jeito* dele sorrir. O jeito dele rir.

De todos aqueles anos passados, continua forte essa impressão.

Face [feɪs] sm. Anat. Rosto

— Tudo bem aí, homenzinho?

Lá está ele: o rosto conhecido. O velho e conhecido sorriso do papai.

— Aconteceu alguma coisa?
Olho para ele e enrolo a ponta da colcha da cama dele. Passo os dedos nas franjas.
— Vamos lá — pede ele. — Conte para o seu velho pai.
Olho para ele.
— Não posso aprontar nada.
Ele me avalia um instante e vejo seu rosto se abrindo numa risadinha. Não sua risada habitual.
— Quem disse isso? Foi sua mãe?
Faço que sim com a cabeça.
— Ah, bem, ela está muito cansada — diz ele. — Mas o que você tem de fazer é ser um bom menino para ela, certo?
Meneio a cabeça.
— Mas não se preocupe comigo. Pode aprontar comigo o quanto quiser.
Olho curioso para ele.
— Você vai morrer?
Ele franze a testa e mais uma vez é uma expressão familiar, aquela ruga profunda, vertical, entre as sobrancelhas. Depois de uma breve pausa ele estende a mão para mim. Eu a seguro e me aninho agradecido nos seus braços, acabo desviando os olhos dele. Viro para longe da testa franzida. Sinto que ele alisa o cabelo no topo da minha cabeça.
A voz dele chega até mim agora.
— Parece que sim, homenzinho. Eu sinto muito.
— Tudo bem — eu digo.
Tenho uma forte sensação de não querer que ele se preocupe comigo.
— Você vai cuidar da sua mãe para mim?
— Vou.
— E da sua irmã.
— Vou.

— E aí eu vou cuidar de você, certo?
— Certo.
— Sinto muito não termos começado a trabalhar naquele seu laguinho ainda.
— Não faz mal. Eu não me importo.
— Bem, não esqueça dele. E talvez você possa começá-lo quando crescer. Quando sua mãe disser que pode, está bem?
— Sim.
— Só não se esqueça de trabalhar devagar e com muito cuidado. Não é uma corrida. Se fizer alguma coisa errada, só precisa manter a calma e corrigir, certo?
— Certo.
— O que não fizer direito você sempre pode endireitar. Não tenha medo de mudar de ideia.
As palavras não significam grande coisa, mas ouço o estalo dos lábios dele atrás de mim quando se alargam no velho e carinhoso sorriso. Ele fica feliz de ter dito isso para mim. E isso me faz feliz.

O que você não fizer direito sempre pode endireitar.

Mas eu não pude, papai.
Tentei endireitar mas continuava dando errado.
Toda noite dizia para mim mesmo, *não vou sair esta noite, não vou me drogar esta noite...*
Mas falhava toda noite.
Gostaria de ter perguntado para você o que eu deveria ter feito lá atrás, papai.
Gostaria de ter podido perguntar o que deveria fazer quando todos os instintos do meu corpo exigiam que eu fizesse o que não devia fazer.
E depois eu vou cuidar de você, certo?
Estou imaginando o sorriso dele.
O espírito.

Só de pensar naquele sorriso agora, nos movimentos do rosto dele que me acalmavam e me consolavam, sinto meu corpo reagir fisicamente. Meu coração fica mais leve. Meus ombros instintivamente se abrem e abaixam.

O espírito existe: meu corpo o viu e deu forma a ele.

---◆---

— Oi.

Levanto a cabeça de repente e o elástico da máscara de oxigênio puxa os pelos crescidos da barba, faço uma careta e franzo a testa. Parada na porta, meio sem jeito, está Amber.

— Ah, oi.

Ah, não, ela me pegou aqui de máscara. Ah, merda. Eu não queria isso. Velho, velho.

— Desculpe — eu digo, tiro a máscara e penduro no cilindro. — Estou experimentando o gás hilariante.

— Posso entrar?

— Pode, pode, é claro — eu afirmo. — Sente-se aí... se tiver tempo.

Ela vai para a cadeira de visita e senta, sem tirar o casaco. Quando se é criança não lembramos de tirar o casaco. Simplesmente enfrentamos o desconforto.

Percebo rapidamente quando ela não fala nada que não está ali por qualquer motivo específico, que só quer companhia. Ela parece cansada, mas está suficientemente inteira para apresentar uma expressão normal. Batom vermelho fosco para contrastar com a brilhante mecha azul do cabelo, mas algum problema para aplicar o delineador.

— Ah, olha — diz ela, abaixando e procurando alguma coisa na bolsa. — Trouxe uma coisa que quero mostrar para você.

— Ah, é?

— Fui à universidade hoje de manhã para manter o contato e dizer para eles o que está acontecendo...

— Boa ideia.

— ... enquanto eu estava conversando com o meu orientador, consegui fazer isso aqui.

Ela pega uma coisa pequena, curiosamente familiar. Um pedacinho de crochê cor de mingau de aveia, cobrindo uma agulha e preso a uma bolinha de lã.

— Eu queria experimentar e... tentar fazer os pontos quase tão bons quanto os que você tem no seu cobertor aí.

Pego a coisa da mão dela e giro nas minhas. É um enorme consolo a ideia inexperiente, o trabalho em andamento.

— Nossa, uau, é. Muito bom — eu digo. — Linda tensão.

Faço que sim com a cabeça para ela, impressionado.

— É bom ter alguma coisa para fazer com as mãos quando se tem tanta coisa na cabeça. Alguma coisa para manter a concentração.

É adorável, apenas aqueles poucos segundos, ela ali, desarmada, deixando de lado suas preocupações, completamente imersa no que está me mostrando. E por alguns segundos sou levado para lá também.

— Então — eu digo quando devolvo o crochê —, como vão as coisas?

Ela pega o crochê e olha para ele, com um meio sorriso.

— É, estão bem ruins.

— Ah, é?

— Estive tentando organizar o que eu posso do enterro, tentando fazer os preparativos. Muita coisa para aprender e fazer. Papai não... não consegue fazer.

Olho para baixo para dar a ela tempo de engolir mais uma colherada de dor com certa privacidade.

— É que... eu não sei — diz ela. — É muito difícil não saber como se faz isso.

— É.

— Procuro dormir à noite, mas minha cabeça fica girando, girando. Você sabe, e se eu esquecer de fazer alguma coisa, e se eu esquecer de assinar o papel certo, e se o caixão não for adequado, e se não for o que ele quer... E se a comida não chegar para a reunião depois? E é tudo... ela nem se foi ainda. Eu não sei quando isso tudo deve começar a funcionar. Pode ser amanhã, pode ser daqui a semanas.

— E seu pai não está... fazendo nada?

Ela respira bem fundo e faz um esforço para se recompor.

— Desculpe, desculpe — diz ela e ri. — Você não precisa de nada disso.

— Não, não, não se desculpe.

Ela faz um bico e engole em seco.

Sinto a minha respiração mais curta. Tirei aquela máscara de oxigênio cedo demais. Não está nada bom. Vou ter de colocar a máscara de novo. Sento direito com dificuldade.

— Perdão, posso fazer alguma coisa? — diz Amber ao ficar em pé.

Ela vem arrumar os travesseiros para me apoiar melhor.

— Ou... será que... é melhor eu sair?

Aceito a máscara que ela estende para mim e passo o elástico por cima da cabeça sem jeito.

Olho para ela e enrugo a testa, ela parece meio chocada.

— Desculpe — murmuro dentro do plástico.

— Não, não. Parece pior do que realmente é.

Resignado, ajeito a máscara no lugar e deixo que me aquiete.

Ela senta de novo e espera até eu me aclimatar. Olhe só para ela, olhos tão cansados e inchados.

— Sinto muito mesmo ao ver alguém como você passando por tudo isso — eu digo.

Ela ergue as sobrancelhas. Penso por um segundo que ela vai começar a chorar, mas apenas solta o ar e fala:

— É. É uma droga mesmo. Só não quero que ela sinta mais dor.

— Eles não vão deixar que ela sinta dor. Não vão.
— É a única coisa que importa. Mas... parece muito errado... querer que isso acabe.
— Não, não. Não é errado.
Ela olha para o fundo do quarto com uma expressão perdida nos olhos.
— Porque ela tem sido incrível. Nessas últimas semanas acho que ela tem tentado me proteger de saber o quanto ela esteve mal. Não queria que eu me preocupasse. É uma ideia muito altruísta, sabe?
— Sheila me contou que achava a sua mãe uma dama adorável. Bondosa, que nunca reclamava de nada. Parece que realmente gosta dela.
— Quando mamãe me disse que o câncer tinha voltado ela pediu desculpas com todas as letras.
Amber solta uma risada rápida e suave.
— Eu pensei, como pode se desculpar por uma coisa dessas? Mas ela me disse: "Desculpe-me por perturbar seus estudos e deixá-la preocupada". Acho que ela gostou de reduzir aquilo a algumas coisinhas pelas quais podia se desculpar.
— É muita coisa ao mesmo tempo — digo. — Ela ia querer que você se cuidasse bem, não ia?
Amber franze os lábios outra vez e olha para baixo.
— Eu sei como é — eu afirmo. — Os pensamentos aceleram. Sensação de não ter saída. Talvez... se você só... se concentrasse nas pequenas coisas... Coisas práticas.
— É.
— Esqueça os "ses". Não cabe a você controlar os "ses".
— Não, não.
— Se você cuidar de todas as coisas práticas... a coisa maior também acaba se resolvendo.
— É — diz ela, franzindo a testa.
— O que tem programado para esta tarde?

— Preciso escolher as flores e os textos que serão lidos, e a música. Não sei do que ela gosta. Parece que não sei nada dela, nem o menor detalhe.

Ela parece muito perdida. É jovem demais. Precisa de um pai. Precisa da mãe dela.

— E não há nada que seu pai possa fazer para ajudar?

— Ele não sabe de nada. Ele não a conhecia. Passou todo o seu tempo fora, trabalhando e... ele não teria utilidade nenhuma.

Sinto a raiva dela borbulhando, logo abaixo da superfície.

— Você se importa se eu disser uma coisa?

— Não, pode dizer.

— Tomar todas as decisões é demais. Eu sei que pode parecer simples...

— E é.

— Mas não é.

Tiro a máscara do rosto, fico com ela na mão um instante.

— Isto é, digamos que você arrume tudo... tenha o funeral que você pensa que ela queria... e depois? Você fica com raiva do seu pai porque deixou que ele passasse ao largo disso tudo.

Amber olha com raiva para o crochê que revira sem parar.

— Você tem de incluí-lo.

Ela levanta a cabeça e aperta os lábios.

— E não é... não é justo... pedir para você fazer isso, mas... ele precisa da sua orientação para passar por isso.

Tenho certeza de que ela está prestando atenção no que eu digo.

— Ele tem o quê?... Vinte e cinco anos de vida junto com a sua mãe?

— É.

— Um quarto de século. É muita coisa para ignorar.

— É — diz ela meio relutante.

— Mesmo as menores escolhas. Como... a música que ele e ela gostavam. Como... — mais uma tragada de oxigênio — como os dois eram antes de você nascer...

— É.

Vejo em seus olhos que ela está ruminando as possibilidades.

— Peça para ele escolher três textos para ler. Mesmo se ele disser que não é capaz. Dê-lhe um dia para fazer isso. E vocês dois podem resolver juntos, não é?

— Só que ele não conhece nenhum texto.

— Mas então... ele tem de perguntar para os amigos dele. Os amigos que conheciam a sua mãe. Será uma tarefa dele. Você só tem de dar um empurrãozinho.

— É, é.

Isso parece desfazer um pouco o franzido da testa dela.

— Você talvez se surpreenda. É uma grande... uma grande oportunidade. Para todos se lembrarem dela. De um jeito que você talvez nem tenha imaginado.

───◆───

— Olá, querido! — diz Sheila abanando um monte de cartões de almoço entrando fagueira no meu quarto — Você já escolheu o seu almoço?

— Humm, já... posso experimentar um pouco de bacalhau? Não prometo nada.

— Ah, está bem — diz ela, pegando meu cartão e examinando de cima a baixo. — Está um tiquinho mais aventureiro hoje?

— É, mais ou menos isso. Acabei de receber a visita da Amber. Nós conversamos.

— Eu vi... como é que ela está?

— Ela é um amor de menina. Mas está sobrecarregada.

— Está mesmo, não é? Mas ela tem a cabeça no lugar certo. É uma craque. Uma das melhores coisas desse emprego é que vemos a verdadeira bondade nas pessoas.

— É. Mas é triste vê-la assim, e tão jovem.

Sheila morde a ponta dos cartões de almoço. E me dou conta de que ela deve ver coisa pior. Muito, muito pior.

— Mesmo assim — diz ela —, estou muito orgulhosa de você de ter se dedicado um pouco a socializar. Eu lhe disse que é estimulante conhecer pessoas diferentes, não disse?

— É. É bom.

— É bom receber visitas de vez em quando. Até onde você foi no seu de A a Z? A essa altura já deve estar quase acabando, imagino.

— Estou na letra "G".

— "G"? Nossa... já? O que tem no "G"? — diz ela, espiando pela janela.

— Gônadas.

— Ah, meu Deus, é um palavrão, não é?

— Nós tínhamos um jogo na escola chamado Gônada.

— Ah, é?

— Você sabe, naquela idade em que achamos que todas as palavras vagamente anatômicas são palavrões.

— Meninos são terríveis para isso. Terríveis gozadores.

— É, bem, nós achávamos que gônada era um palavrão extremamente sofisticado e tínhamos essa brincadeira que era gritar a palavra no meio da aula. Bem, alguém dizia baixinho, o próximo tinha de dizer um pouco mais alto, o seguinte mais alto ainda, sabe como é?

— Ah, sim. Então sabemos que tipo de menino você foi.

Gut [gʌt] sf. Anat. Entranha

— Estou com hérnia — eu digo, olhando triste para o espelho do seu quarto. — Nunca pensei que teria hérnia.

— Você não tem hérnia.
— Tenho sim. Olha aqui.
— Onde?
— Aqui.
— Isso é barriga.
— É a hérnia aparecendo.
— Olha, eu sou enfermeira. Qualificada na prática. É barriga. Você é tão neurótico quanto a sua irmã, sabia disso?
— Não, não sou não.

Você levanta o ferro de passar e sopra uma nuvem de vapor em cima de mim, depois bota de novo na tábua de passar e continua a rodear os botões do seu uniforme com a ponta do ferro.

Eu viro e me concedo mais uma espiada na minha feiura. Sempre tive orgulho, quando era adolescente, de poder levantar a minha camiseta e ver... bem, nunca foi exatamente um tanquinho, mas pelo menos era uma linha retesada e pura da fivela do cinto até o esterno. Eu podia encolher e transformar num buraco, me ver como um esqueleto. Será que a vaidade é tão ruim assim? Eu só quero ter a melhor aparência e ficar assim para sempre.

Você termina de passar e pendura o seu uniforme na porta do armário antes de assumir aquela posição conhecida diante do espelho.

— Qual é o problema?
— Detesto envelhecer.
— Bem, 28 — você estala a língua. — Dez anos além da aurora da sua vida.
— Odeio ser diabético. Faz com que me sinta velho.
— Velho não tem nada a ver com isso. E você nem está gordo.
— Não que eu quisesse ter diabetes — eu digo, balanço meus pneuzinhos, depois amasso todos com as palmas das mãos, como se isso significasse que me livraria deles. — Mas uma parte de mim achava que era legal ter uma *coisa*. Isso é ruim?

Você faz, com a boca, o correspondente de um dar de ombros.
— Todo mundo deseja um pouco de atenção de vez em quando.
— É, mas eu costumava aprontar demais. Quero dizer, *muito* mesmo. Não comia direito, perdia as consultas para tomar injeções, mesmo quando me sentia mal.
Você não fala nada, passa as pontas dos dedos no cabelo e olha para mim no espelho.
— E a sensação passou a ser que, quanto mais eu me sentia cansado, mais feliz eu era. E quanto mais magro melhor. Essa coisa pode virar curtição.
— Só que você não está fazendo isso agora, está? — você diz, dá meia-volta e olha diretamente para mim. — Não está evitando as injeções agora, está?
— Não.
A maior parte de mim, não.
— Porque eu já assisti ao meu pai destruir a vida dele e não pretendo ver meu namorado fazer a mesma coisa.
— Olha — eu digo, agarro um pneu da minha barriga e encosto em você. — Existe algo parecido com isso?
— Você não está gordo! Está com corpo de homem — você se aproxima e enfia as mãos por baixo da minha camisa. — Adoro a sua barriga. Adoro você.
— Ah, está bem.
Não me convenci.
— De qualquer maneira — você dá um tapa no meu traseiro e senta para puxar a meia-calça —, pare de ser tão negativo com você mesmo.
Você põe seus polegares para cima para puxar a meia-calça sobre o bumbum e estala o elástico da cintura.
— Se está engordando em algum lugar, é na sua cabeça. Por que não sai esta noite? Vá fazer alguma coisa. Você não faz um programa com os seus amigos há séculos.

Eu afundo na cama e franzo o nariz.

— Não estou a fim.

— Ligue para o Mal. Ele ficará feliz em vê-lo. Ele acha que sou a megera autoritária do inferno, por isso vai gostar de eu ter soltado a sua coleira por cinco minutos.

— Não, ele não acha isso.

— Acha sim, porque você não falou mais com ele e ele pensa que é porque eu não deixo.

— Não sei. Seria legal se fosse apenas ir para o bar e conversar, ou sair para uma apresentação qualquer, mas tem sempre o programa de rebanho depois. Eu não curto isso.

Você tira seu uniforme do cabide, veste e começa a abotoar.

— Ah, por falar nisso, quer que eu pegue um andador para você quando estiver no trabalho, vovô?

— Eu estou envelhecendo, sim. E ficando gordo.

— Certo, então é isso. Você vai sair. Eu não quero você de bobeira aqui, só esperando eu voltar para casa. Não é isso que nós somos.

Você pega meu celular e procura o número.

— Pronto. Lá vai — você diz, apertando a tela.

"Mal Sampson. Chamando."

Hair [heər] sm. Anat. Cabelo

Uma coisa que me marcou nas últimas semanas com minha mãe foi ver que para ela ficar animada bastava lavar e pentear o cabelo. Era muito encorajador. Agora eu sei o que é isso. Jackie me deu fronhas novas hoje de manhã e agora meu cabelo está vergonhosamente engordurado em comparação. Meu couro cabeludo coça e tenho certeza de que deve estar manchando a roupa de cama alvíssima. Não consigo me lembrar da última vez que lavei meu cabelo direito. Mas não posso simplesmente pedir para um cabeleireiro vir fazer isso, posso? Ia me sentir como uma das velhas senhoras.

Toda a vida procurei evitar cabelo ridículo. Sempre achei que podia evitar parecer com aquelas fotos antigas do meu pai, de antes de eu nascer, quando ele tinha bigode e costeletas, óculos com armação grossa e o cabelo rareando na frente. Sinceramente pensava com meus botões: como é que alguém podia ser pego daquele jeito? Eu jamais cometeria esse erro.

E houve momentos na minha vida em que meu cabelo estava ótimo, digamos assim. Lembro de um dia, sentado no carro a caminho da escola, espiando no espelho retrovisor, que meu penteado cortininha estava absolutamente perfeito — o comprimento perfeitamente correto, com as pontas da cortina perfeitamente para dentro, suficientemente limpo mas nem tanto para não ficar esvoaçante, talvez com duas mechas artisticamente soltas, saindo do padrão, como se dissessem, "ei, eu não tive um trabalhão para ficar assim". Foi uma das ocasiões em que pedi com a mais completa seriedade a Deus: *por favor, faça com que esse penteado perfeito fique perfeito para sempre, para que Helen Worthington não tenha escolha e me ame por toda a eternidade.*

E aí está novamente: tudo que eu sempre quis foi a melhor aparência possível — e ficar assim para sempre. Se Deus existisse eu seria um homem de 40 anos com cortininhas de um garoto de 14.

E lá estava Mal. Mal, é claro, o garoto novo na escola, sangue novo, carne nova, cabelo novo. Comprido em cima e raspado embaixo, na época. Achei a coisa mais maneira que já tinha visto. Por isso deixei crescer minhas cortininhas quase na mesma hora.

Sabia vagamente, mesmo naquele tempo, que era uma coisa de tietagem. Mas acontece sempre, não é? Todos os rapazes se juntam feito rebanho nas mesmas ruas do centro comercial, copiando o penteado uns dos outros, como meu pai fazia, imagino eu.

◆

Estou sentado no chão do apartamento de Laura, vendo Mal jogar PlayStation de robe de chambre enquanto as escovadas rítmicas de Laura lambem friamente, de lado, a minha cabeça.

Não acredito que vou permitir que tinjam o meu cabelo. Isso não sou eu. Não é o tipo de coisa que eu faço. É meio maluco, meio assustador. Sou muito infantil, mesmo aos 22 anos. Muito infantil.

Mal está lá sentado com o cabelo cozinhando sob a tintura.

— Fique quieto, pelo amor de Deus — diz Laura.

— Está doendo.

— Ah, pare com isso — diz ela. — As mulheres aguentam isso o tempo todo. Fica *quieto*. Tem de ser espalhado por igual.

— Você já fez isso antes? — pergunto para Mal, tentando falar sem sibilar de dor. — Tem chance de dar errado?

— Como pode dar errado? Se pensar em alguns garotos da escola que faziam isso...

Fico meio irritado.

Mal está irritado? Sentado lá diante da TV, com o controle do jogo na mão, não parece irritado. Dá a impressão de não se incomodar.

Laura está definitiva e completamente irritada. Mas ela é a única que sabe fazer isso, então espero que ela consiga se controlar. A sala da frente agora fede a água oxigenada ou amônia, ou seja lá o que for que ela derramou nas nossas cabeças.

— Certo, o seu está feito — diz ela, sai do quarto e vai para o banheiro.

— Não acredito que estamos fazendo isso — digo.

Assim que essa frase sai da minha boca parece o tipo de coisa que Kelvin diria. Gritantemente ingênuo.

O jogo de Mal termina e ele me dá o controle.

— Ah, é bom. A gente deve experimentar pelo menos uma vez.

— Tingir o cabelo é coisa que as outras pessoas fazem.

— Você acha?

— É. A sensação é de que partes demais do meu cérebro dizem que vou ficar que nem um babaca.

— E quem se importa com isso? Vai sumir em quinze dias, quando seu cabelo crescer. Ninguém devia se preocupar com parecer um babaca por quinze dias.

Faço meu personagem, no jogo, seguir por uma passagem estreita e pular dentro de um carrinho para descer a montanha.

— Só que eu não sou assim. Eu nunca, jamais, digo, "quero fazer isso, então vou em frente, vou fazer e não me importo com o que os outros pensam". Você é assim, eu não.

— É sim, seu bobo. Você é sim. Você e eu, nós somos praticamente o mesmo cara — diz Mal. — Nós dois fazemos as coisas, pode ser que estejamos apenas usando nossos diferentes poderes especiais.

— Eu não. Nunca faço isso.

Meu carrinho chacoalha em terreno pedregoso mas movo o *joystick* a tempo de passar por aquele trecho complicado que normalmente me joga no ar.

— É, cara, essa foi uma das primeiras coisas que notei em você quando você... lembra de quando o sr. Miller achou aquele meu maço de cigarros?

— Meu Deus, lembro.

— Eu não pude acreditar que você assumiria a culpa. E pensei, cara, ele nem me conhece. É melhor ficar junto desse rapaz, ele realmente não liga a mínima, sabe? Ele realmente vai chegar lá.

— É?

— Qualquer um capaz de... porra...

Ele se abaixa instintivamente quando meu carrinho passa sob galhos baixos.

— ... usar o pai morto só para zoar o professor de ciências, bem, é alguém que não liga a mínima para o que os outros pensam, não é? Alguém que está preparado para ir até o fim. Você é do tipo maquiavélico, imagino.

Ouço as palavras que ele disse, mas estou juntando todas lentamente na minha cabeça para entender o sentido.

A sensação é... boa, de certa forma... ser considerado tão ousado.

O carrinho se inclina na beira do rochedo e cai no abismo.

Dou o controle para ele.

— A sua cabeça está meio quente?

— Um pouco. Isso deve ser normal.

— Onde está Laura?

Um vômito e uma tosse escapam do banheiro, seguidos por uma série de cusparadas.

— Acho que ela foi descansar.

Uma hora depois, eu estou com a cabeça toda pinicando, Laura está lavando a tintura e meus sonhos de um louro platinado como o herói russo desabam junto nessa lavagem.

Amarelo alaranjado atrás, amarelo ouro na frente. E manchas escuras em toda a parte de cima, onde ela não tinha descolorido direito.

Vai sumir em quinze dias, quando o cabelo crescer. Vai sumir em quinze dias, quando o cabelo crescer.

◆

Alguma coisa me faz acordar de novo. Levanto a cabeça do travesseiro e vejo que ainda está tudo escuro. Sheila não esteve lá, eu acho.

Concentrado no retângulo de luz além do pé da minha cama, ouço um barulho baixo e constante. A respiração do gêiser Old Faithful mudou. Talvez tenham mudado sua medicação de novo. O barulho de apito continua lá, mas é como se ela soprasse fraco, um som mais delicado. Um som tranquilo. Prefiro esse ao que ela fazia antes.

Estou perdido em um mundo de zumbidos regulares, bipes distantes, o periódico aquecimento que o termostato da máquina de café, no corredor, avisa, e esse constante apito. Não sei quanto tempo faz. Será que Amber está perambulando por aí? Nem sinal dela.

Alguém bate na madeira com o nó dos dedos. Batidas na atmosfera estática. Olho para a minha porta, mas não tem ninguém lá. Um segundo depois ouço murmúrios no quarto ao lado e murmúrios respondendo. O tom de uma voz de mulher. A voz de Sheila, abafada, e o tom mais grave de um homem. O sr. Old Faithful.

O tinir do pé metálico de uma cadeira e alguma coisa bate na fina divisória entre meu quarto e o dela. Levo um susto, meu coração bate um pouco mais rápido por um minuto. Sinto movimento lá fora, no corredor. Atendentes diligentes andam de um lado para outro e agora uma enfermeira passa pela minha porta.

Sheila também passa arrastando os pés e olha para mim.

Não tenho ideia se ela pode ver que estou acordado. Talvez esteja tentando ler meus olhos na escuridão. Para ver se identifica o brilho de um globo ocular. Semicerro os olhos e diminuo as chances. Não quero que ela veja que estou acordado. Não sei por quê. Não quero me meter nisso. Não quero ser testemunha. Só sinto as batidas ritmadas do meu coração embaixo das cobertas. Será que ela vê minha respiração? Sheila olha para baixo e segue em frente. O apito continua marcando o tempo, apesar de estar mais intenso.

Ouço muitos passos lá fora. Ninguém fica no mesmo lugar por muito tempo.

Figuras passam lentamente pela minha porta, indo para Old Faithful.

Desânimo lento.

Vieram para levá-la.

Ruídos suaves no quarto ao lado.
Sopro gentil. Pausa.
Sopro suave de Old Faithful. Com pausas periódicas.
O coração dela, mais lento.
Eu não quero estar aqui. Não quero estar aqui para isso.

Hand [hænd] sf. Anat. Mão

Sim, mais uma vez, as mãos do meu pai, esfregando e massageando a batata da minha perna para fazer passar a câimbra.

Ou indo a pé com Laura para a escola...

— Mamãe disse que você tinha de segurar minha mão para atravessar a rua.

— Segure sua própria mão — ela diz, com dureza.

Ah, estou por minha conta.

Não sei por quê, mas meu rosto fica quente e vermelho, sinto um vazio no estômago e lágrimas quentes borbulham. Tento evitá-las. Não quero que ela pense que estou atrapalhando. Eu sei que ela não quer segurar minha mão porque deseja se exibir para Danny Refoy e os amigos dele. Mas mamãe *disse*. Foi isso que ela *disse* que tínhamos de fazer.

O raio no olhar furioso dela quando agarra a minha mão e me arrasta pela rua.

◆

Você segurou a minha mão pela primeira vez depois do nosso segundo encontro. No encontro propriamente dito, depois da sua viagem de Páscoa de volta para os lagos — saindo do café Blue Plate.

Olhei para você, questionando.

— O que foi? — você disse, levantando a minha mão. — Você não a estava usando, estava?

— Não, não, fique à vontade.

Toda aquela ansiedade de saber se tinha sido bom, se poderíamos nos beijar... desapareceu. Beijei você quando pegou o seu ônibus para voltar para a sua casa.

Eu não queria parar quando você retribuiu.

E também esperei. Enquanto o motor estava em ponto morto e o motorista checava a hora no relógio, esperei e, então, ele finalmente fechou a porta sibilante e saiu. Acenei até você sumir de vista.

Parti para o centro para encontrar Mal.

Aquilo era amor?

A sensação era de amor.

---◆---

O apito no quarto ao lado para e continua parado. Outro murmúrio vem de lá.

— Você acha que é o fim?

O apito recomeça.

Sem murmúrio. Não era o fim.

---◆---

Mãos, mãos.

A sua mão na minha.

A minha mão na sua.

Nossas mãos.

Tão lindo, tão simples poder se apossar da mão de alguém.

As palmas pulsando juntas.

— Você notou que em geral é você que diz "eu amo você" primeiro? Eu sempre falo depois — digo.

— Não tinha notado.

— Nunca pensei que falar depois significasse tanto.

— Você diria que estou ganhando?

— Não, significa que não estou pensando no que eu digo. Sempre me sinto um pouco derrotado quando tenho de responder "eu também amo você". É como a sequência de um filme: *Eu amo você* e *Eu também amo você*. Você já sabe que o segundo vai ser uma adaptação previsível do primeiro.

Você dá risada.

— Bem — você diz —, é como se fosse um barulho que sai da minha boca. Às vezes eu penso que é bom falar coisas simples. Como lu-lu, que é bom de dizer. Você diz lu-lu e a sensação na língua é gostosa e cria uma ressonância na sua cabeça, uma sensação boa. Boa vibração. E isso tem de ser bom.

— Blu, bla, blu.

— É! Exatamente isso. Blu, bla, blu.

— Blu, bla, blu também.

◆

E o apito para outra vez.

Silêncio.

A suave respiração dos ventiladores preenche o vazio.

E pronto.

Nada mais de Old Faithful.

E ainda nada.

E parado.

Coração parado.

Ouço um soluço estrangulado, uma voz de homem. O sr. Old Faithful.

Viúvo recém-nascido.

A máquina de café arranha e cria vida de novo, funciona no seu crescendo constante de aquecimento da água, chega ao pico e cessa.

E Amber. Amber deve estar lá também.

Sem mãe.

Cochichando, agora, no quarto ao lado. O sr. Old Faithful, eu acho, e Sheila. O tom de Sheila parece carinhoso e conciso. Uma enfermeira que eu não tinha visto antes emerge e então Sheila aparece, à frente do sr. Old Faithful e de Amber também. Nenhum deles espia dentro do meu quarto, mas passam pela minha porta e entram em um quarto do outro lado do corredor. A porta clica quando fecha rudemente.

Estou sozinho do lado de fora.

Old Faithful e eu, um de cada lado da divisória.

A que vivia até recentemente e o que deve morrer em pouco tempo.

Estou aqui.

Ainda estou aqui.

Ainda estou acordado.

Eu não estou pensando em nada.

O que há para pensar?

A tranca clica outra vez e a porta se abre. Sheila passa pela minha porta e desaparece no quarto de Old Faithful novamente.

Ela fala baixinho mas com clareza e eu consigo entender as palavras:

— Oi, querida — diz ela. — Vou tirar a sua aliança agora, está bem? Só vou dá-la para o seu marido guardar. Serei a mais delicada possível.

Não há resposta.

Até que a morte nos separe.

E é isso.

O amor termina na morte.

Termina?

Heart [hɑ:t] sm. Anat. Coração

— Por que você acha que as pessoas associam o amor ao coração? — pergunto.

Você levanta a cabeça e olha para mim sob a luz laranja da rua, afasta, de qualquer jeito, com sua luva sem dedos, o cabelo do rosto.

— O que quer dizer?

— Ou por que a cabeça está associada à razão?

— Humm. Não sei. Venha, vamos amarrar alguns desses no quadro da bicicleta.

Enfio a mão na bolsa e tento desembaraçar com as mãos enluvadas um dos corações de crochê.

Você mergulhou na atividade como sempre, agora sem as luvas e com muita alegria. Não sei como faz isso. Como pode ficar tão feliz se está fazendo esse frio louco?

Devo dizer que só tirei minhas luvas depois de relutar muito, e no mesmo instante parei de sentir os meus dedos. Tomo coragem e começo a amarrar os dois fios soltos na parte mais próxima do quadro da bicicleta. Quando termino um, você já amarrou cinco, nós dois recuamos para admirar o seu artesanato.

— Estão causando um impacto, não estão? — você pergunta, meio nervosa.

— Estão — eu digo. — Estão ótimos.

E estão sim, estão mesmo. Enfio minhas mãos rapidamente nas luvas de novo.

— Eu estava preocupada achando que ficariam pequenos demais e que pareceriam um pouco aleatórios, mas estão perfeitos. Parecem bem pensados.

— É.

— Venha, vamos terminar isso e ir para o pátio da igreja. Já fizemos quase a metade.

Quase a metade? Olho para a bolsa de pano no chão, que agora tem outros trinta corações de crochê. O meu próprio coração murcha. É tudo que eu posso sentir e evitar que um choramingo de criança escape da minha garganta.

Vamos lá, vamos lá, eu quero uma outra reação. Só... só preciso de uma reação que ajude você a terminar isso.

— Ei, vamos lá — ouço minha própria voz. — Vamos para a King's Walk. Tem uma árvore na esquina que se debruça sobre a cidade inteira. Vamos pendurar um monte nos galhos, acho que vão ficar ótimos lá.

Pronto. Lancei essas palavras ambiciosas no ar para convencer a mim também, além de você. O abraço que você me dá quando partimos é retribuição suficiente.

— Ei — você diz —, depois podemos voltar e comer panquecas de café da manhã, não podemos? Vou fazer panquecas para você, por ser meu incrível ajudante.

— Com bacon e xarope de bordo?

Quando estamos andando pela King's Walk o sol divide o horizonte e fura a paisagem com uma luz limpa e clara.

Vamos e venhamos, eu não veria aquela vista em nenhum outro dia. Quase vale o frio, e existe a satisfação de fazer um trabalho duro. Nem tudo é deitar e deixar que tudo venha a nós, como as panquecas de bacon e xarope de bordo.

— Você está bem, menino lindo? — você pergunta, enganchando o braço no meu.

— Estou — digo, tentando andar menos como um robô congelado.

E sim, estou bem.

Você olha para mim com carinho e diz:

— No fim, isso tudo é uma terrível perda de tempo e de esforço, você sabe disso, não sabe?

— Você acha isso?

— Eu não sei por que você me tolera. Está fazendo 16 graus abaixo de zero.

— Está? Nem notei.

Você ri.

— E você está amarrando corações em árvores e postes para agradar um monte de gente que você nunca viu.

— Bem, acho que se eu ignorar esse frio a essa hora... é provavelmente o que eu preferia estar fazendo... Se eu tivesse essa imaginação.

— Ah, você tem! Eu nunca pensei em botar nada na King's Walk. Achei uma tremenda ideia. Muito criativa.

— É?

— É. E adoro sua boa vontade com isso, você é realmente paciente com minhas ideias tolas. Não conheço muitos homens que aturariam isso.

Tão simples, me acarinhar com um pouco de elogios, mas posso de fato sentir o meu coração esquentando quando você fala isso. Mesmo a 16 graus abaixo de zero. É a minha minifornalha. Sim, sim, sim: está torturantemente frio. E sim, sim, eu gostaria muito mesmo de estar na cama.

Mas prefiro muito, muito, muito mais ser alguém que faz isso com você.

Fico contente de ser eu.

— Bem — eu digo —, o que mais eu ia fazer nessas redundantes primeiras horas do dia? Mais sono sem sentido? Ora, ora.

Deus, sou manipulado com tanta facilidade...

Paramos onde o caminho faz a volta nele mesmo e a cidade desce e se afasta espetacularmente no vale; o rio serpenteia até perder de vista. O ruído monótono do trânsito de sempre ainda vai começar e até aquele momento só uma ou duas chaminés estão começando a despejar sua fumaça matutina. Entrego a bolsa para você e me lanço sobre o galho mais baixo da árvore me pendurando nele.

— Cuidado! — você avisa. — Deve estar tudo congelado.

— Eu fazia isso o tempo todo quando era criança.

Disfarço bem a surpresa de ver quanto esforço tenho de fazer para chegar lá em cima hoje. Já faz alguns anos.

— Passe-me um punhado.

Você me dá dez corações e eu tiro as luvas com os dentes antes de começar a amarrá-los entre os galhos mais finos.

— Lindo — você diz, indicando os lugares para mim. — Vão ficar maravilhosos aqui.

— Pronto — eu digo e me arrasto até o próximo galho de cima, que se estende sobre a grade de ferro com pontas de lança e pende sobre a parte onde a terra despenca para a rua lá embaixo.

— Vou botar um aqui e ninguém vai saber como foi que chegou tão longe.

— Cuidado — você diz. — Se você se matar por um grafite de crochê, vou me sentir muito mal.

Logo que encontro um lugar ótimo para amarrar sinto que as pontas dos dedos estão começando a formigar e vejo que braços e pernas perderam toda a energia. Estou me sentindo muito mole. Mole-insulina.

Hora da injeção. Merda.

Dou uma rápida olhada para trás, para a distância que percorri, faço um cálculo também rápido de como voltar, mas... não é fácil. É melhor eu... o desequilíbrio do meu corpo se transfere para o galho que, tenho certeza, está tremendo embaixo de mim. Minha mente passa pelas caixinhas de vistos e, claro: manhã cedo, sem café da manhã. Olho para você lá embaixo e sorrio com segurança, mas seu olhar de preocupação não se desfaz.

— Você está bem?

— Sim, estou — eu digo.

Eu posso desmaiar aqui. Preciso voltar. Se desmaiar, vou despencar feito uma pedra e capotar até a rua numa queda de quase vinte metros. Recuo um pouco, fingindo procurar um lugar melhor. Chego para trás, para trás.

As pontas dos meus dedos se atrapalham com os fios quando tento dar um simples laço e continuam se comportando mal — se existe alguma... coisa que me faça acreditar em um Deus é como... essas drogas de objetos inanimados... se comportam quando eu realmente... real... o quê?

Faz-se um silêncio repentino, profundo e espesso, a gravidade muda e gira em torno de mim até que recebo uma pancada sólida no terço inferior das minhas costas, com um barulho surdo e um estalo do calçamento e tudo que eu sei é que a minha cabeça está na sarjeta com todo aquele bolor de folhas, cocô de passarinho e mijo seco de sexta-feira à noite, provavelmente.

E lá está você, olhando para mim.

— Ah meu Deus, você está bem?

— Estou, estou — digo, fico em pé com dificuldade e tento me livrar da tontura.

— Pare, sente aí um pouco. Você bateu seu braço com muita força. Venha sentar nesse banco.

Aceito sentar.

— Desculpe — eu digo —, meus dedos congelaram e não consegui mais me agarrar.

— Eu sinto muito — você diz, mortificada. — Está sentindo alguma dor? Como está o seu braço?

— Está bom, está bom. Não foi nada. Olhe — eu peço, apontando para a árvore. — Ficou bom?

— Está fantástico — você diz, aperta meu braço e me machuca sem querer. — De manhã todos na cidade vão ver esses coraçõezinhos balançando por toda parte, e vão pensar "que tipo de loucos se dariam ao trabalho de pendurar isso aí"?

Você olha para o meu rosto esperando a risada, mas percebe que alguma coisa está errada.

— Tem certeza de que você está bem?

— Sim, sim. Só preciso comer alguma coisa.

— Vamos voltar. Tenho uns biscoitos no meu bolso aqui. Coma alguns desses.

— O que você faz carregando biscoitos por aí? — pergunto, rasgando o pacote.

— Ah, eu não sei. Imaginei que talvez precisasse deles um dia. Então venha, vamos para casa fazer aquelas panquecas.

Voltamos andando, braço no braço dolorido, pela King's Walk, enquanto a cidade se ilumina com o começo da manhã e meu coração dispara e resisto à tontura com toda a minha força.

Só tenho de voltar para a sua casa. Não é longe, só descer até o vale, atravessar a ponte, mas aí temos de subir a ladeira e chegar aos terraços.

Mas não, não. Não é longe demais.

Sigo me apoiando e avisto atrás de mim o resultado dos nossos esforços: um monte de corações coloridos pendendo felizes da árvore, dançando e adejando com a brisa do início da manhã.

Valeu a pena, sim.

◆

— Que...? Que horas são?

Está claro. Luz da tarde.

Devem ter me deixado dormir o dia todo.

Fiquei acordado a noite inteira.

Fico surpreso ao ver, estalando na porta do meu quarto, carregada de flores coloridas e esvoaçantes, Amber.

— Ah, oi!

— Oi — ela dá um sorriso cansado. — Ela se foi.

— Amber, eu sinto muito.

— Ela foi ontem à noite.

— Entre, entre.

— Só viemos pegar algumas coisas dela. A mala do hospital, a camisola, os chinelos. Vamos levar para casa e... eu não sei, lavá-los, eu acho.

Ela olha para mim e sorri.

— Como você está?

— Eu... eu estou bem no momento, obrigada. É mais um alívio, eu acho. Ela... ela foi muito bem. Estou muito orgulhosa dela.

Faço que sim com a cabeça e sorrio.

Ela olha para o colo e aí vê o que está segurando.

— Trouxe flores para você.

— Ah, como arrumou tempo para fazer isso?

— Eu queria ir ver umas flores para a mamãe e achei que você gostaria de algumas para alegrar o seu dia.

— Nossa! Elas são lindas.

Amber me dá o buquê com cerca de vinte cabinhos.

— Nossa... maravilha. Ranúnculos, minhas favoritas, de longe... como soube?

— Você disse que trabalhava no horto perto da estação.

— Essas são de lá?

Viro a etiqueta e vejo o velho logotipo conhecido.

— Fui até lá esta manhã, falei de você e eles disseram que você ia gostar mais dessas.

Estou atônito.

— Eu sei que você não quer muitas visitas, então não pode ganhar muitas flores nem nada. Por isso quis que soubesse que andei pensando em você e que sou muito... tipo... muito grata a você. E todas as pessoas que trabalharam com você também estão pensando em você.

Recupero o fôlego, ronco e não há nada que eu possa dizer.

O que posso dizer?

Ela é de ouro.

— Trabalhei lá vinte e dois anos — eu digo.

— Espero que não se importe — ela diz. — Parecia uma coisa... uma coisa que eu tinha de fazer.

— Simplesmente... obrigado.

Ela pega as flores e arruma na minha jarra de água. Fico observando e acho graça. Não sei se Sheila vai gostar daquele protótipo de rebelião.

— O que foi? — diz Amber virando para trás e vendo a minha expressão — Estou improvisando.

— Vá em frente.

Enquanto ela termina seu pequeno ato de vandalismo eu me endireito na cama e procuro estapear o rosto para voltar a ser um ser. Com minha permissão, Amber lava as mãos no banheiro e espalha o excesso de água pelo chão quando volta para a cadeira de visita.

— Eu... Eu queria dizer para você — diz ela — que não fui ao horto só pelas flores.

— Não?

— Não, a princípio. Eu queria... eu queria ver se conseguia encontrá-la — ela aponta para o meu cobertor. — A sua namorada, que tricotou o seu cobertor. Você falou dela com tanto carinho e parecia tão apaixonado, que eu queria... eu queria ver se vocês podiam se ver de novo.

Eu me sinto completamente quieto. Absolutamente calmo.

— Perguntei para o homem lá se ele a conhecia e onde eu poderia encontrá-la. Ele me disse. Ela... ela morreu, não foi?

Silêncio.

— Sim — digo. — Ela morreu.

Olho para o meu cobertor e ajeito dois pontos.

— Sinto muito — ela diz. — Eu não queria saber e fingir que não sabia.

— Não. Não ia querer que você fizesse isso.

Ela olha para mim e sorri.

— Eu chorei na frente do homem.

Uma dor quente sobe pelo meu peito quando imagino a cena.

— Ah, Amber, eu... eu sinto muito mesmo. Devia ter contado para você.

— Não — diz ela —, não, não... eu não devia... foi uma idiotice tentar fazer isso.

Balanço a cabeça lentamente.

— Foi adorável.

— Só me fez ficar triste por você. — Ela funga. — Desculpe, não deve ser o que você gostaria de ouvir, não é? Mas é que... está tudo tão na superfície para mim, no momento...

Ela quase ri.

— É triste. A coisa mais triste.

— Quando... quando ela morreu?

— Há dez anos.

— O que aconteceu?

E lá estava aquilo de novo. Eu podia ter feito a mesma pergunta antes de saber de todas aquelas perguntas que você nunca deveria fazer.

O que é isso na sua garganta?

O meu peito incha de novo quando a pergunta me cobre inteiro, como uma onda de água gelada.

— Perdão — diz ela. — Não queria me intrometer.

— Não, não — digo. — Eu...

— Parece tão injusto. Pelo jeito que você falava dela... tudo... ela parecia... ela parecia incrivelmente especial.

— É — eu afirmo, envolvendo meu braço no cobertor, distraído.

— Eu não sei se poderia ser tão especial assim para alguém.

— Ah, você vai ser.

Ela ri baixinho para ela mesma, evidentemente avaliando suas opções invisíveis.

— Acho que não sei por onde começar.

— Apenas seja... Apenas seja você mesma.

Ela olha para os próprios joelhos e eu sinto que sei exatamente o que ela está pensando.

— Há pessoas por aí, pessoas que nos fazem sentir cheios de energia — eu digo. — E há pessoas que só... — procuro a quantidade certa de desprezo — matam o prazer de tudo. São as estraga-prazeres.

— É. — Ela sorri e levanta a cabeça.

— Bem, você transmite energia. Olhe só para você. Está passando pelo pior momento da vida e ainda consegue ser criativa. Isso é *vida*.

Amber faz bico e olha para o chão.

— Cerque-se de tantas pessoas assim quanto puder. É assim que eu penso. Transmissoras de energia. Pessoas que vivem a vida. Pessoas que a fazem sentir-se quase como você mesma.

— Minha mãe era assim, antes de ficar doente. Realmente brincalhona, criativa, muito divertida.

— Ah, é?

— Estou preocupada — diz ela e olha para mim agora com lágrimas nos olhos — de só lembrar da mulher pequena e frágil naquela cama grande e... essa não é a minha mãe, de jeito nenhum. Não é assim que quero lembrar dela.

Tiro a minha máscara e olho direto para aqueles olhos lacrimosos.

— Dê tempo ao tempo — eu digo. — Prometo que isso vai mudar.

— Toc, toc...

Uma voz musical. Uma voz bondosa.

De quem...?

— Está acordado?

— Humm?

Sheila. Seu rosto olhando para mim agora. Olhe só o delineador dela. Grosso. Um pouco demais hoje.

— Oi, querido — ela diz gentilmente. — Está acordado?

— Humm?

— Sinto acordar você, mas tem alguém aqui que quer dizer oi, e fiquei imaginando se você gostaria de vê-la.

Amber? Amber voltou?
— Que dia é hoje?
— Ainda é sábado.
— Que horas são?
— Onze e meia.

Levo um tempo para pigarrear e limpar a garganta, tento botar meus pensamentos em alguma espécie de ordem. Sheila se afastou e está falando baixinho no corredor. Ouço um murmúrio e um arrastar de pés.

— Diga para entrar — eu anuncio. — Deixe-a entrar.

E então ela aparece na porta: Laura.

Está pesadamente fortificada com maquiagem, feito uma caricatura de quem eu me lembro de anos atrás. É uma máscara para me encontrar. Mas as rugas e as dobras ainda se esgueiram como trepadeiras em volta dos olhos e do pescoço dela. Tudo ao que ela veio resistindo esses anos todos. A idade ataca, sorrateira, a todos nós.

— Oi — ela diz antes da máscara enrugar e ela desabar em pranto. Ah, merda.

— Ora, vamos — diz Sheila, pegando um lenço de papel, correndo até ela. — Venha, vamos pegar uma cadeira para você, está bem?

Ela pega a minha cadeira de visita e arrasta em segurança para o pé da cama, onde Laura se permite sentar.

— Desculpe — diz Laura, se recompondo. — Eu jurei que não ia chorar.

— Não é vergonha nenhuma chorar — diz Sheila. — Nós todos choramos, não choramos? Todo mundo chora.

— É — Laura pisca os olhos molhados, a menininha, tentando ser corajosa. — Desculpe — ela repete, e finalmente consegue concentrar-se em mim e então diz: — Oi.

— Oi.

Ela só olhou nos meus olhos de relance, passa muito tempo olhando em volta, para o chão, examinando, refazendo sua posição sentada, verificando se a perna da cadeira não está encostando na ripa de proteção, examinando atrás dela... seja lá o que for.

— Agora já tem seu café — diz Sheila. — E você? — pergunta ela, olhando para mim. — Quer que eu traga alguma coisa? Como está sua água?

Balanço a cabeça, nada para mim. Nem água. Nem visitas. Eu disse nada de visitas.

— Está bem — diz Sheila, saindo. — Fiquem à vontade e nos vemos mais tarde.

Ela sai do quarto e fecha a porta sem fazer barulho.

Sozinhos juntos. O choque de Laura estar ali rapidamente deu lugar a... a o quê? Eu não sei. Estou jogando a linha para ver se sinto alguma coisa morder, mas acho que não sinto nada.

— Então, como vai? — diz Laura, finalmente olhando direito para mim e franzindo a testa.

— Nunca estive melhor — eu digo e na mesma hora desejo não ter dito, porque ela recomeça a chorar.

— Desculpe, Ivo, desculpe, eu só... eu estava muito aflita para vir aqui, mas ver você aí desse jeito, na sua cama... eu me sinto tão idiota com todos esses anos que deixamos passar...

E é isso, a última vez que Laura e eu nos encontramos foi numa despedida muito superficial no estacionamento do Yew Tree quando os pneus dos carros dos outros enlutados rodavam em falso no cascalho à nossa volta. Dever cumprido, mamãe devidamente na terra. Tudo organizado por mim, até o bufê. Sete anos. Uma vida atrás.

— É um desperdício tão grande, sabe? Você não acha que isso tudo foi um grande desperdício de tempo?

E agora sou eu quem não consegue olhar nos olhos dela. Pois é, cara a cara eu não posso concordar com o que eu disse tantas vezes na minha cabeça. Isso é maior do que nós dois, por isso, será que devíamos desistir um do outro? Abandonar a esperança?

— É — digo eu —, um verdadeiro desperdício.

Ela levanta da cadeira, se aproxima e me dá um abraço apertado e profundo. Não sei ao certo se eu quero isso, mas deixo acontecer e em algum lugar bem lá no fundo, bem fundo, por baixo da maquiagem e do tilintar do gesto grandioso, existe carinho, existe bondade.

— Estou muito contente — ela diz ao me livrar do abraço e afundar de novo na cadeira. — Estou muito contente de ter vindo. Tinha medo de vir. Sabia que você não queria me ver. Mas pensei, que se dane, sabe, o que aconteceu, com todos os acertos e os erros, você é meu irmão e eu sou sua irmã, e isso devia *significar* alguma coisa.

— Eu... é. Também estou contente de você ter vindo — eu digo com um pequeno sorriso.

— Eu não ia vir, mas o Kelvin... ele disse que nós dois devíamos agir como adultos, por isso concordei de vir com ele.

— Ah, é? Ele está aqui?

— Foi estacionar o carro. Acho que ele vai esperar alguns minutos para ver se começamos a arrancar o cabelo um do outro.

— Não, ora, isso nunca aconteceria, não é?

— Não. Eu acabei de tratar o meu, por isso...

Ela mexe nas pontas do cabelo e eu bufo uma espécie de risada. Engraçada. Ela é engraçada. E com que facilidade voltamos a aqueles anos de prática, ao jeito como combinamos. Os ritmos de uma pessoa, eles acabam se entranhando. Esses são os padrões de Laura que conheci minha vida toda. A sensação é... sim, a sensação de tudo isso é boa. Sinto que somos Laura e eu. Eu me sinto em casa.

— Trouxe uvas para você — ela diz e se abaixa para pegar um saco de papel pardo. — Desculpe, parece meio sem graça agora. Eu devia ter trazido outra coisa, mas...

— Ótimo, está ótimo — eu digo. — O que se compra para o homem que tem... você sabe.

Ela franze o rosto.

— Falência renal?

Olho para ela e solto outra risada, que se transforma numa tosse engasgada.

— Não foi exatamente isso que eu quis dizer.

Ela senta e fica me observando enquanto eu tusso, e penso que talvez ela esteja meio chocada.

— O que mamãe diria se nos visse agora, hein? — eu pergunto.

— Ela diria, "sapatos para cima, bolsas para cima, casacos para cima". — O velho toque de guerra da nossa mãe quando entrava pela porta da frente e via que tínhamos bagunçado a casa ao chegar da escola.

— Você fala igual a ela, sabe?

— Ah, não diga isso. Mal sempre dizia...

Minha expressão deve ter sido de decepção, porque ela para de repente, olha diretamente para os meus olhos, de boca aberta, chocada.

— Eu não quero falar do Mal — eu digo, secamente.

Estendo o braço para pegar a máscara do topo do cilindro de oxigênio. Os elásticos soltam na segunda tentativa. Deixo a máscara ao meu lado, mais como alguma coisa para fazer do que por estar sem ar.

— Olha, Ivo, eu quis conversar com você sobre tudo aquilo desde o enterro da mamãe — diz ela, girando dois dedos nas têmporas e fechando os olhos. — Achei que podia nos unir, eu realmente pretendia falar com você, mas você nunca...

Ela balbucia à procura das palavras e não encontra nenhuma.

— Você é minha irmã — afirmo.

As palavras surgem com a maior tranquilidade.

— Isso deve significar alguma coisa. Você não estava lá. Ao meu lado.

— Eu não...

— Você foi com ele. A única vez que precisei que você ficasse do meu lado e me apoiasse, você fez a sua escolha. Você desapareceu com ele.

— Eu queria apoiá-lo, queria mesmo. Mas tive de escolher.

— Você também não estava lá com a mamãe, quando ela precisou de você.

— Eu não pude. Não tinha como — ela diz, com desespero sincero. — Você e ela sempre foram muito chegados, mas eu não tinha isso com ela. Algumas vezes ela me odiava.

— Ela nunca odiou você.

— Algumas vezes.

Olho para o outro lado. Não sei o que eu lembro daqueles dias. Meu coração bate forte. Bate e bate. Todo o significado da última década pende no ar entre nós, imprevisível.

— Houve aqueles anos... ele ficou preso seis anos. Eu fiquei sozinha — diz ela. — Você não queria me ver, não é? Você não queria ver ninguém.

— Eu via a mamãe.

— Mamãe tinha medo de falar com você sobre qualquer coisa que pudesse aborrecê-lo. Ela achava que ia afastá-lo. Mas as poucas vezes que conversei com ela, ela simplesmente disse que queria nós todos juntos outra vez.

— É, eu sei, eu sei. Eu sei.

— Mas não aconteceu, não é? Ela nunca viu isso acontecer. E não foi só culpa minha.

Uma grande onda de arrependimento ácido e ardente cresce agora. Sinto tanto, mamãe... Eu podia ter me esforçado mais. Eu devia ter agido melhor.

A tensão se rompe e ficamos em silêncio um tempo. Depois de tudo aquilo, não quero responsabilizá-la por coisas que não são sua culpa.

— Eu não sou santo — digo, calmamente. — Nunca afirmei que não tive culpa.

— Não, nem eu — ela diz. — Pobre mamãe.

— Pobre mamãe.

E assim Laura chora, com facilidade, mais uma vez. Faz-se um silêncio profundo e molhado, não há nada que eu possa fazer. Simplesmente terei de deixar a curva subir, subir, lentamente chegar ao pico e descer, lentamente, lentamente descer de novo, até voltar para a terra.

— Hm... Oi.

Olho para a porta e lá está ele. Kelvin em pessoa.

— Ah, oi — resmunga Laura, assoando o nariz num lenço de papel. — Entre.

Kelvin olha para mim. Eu desvio o olhar. Ele arrasta os pés e avança mais ou menos um metro dentro do quarto. Olhe só para ele, adorando a função de servir de motorista para Laura. Destinado a ser um lacaio para ela. Com a esperança de que um dia ela caia em seus braços.

— Então, como estamos? — ele diz com uma falsa leveza.

— Estamos... conversando — diz Laura. — Quando eu consigo parar de chorar.

Kelvin procura no bolso da jaqueta um lenço de papel limpo.

— Toma.

Laura pega o lenço. Sensação de alguma intimidade entre os dois? Não sei. O que sei eu? Foram dez anos. Não é da minha conta.

— Você perguntou para ele? — diz Kelvin para Laura.

Ela balança a cabeça.

— Perguntou o quê? — eu digo.

— Eu a trouxe aqui por um motivo, amigo. Sei que você não queria vê-la e assumo a culpa por isso. Mas tem um motivo.

— Alguns de nós... bem, temos apoiado Mal nesses últimos anos — diz Laura.

Ela olha para o teto e suspira de novo com todo aquele esforço.

— Temos ajudado e apoiado desde o tempo da prisão. Fizemos muitas visitas, ajudamos a prepará-lo para voltar para casa. Ele lutou. Ele lutou.

Kelvin meneia a cabeça, solene.

— Ele criou um certo hábito... drogas, você sabe. Impossível evitar na prisão, elas estão por toda parte. Por isso ele depende muito de mim e dos pais dele. Ainda não consegue parar num emprego. Mas nós procuramos entender e podemos enfrentar tudo isso. E... — ela sorri agora, com certo orgulho — ... está funcionando. Está funcionando definitivamente, porque ele está começando a se aprumar e... bem, existe de fato esperança para ele. Mas... — ela olha para os joelhos e para no meio da frase.

— Tem aquela coisa com você, Ivo — diz Kelvin.

— Está lá, todos os dias — diz Laura. — É um grande nó.

— Tudo que ele quer — diz Kelvin — é ter a chance de acertar as coisas.

Laura se inclina para frente e põe a mão na minha colcha. Eu sinto a vibração.

— Ter só cinco minutos do seu tempo. Você era o irmão que ele nunca teve. Ele realmente admirava você. E ainda admira.

Eu ignoro os clichês e as bobagens óbvias. É tudo que posso fazer para não dar risada. Caímos num silêncio constrangedor, mas não, não quero que isso se firme.

— Não posso vê-lo — eu digo.

A cabeça dos dois se move do mesmo jeito: se eleva ao som de alguma música interna. Uma estratégia pré-combinada.

— Eu não posso, não posso fazer isso. Não posso vê-lo.

Kelvin me observa um momento e respira fundo para se equilibrar.

— Ouça, amigo — diz ele —, eu sei que você não quer saber, mas ele está afundado até a raiz dos cabelos em arrependimento. Ele sabe que errou e está cheio de remorso por isso. E ele... ele não tem como se livrar disso.

Eu viro a cara. Espio pela janela. Olho para a magnólia.

Laura me espia nervosa. Uma das pálpebras fica grudada, fechada, por um segundo.

— Você nem teria de dizer nada. Talvez pudesse deixá-lo falar o que ele tem de falar e depois ele vai embora.

— Não — eu digo. — Não.

— Por favor... cinco minutos. Juro que só precisaria disso. Por favor, dê-lhe apenas cinco minutos do seu tempo.

Eu sento na cama, tusso com o esforço, mas preciso mostrar presença para combater aquilo. Finalmente, finalmente alguma coisa estala dentro de mim.

— Quando será, certo, quando será que essa merda vai me deixar em paz?

Silêncio.

Os dois ali, olhando para mim.

— Quando é que vocês poderão dizer, agora, aqui, que o que aconteceu foi errado? Que o que aconteceu foi errado e não tem volta?

— Mal está desaparecido — diz Laura.

Silêncio.

Kelvin olha significativamente para o chão.

— Desaparecido?

— Ele sumiu há mais de uma semana. Dez dias.

— Nós conversamos com o pessoal das Pessoas Desaparecidas, na polícia — diz Kelvin em voz baixa. — Nós temos de pensar num jeito de resolver o máximo de problemas que tenha. E esperar que ele veja que sua casa tem valor, e que ele não está voltando para a mesma zona de antes.

Olho para as minhas mãos, sem cor e frias. Começo a esfregá-las com força para dar-lhes vida.

— E tudo, todas essas coisas, apontam para você. O problema com você. Nós queremos combinar algum contato entre vocês dois, se você concordar e se...

— Nós achamos que ele pode tentar vir para cá — diz Laura. — Ele sabe que precisa disso... resolver as coisas enquanto ainda tem tempo. Enquanto você tem tempo.

— Aqui? Ele não sabe onde eu estou.

— Sabe sim — diz Laura, em voz baixa. — Contei para ele. Antes dele sumir.

— Mas...

Com certeza, com certeza não deixariam alguém entrar aqui se eu não quisesse receber, não é? Mas deixaram Laura entrar, não deixaram? Meu coração começa a trovejar no peito e toda a força se esvai dos meus braços e pernas. Obviamente aquele é um local de repouso.

— Chamem a Sheila — eu digo. — Digam para Sheila que não quero vê-lo aqui dentro.

— Por favor, só...

— Chamem a Sheila.

◆

Sheila volta para o meu quarto num instante.

— Eles foram embora? — pergunto.

— Sim, sim, eles foram embora.

— Nada de visitas.

— Eu sinto muito, pensei que você sabia que era sua irmã. Pensei que estava um pouco mais aberto para ver pessoas, porque você disse para deixá-la entrar.

— Eu pensei que era... Não, não. Visita nenhuma.

— Desculpe, isso foi erro meu — ela parece chocada. — Mas quem é essa pessoa? A que você não quer ver?

— É o namorado dela. Ele quer me ver. Mas eu não quero vê-lo, está bem?

— Certo... bem, nós pedimos para todos se registrarem na recepção, de modo que...

— Tem mais alguma coisa que vocês possam fazer? Em termos de segurança?

— Certo — diz ela, pegando um molho grande de chaves no bolso do uniforme —, vamos fazer o seguinte.

Voz tranquilizante. Voz profissional.

— Antes de qualquer outra coisa, vamos esperar um pouco, nos acalmar e ver se podemos dar um passo de cada vez, está bem assim?

Aí está um tom conhecido. Esse é o seu tom. Um tom de manter a clareza. Ela está dizendo, "vamos lá, vamos lá, não deixe a paranoia respingar em tudo".

— Estamos todos confusos aqui, não estamos? Por isso, se você não se opuser, quero um tempo para pensar nisso.

— Sim.

— Então, vamos estabelecer prioridades. Vou pegar uma coisinha para acalmá-lo, para podermos conversar sobre isso tranquilamente e fazer o que é certo de primeira.

Ela fixa o olhar em mim enquanto a cabeça sobe e desce.

— Certo — eu digo. — Certo.

— Volto em cinco minutos. No máximo.

Ela sai do quarto e procura no molho a chave do armário de remédios.

Deito na cama, de lado, em posição fetal. Preciso me concentrar, concentrar. Aperto a cabeça no travesseiro com firmeza para sentir alguma coisa. Caramba, apertada profundamente no travesseiro, ela realmente *bate*. Cada batida parece um martelo, cada martelada abafa minha audição, que se recobra a tempo de ser abafada de novo. Meu coração conectado à minha cabeça. É a pressão, não é? Está me fazendo apertar os olhos — apertar de *apertar* mesmo — e isso faz parar as batidas surdas, transformando-as em uma longa batida, alguns segundos. É o meu coração, são as batidas pulsando, e não param nunca. É o meu coração batendo o sangue em mim e simplesmente não para. Eu quero que pare.

Estou de punhos cerrados para cima, segurando a coberta em volta do meu maxilar. Embaixo da coberta a agitação. É todo o resto; o descanso inquieto. Meus pés enrolando na coberta, o direito para frente, o esquerdo para trás; esquerdo para frente, direito para trás. Meu único alívio, para adiar o inferno na minha cabeça: marchar na roupa de cama feito soldado da infantaria dormindo. Agora esse é o único barulho, deslizando suave, e um *toque* ocasional de uma unha arranhando o algodão.

É a morfina. É isso, não é? Por isso Mal virá para cá, é um banco abarrotado de morfina, de diamorfina. Não estou brincando, não estou brincando, esta é a única resposta. Ele tem Kelvin e Laura amarrados ao seu dedo mindinho e eles pensam que ele quer ser perdoado. Ele não quer ser perdoado, ele...

E a dor e a compreensão descem pelo meu pescoço, penetram profundamente nas minhas costas, tão profundamente que saem na frente, no meu peito, é como levar um chute nos rins, arranca fora o esterno e cresce no meu peito, aperta. Náusea brota e gira por dentro.

A porta é fechada no corredor e olho para a minha própria porta assustado.

É Sheila, até que enfim.

— Muito bem — ela diz. — Tenho um sedativo aqui, só para fazer o casco parar de adernar.

Eu sento na cama e olho para ela. Ela deve ler a minha mente.

— Você confia em mim? — ela pergunta.

Faço que sim com a cabeça.

Ela me dá um comprimido e um copo com água e eu tomo.

— Agora — ela diz sentando de leve no braço da cadeira de visita —, você consegue me contar um pouco dessa história?

— Que história?
— Da visita que você não quer ver. Ajuda se eu souber o que estou procurando.
— É um homem. O nome dele é Malachy Sampson.
— E por que ele quer vê-lo?
— Nós fomos amigos. Ele está saindo com a minha irmã.
— Certo.
— Mas ele é perigoso. É a personificação da encrenca. Não faz muito tempo saiu da prisão. E então, sabe o que você estava dizendo sobre a loja cheia de drogas e agulhas...?

Ela começa a demonstrar a quantidade certa de desconforto. Eu estou me fazendo entender e isso está começando a entranhar nas responsabilidades dela.

— Certo, bem, pelo menos é útil eu saber disso.
— Ele poderia fazer isso. Tenho certeza de que está atrás disso e acho que ele vai tentar vir aqui para me *pegar*.

Eu sei o que isso parece.

O rosto dela suaviza exatamente do jeito que eu esperava que não fizesse.

— Ele vai pensar que fui eu quem o pus na prisão. Ele vai imaginar por que eu não batalhei para mantê-lo fora...
— Ouça — ela diz. — Eu vou cuidar disso e vou garantir que tudo que for preciso para mantê-lo a salvo e em segurança seja feito.
— Obrigado — eu digo, olhando para ela.
— Mas eu sei como você é, Ivo. Você é o tipo de pessoa que tem um buraco em forma de ansiedade no meio da sua cabeça. E não importa o que esteja acontecendo, não importa o que eu faça para tornar as coisas melhores, você vai preenchê-lo com o que estiver na sua frente. Você não é o primeiro a fazer isso e ouso dizer que não será o último. Por isso, faça um favor a você mesmo e mantenha-se ocupado, está certo? Vai ajudar, confie em mim.

Intestine [ɪn'tes.tɪn] sm. Anat. Intestino
Sim, agora vem.
    Intestino.
    Eu podia fazer um de A a Z inteiro do meu sofrimento intestinal da vida inteira. O que foi que eu fiz para ser amaldiçoado com um corpo que lida com todos os níveis de estresse com um soco na boca do estômago?
    Vomitei três noites quando passei para a escola secundária. Eu não queria saber onde era nenhuma das salas de aula, todas as aulas eram novas e tinham me avisado de que todas seriam muito mais difíceis, e que eu teria de usar um uniforme novo — todas essas coisas, feito um nó em estado de decomposição dentro da minha barriga.
    No meu primeiro dia no horto, aos 18 anos, eu vomitei na hora do almoço diante de toda informação nova que estavam me dando sobre a operação dos canteiros. Em quinze dias eu já fazia até devoluções de produto e de dinheiro sem ter de pensar naquilo. Era fácil, é fácil. Mas minha barriga tinha de aparecer.
    É mais ou menos como se uma coisa não valesse ser feita, se eu não passasse mal ao pensar nela.

◆

— Pobre querido — diz você, acariciando as minhas costas enquanto os músculos da minha barriga entram em espasmo novamente e me sujeitam a mais uma ânsia involuntária de bafo e cuspe fétidos.
— Aqui...
    Você me dá alguns lenços de papel e um copo grande de água. Limpo a boca bochechando a água e cuspo na privada. Aperto a descarga.
    Visto seu robe e olho para baixo.
— Deixa meus braços muito compridos.

— É bonitinho. Venha cá, de volta para a cama.

Arrasto os pés, mas me esforço, me esforço muito mesmo para não arrastá-los. Está tudo na mente: preciso comandar meus passos, fingir que estou enfrentando muito bem o seu aviso de que está indo embora.

Vou me arrastar.

Vamos falar sério, quem é que vomita com uma mera e ínfima reviravolta dessas, que é a namorada ir embora? Sou o próprio divo.

— Pronto — você diz, põe a bacia no chão ao lado da cama e deita ao meu lado. — O que isso quer dizer para a insulina que você injetou? Você acabou de comer... quer dizer que precisa comer mais alguma coisa para eliminar o excesso?

Franzo a testa e tusso para limpar a garganta.

— Ah, eu não sei. Tenho um folheto sobre dias de enjoo em algum lugar. Acho que está tudo bem. Vou testar daqui a pouco e ver o que acontece a partir daí.

— Certo. Desde que cuide disso.

— Cuido — eu digo, estalo os dedos e pisco para você fazendo um gesto que indica que está tudo bem.

— Ouça, Ivo — você diz. — Já resolvi. Não vou aceitar essa segunda função.

— Não, Mia, não, você não pode...

— É daqui a três meses, é demais. E você sabe, principalmente porque não tenho certeza de que... Bem, eu nem sei se quero continuar na enfermagem.

— O quê? Por que não?

Seu rosto exibe um mau humor inesperado, você dobra as pernas e abraça os joelhos por baixo do edredom.

— Eu não sei, é que... Não conheci ninguém com quem tenha me identificado. Todos parecem felizes ao agirem feito robôs, tratando todos os pacientes como unidades.

Você passa a mão no rosto e aperta os olhos com a palma das mãos.

— Bem, eu me sinto muito mal de dizer isso, porque estou aqui, gastei todo esse dinheiro e você está sendo extremamente paciente com isso tudo e acho que estou desperdiçando o seu tempo.

Olho para você e procuro digerir o que isso significa.

— Fico pensando que não foi para isso que fiz enfermagem. Eu queria fazer a diferença para as pessoas, tratá-las como seres humanos. Mas, se disser qualquer coisa assim para qualquer outro colega, olham para mim como se eu fosse louca. É muito cansativo. Mais cansativo do que o próprio trabalho.

Agora é a minha vez de alisar as suas costas.

— Eu sinto que tenho sido muito ingênua nesse ponto.

— Olha, eu não acho que você tem sido ingênua.

— Eu tenho sido muito ingênua.

— Tudo bem, você tem sido muito ingênua. Mas toda essa coisa... tudo isso pelo menos vai servir para mostrar para você o que você não quer fazer.

— Mas eu não quero passar três meses longe de você, me sentindo feito uma leprosa.

— Você não é leprosa só porque todos a tratam como uma. Isso é problema deles.

— Mas três meses disso...

— Não é para sempre — eu digo. — Olha, pense melhor. Mas eu não quero que jogue fora a sua carreira só porque eu tenho a constituição de um cubo de caldo Knorr. Não é justo para nenhum de nós.

Você se ajeita e me abraça, com cuidado para evitar empurrar a minha barriga.

— Vou pensar nisso.

— Ótimo.

— Se eu for, você vai ficar doente os três meses inteiros?

— Vou ficar bem. Vou trabalhar. Vou assistir à TV.

— Você vai usar o tempo para fazer alguma coisa incrível e criativa. Eu sei que vai.

— É... não sei disso não.

Afff — foda-se: aperte a campainha.

Aperte o botão do clique.

Afff — meu Deus, que *dor*.

Ahhh. Como uma ondaaa.

Será que é isso? E se for? Pode ter chegado a hora. É isso, definitivamente.

Não, não, ridículooo.

Ah, só consigo pensar em você. Eu amo você, eu amo você, eu amo, se essa é a última coisa que eu vou pensar, eu sinto muito, muito mesmo, mas eu amo você.

Calma. Pensamento positivo. Ponha tudo no contexto. Concentre-se em se afastar da dor. Afaste-se dela.

Não é dor, é sensação. É...

Aiaiaiai. Estou quase *rindo* de tanta dor.

Não, rindo não.

Sheila aparece logo na porta.

— O que aconteceu, Ivo? Você está se sentindo mal?

— Sim, sim, dor... bem aqui...

— Aqui embaixo, é? — Ela põe a mão espalmada no meu baixo ventre, de leve, bem de leve.

— Afff.

— Aham — ela chega para trás e verifica meu prontuário. — Quando é que você foi pela última vez ao banheiro?

— Humm... há dois dias.

Faço careta quando outra onda de dor atravessa meu corpo.

— Certo, certo, querido. Agora eu quero que você se acalme, certo? Vamos botar tudo isso sob controle. Você confia em mim?
— Confio.
— O dr. Sood virá para cá esta tarde, vou chamá-lo para dar uma olhada.

Quando a vejo sair a ansiedade aperta minha barriga e a dor ataca de novo, mais uma chicotada. Eu não quero ficar sozinho... não quero ficar sozinho se chegou a hora.

É insuportável.

Pensamentos positivos.

Vamos lá, vamos lá. Pense direito, com cuidado, calmamente, calma, calma.

É dor, afinal? Estou fraco? Como vou saber? Talvez não seja dor. Talvez eu nunca tenha sentido dor de verdade. Talvez só a dor que vi em outras pessoas tenha sido real e eu esteja só imitando o sugar do ar entredentes, as caretas, as caras de medo, os suspiros e as bufadas.

Não, não. Calma. Não estou com dor. Não é dor de verdade.

Se eu estivesse morrendo, seria a pior dor imaginável, com certeza. Essa é a pior dor imaginável? Não, não é. Que nome vamos dar a isso? Podíamos chamar de surpresa e confusão diante do inesperado. É como quando meu joelho estala, ou... ou quando o bolso do meu casaco engancha na maçaneta de uma porta quando passo por ela, eu às vezes digo "ai" e emito muitos sinais típicos de dor. Mas não é dor, é? É só o inesperado. O que me surpreende.

De qualquer modo, hoje em dia não nos deixam sentir dor. Nos dão drogas. Como deram drogas para Old Faithful. Não nos deixam sentir dor.

Graças a Deus.

Afff.

— É, ele está aqui...

Sheila entra no quarto toda profissional. Dr. Sood atrás dela.

— Boa tarde — diz Sood. — Como vão as coisas hoje? Soube que andou sentindo certo desconforto.

— Muita dor de cabeça — diz Sheila —, falta de ar, angústia com uma série de problemas pessoais. E dores abdominais agudas.

— Humm — ele inclina um pouco a cabeça para o lado. — Como está a sua visão?

— Dói com a luz.

— A respiração continua ruim, não é?

— Eu tusso muito.

Simpático o dr. Sood. Ele acalma com rapidez. Fala de um jeito eficiente, diz o mínimo necessário e rápido. Os estalos com a boca são parte integrante do seu jeito de falar. Direto ao ponto mas com bondade.

Ele se vira para Sheila.

— Alguma sensação vaga de pânico, estresse ou qualquer coisa assim?

— Temos usado oxigênio há alguns dias — diz Sheila. — Falta de ar frequente.

— Alguma melhora?

— Nada substancial.

Isso parece que o leva a algum tipo de decisão.

— Humm. Estou pensando se devíamos administrar alívio para esses sintomas. Podemos tratar da dor aqui no seu abdômen. Mas também temos de levar em conta qualquer tipo de ansiedade e pânico que você tem experimentado. Podemos administrar uma solução de morfina, que resolveria o pior disso e lhe daria um pouco mais de espaço aí dentro para controlar melhor esses sintomas.

— Morfina? Não estou pronto para isso, estou? — Olho para Sheila. — Não acho que estou tão mal assim.

— Bem, uma das coisas que estamos observando num caso como o seu é a contaminação da corrente sanguínea com toxinas como potássio, entende? E o acúmulo de toxinas muitas vezes leva ao aumento da ansiedade e da irritação do paciente e, bem, se os sintomas são o que acreditamos ser, então você vai ver que uma solução leve pode ajudá-lo...

— Não, obrigado. Não.

Certamente não estou tão acabado assim para morfina, estou? Não, não. Ainda não estou morto.

— Só precisa de uma coisinha para... tirar o excesso — olho para Sheila. — Só uma coisinha.

— Bem, como eu disse, podemos providenciar alívio para suas dores abdominais, que podemos atribuir a uma quantidade de gases presos no seu intestino. Dor aguda e repentina.

Quando ele diz isso outra onda de dor atravessa minha barriga.

— Gases presos? Estou falando sério, é *afff*... é muito forte. Estou transpirando aqui, estou transpirando. É... *afff*...

— Pode ficar intenso sim, de verdade — diz Sheila. — E é de se esperar. Vou pegar uma coisa para aliviar isso, está bem?

— Certo. Sim, por favor.

— E você não quer a solução de morfina? — diz Sood.

— Não. Não, obrigado.

— Posso perguntar por quê?

— Eu não quero ir para lá. Eu... eu não quero.

— Vício não é um problema, se é isso que o preocupa. Cabe inteiramente a você e a como quer tratar seus sintomas, mas desde que tenha consciência das opções disponíveis para você. Gostaria que você registrasse o fato de que eu acho que uma solução de morfina ajudaria, aliviaria os sintomas a um ponto tal que você ficaria bem melhor do que está agora. Por isso quero que pense em seguir em frente.

Os dois vão embora. Sheila com uma piscadela, Sood indo para o quarto do paciente que era o motivo inicial de ele estar ali.

E eu sou deixado aqui com suas últimas palavras em mente. Seguir em frente.

Seguir em frente?
Para quê?
Diga que não se trata de gases presos. Gases presos não podem ser tão ruins assim. Não podem. Old Faithful está morta e eu estou aqui me revirando de dor com gases presos. Realmente espero que não sejam gases presos.
Não, eu realmente espero que sejam gases.
Sheila volta sozinha girando uma pequena caixa branca barulhenta nas mãos, tentando descobrir a melhor maneira de abri-la.
— Pronto. Não se preocupe, não é nada que não tenhamos visto antes. É um fato da vida, não é? Temos alguns supositórios aqui, alegria suprema. Eles vão estimular os músculos do seu intestino grosso para começar a trabalhar e ajudá-lo a ir ao banheiro, tudo bem?
— Sim.
— Prefere botar você mesmo? Isto é, eu posso...
— Não, não, tudo bem. Eu faço isso.
— Então toma. Vá até o banheiro, desembrulhe um, enfie com a ponta para cima e lave suas mãos depois.
Ela me ajuda a descer da cama e atravessar o quarto... e eu preciso.
Eu preciso dessa ajuda.
Meu Deus.
Tento respirar fundo e fracasso. Tusso mais, mas paro logo, com dor.
— Ah, você está bem, querido. Ainda não é o fim da linha para você, viu? Você está indo muito bem. Agora, acho que é melhor deixar um pouco embaixo da torneira primeiro. Vou ficar logo aí fora, então grite se precisar de mim, está bem? Não fique constrangido. Sei que é mais fácil falar do que fazer.
Entro arrastando os pés no banheiro minúsculo, viro e encaro o espelho. O branco dos meus olhos está amarelo, com uma borda vermelha.

É isso. Mais um episódio intestinal. O dia em que pensei que ia morrer e não passava de uma dor de barriga.

Eu sou patético.

Sheila me pega pelo braço quando saio do banheiro e me leva para a cama. Um velho.

— Pronto — diz ela com ternura.

Sheila pega um copinho de papel com comprimidos e serve água num copo para mim. Engulo os comprimidos com a água e balanço a cabeça para persuadi-los a descer.

— Isso — diz ela, e sorri.

Eu recosto nos meus travesseiros afofados por Sheila às minhas costas. Ela pega o cobertor do pé da cama.

O meu cobertor.

— Pronto, querido.

Ela dobra o cobertor sobre os meus ombros. Eu o sinto pesado e aconchegante, como um abraço.

— Imagine aqueles comprimidos subindo para a sua cabeça e espalhando sua mágica. E aquele supositório soltando as coisas na direção correta.

— É, é. Obrigado.

— Agora lembre que você pode ser pego de surpresa porque ele funciona de repente, está bem? Por isso deixei a comadre ao lado da sua cama para o caso de não conseguir chegar ao banheiro. E não quero que fique todo nervoso por causa disso. Está aí para ser usada, então use se precisar, certo?

— Certo.

Ela olha para mim e estala a língua para ela mesma.

— Ouça, querido, eu não estou aqui para criticar suas escolhas, mas tem certeza de que está fazendo a coisa certa sobre a solução de morfina? Ela é bastante leve e não quero vê-lo sofrendo. Não há necessidade nenhuma disso.

— Eu estou bem — eu digo. — Preciso parar de ser tão patético. Controlar a minha mente.

— Bem, é isso que a morfina faria. Daria a você um pouco de espaço aí em cima.

— Como você diz, "deixe para lá", "tenha mais objetividade"... Eu posso fazer isso. A mente sobre a matéria. Só que... você tem certeza, certeza absoluta de que não haverá nenhuma visita?

— Todos estão sabendo, está todo mundo avisado. Deixei instruções específicas com Jackie para se certificar de que todos se registrem na recepção, está bem, querido?

— Está bem. Obrigado.

— Mas... faça-me um favor. Se quiser a morfina, vá em frente e tome. Nesse jogo ninguém ganha mais pontos por ter estilo.

— É, eu sei.

— Bem, tem tudo aí? Como está indo o seu alfabeto?

— Cheguei na letra "I".

— I? Bem, está na sua cara, não é?

— Pensei em intestino.

— Não: insulina.

— Meu Deus. Essa é uma parte aceitável do corpo?

— Sim! É um hormônio, não é? A coisa que mais lembro sobre ela é que é produzida no pâncreas pelas *ilhotas de Langerhans*.

Ela abre os braços num gesto romântico.

— Talvez seja minha parte predileta do corpo, as *ilhotas de Langerhans*... *e começa com a letra "I"*. Que tal isso?

Não estou convencido.

— Mas é interessante, não é? Todos os hormônios e poções que nosso corpo é capaz de produzir sem mais nem menos. É surpreendente. Era isso que os médicos pensavam na Idade Média: seu corpo inteiro é governado por humores. E se eles enlouquecem, você adoece. Não está tão distante do que realmente acontece com a sua insulina.

— É.

— E nos faz pensar que daqui a mil anos vão dizer, "o quê? Eles davam injeções nas pessoas? Nas veias?" Parece barbarismo.

Insulin [in-suh-lin] sf. Bioquím. Insulina

Está bem, então, está bem. Insulina. Mais um. Um "I" que me define. Quem jamais pensaria que algo tão tedioso quanto a insulina seria seu maior inimigo? Ninguém. As pessoas passam a vida inteira pensando que tudo vai dar certo... Ninguém pode ficar de guarda contra tudo. É uma encosta escorregadia. Então faça o que eu fiz e não fique de guarda para nada. Outra encosta escorregadia.

É o seguinte: a vida é uma montanha coberta de neve e tudo que você tem de fazer é escolher a direção que a sua encosta escorregadia vai tomar. Eu recomendo que escolha o lado ensolarado.

Sempre me disseram que eu não tinha feito nada de errado para interromper o fluxo natural de insulina no meu corpo. Diferente de algumas pessoas que jamais tiveram controle sobre o peso nesses dias de muito açúcar e muita gordura. Mas, pensando bem, não acho que a barra de chocolate e o litro de Coca que eu costumava consumir no café da manhã nas férias da escola tenham ajudado. Esse deve ter sido um grande trauma para as velhas ilhotas de Langerhans enfrentarem. Mas foram tempos brilhantes, em casa com Laura enquanto mamãe estava no trabalho.

Lembro que disse para ela:

— Coca-Cola tem mesmo cocaína na fórmula?

— Tem! Tem sim. Como o chocolate Mars tem pedaços do planeta Marte nele.

Então, aos 19 anos, a insulina foi acabando e a coisa foi mais ou menos assim.

Meu mijo começou a feder a aromatizador.

Não consegui manter meu peso.

Recebi o diagnóstico e o sistema nacional de saúde me deu a pequena bolsinha com tudo dentro, o aparelho para testar o nível de açúcar, a caneta injetora e a insulina e...

Eu, meu corpo; meu corpo, eu. Sou todo a mesma coisa, só que não. Eu não queria que acontecesse daquele jeito. Eu sou a minha *mente*. Não o meu corpo. Mas foi como se o meu corpo não deixasse a minha mente escapar impune.

Mamãe ainda está com seu casaco de trabalho, sentada ao meu lado no sofá. Eu estou tentando assistir à TV mas ela folheia ruidosamente a revista *Diabetes*, que ela insistiu em comprar a assinatura. Eu acho que ela pensa que vou dar uma espiada na revista, mas vejo a capa e ela me cansa. Pessoas de várias etnias, estáticas, sorrindo. Estão felizes porque têm o diabetes em comum. Ha, ha, ha.

— Mas você precisa ficar atualizado, amor — ela diz. — As pessoas ficam cegas — diz ela. — Perdem os pés.

Olho diretamente nos olhos dela e, não sei por quê, começo a rir.

— O que foi? — ela pergunta e começa a rir também. — Não é engraçado, isso é sério!

— Não sei, é... é engraçado por algum motivo — eu digo. — Perder o pé. Agora sério, mamãe, não se preocupe com isso. Eu sei me cuidar.

Toda noite depois disso ela dizia:

— Já tomou sua insulina?

— Jááá.

E se fosse não:

— O que você faria sem mim, hein?

◆

Essas sessões, no início da noite, em torno de Mal, estão saindo do controle. Eu retomei o hábito com você longe, trabalhando, porque não tenho mais nada para fazer. E quando você está na cidade, ocupadíssima, às vezes penso que preferia assistir à televisão na cama enquanto você trabalha na revisão. Mas você não aceita nada disso. Eu só venho para a casa do Mal por educação. Educação com você e com ele.

— Agora — diz Mal —, o que eu tenho aqui?

Ele remexe no bolso da jaqueta e tira um pequeno saco plástico retorcido.

— Aqui, cara, olha.

Ele balança o saquinho feito isca e dá um sorriso de orelha a orelha.

— Porra, o que é isso?

— O que você acha que é?

Chego mais perto para ver o pó e não quero dizer para não parecer burro.

— H — ele diz.

◆

O carro de Mal.

É a melhor opção.

Eu subo e despenco atrás, no banco do motorista. Mal abaixa o encosto do banco da frente e me prende lá. Claustrofobia começa logo a apertar meu peito. Eu preciso sair dali. Eu quero sair. Mas todas as saídas estão bloqueadas. Becca se instalou ao meu lado e Laura na frente dela. Cercado de todos os lados e os vidros das janelas cobertos de vapor. Não há como abri-los. Não há saída por trás.

Pessoal, ponham os cintos.

A caminho, borracha rolando no asfalto, atravessando a cidade enquanto Mal avança as marchas, todos somos jogados para trás e para frente enquanto seus pés apertam os pedais. Eu me atrapalho com o cinto de segurança e não consigo me concentrar. Não consigo... pegar... eu não sei separar o que é a falta de insulina e o que é a droga, mas estou com isso agora, tudo está começando a parecer mais familiar. Pior do que familiar. Puxo de novo o cinto de segurança mas o fecho está travado. É muito sem jeito, difícil demais para executar. Vou ficar sem.

A luz laranja dos postes da rua cobre as costas do banco de Mal, sobe acima do descanso de cabeça e desaparece no teto preto em ritmo rápido.

Você está em condições de dirigir?
Estou, estou bem para dirigir.
Tem certeza?
Sim, tenho certeza.

Experimento olhar para Becca, ela sorri para mim, segura a minha mão. Quero dizer para ela que temos de ter um plano, que precisamos combinar nossa história, porque você não está viajando a trabalho dessa vez, você está em casa, revisando durante a noite toda e eu preciso ter uma explicação. Mas eu não consigo pastorear meus pensamentos felinos. Becca segura a minha mão. Acaricia para me acalmar, suavemente. Gostoso, gostoso.

De novo na rua, a sua rua, e estou sendo levado pela calçada — uma rua comprida e reta que se estende até bem longe, medindo meus passos na calçada, pedra a pedra. Pequenos sobes e desces, balançando para lá e para cá. Tenho Laura de um lado e Becca do outro e elas me apoiam e não há... onde está Mal?

Agora um tilintar quando Becca pega as chaves, suas chaves, da porta da frente. Laura segura meu outro braço mas posso sentir que ela fica mais suave, mais insegura. Cada vez apoia menos. A porta da frente desemperra e estremece, chacoalha o batedor com o som familiar embaixo da caixa de correio.

— Você ficará bem daqui em diante, não é?

Palavras de Laura à minha direita e agora a presença dela escorre e vaza de volta pela rua até... até Mal?

E agora é o seu quarto e é você. Urgente, prestativa, profissional.

Olho para você enquanto cuida de mim, a testa franzida, os olhos afiados.

— Desculpe.

Luz do dia sem susto. A sonolência segura e espaçosa da manhã seguinte. E você sendo muito gentil e bondosa.

Eu não mereço nada disso. Olhe só para você. Você está arrasada.

— É capaz de se lembrar do que aconteceu? — você diz, subindo no pé da cama, dando-me um pouco de espaço. — Becca foi meio vaga nos detalhes.

— Só uma merda de uma estupidez — eu digo. — Eu esqueci a minha insulina, não foi? Deixei lá na sua mesa. E eu estava na boate e... você sabe... me senti meio esquisito e soube que estava tendo uma crise. Pensei que podia passar por ela.

— Então você esqueceu a sua insulina... e foi só isso?

— Tamanha burrice — eu afirmo.

— Então por que Becca o trouxe de volta? Pensei que você tinha saído com Mal e Laura.

O seu tom de voz tem uma aspereza significativa e sinto que você mantém o olhar firme demais. Você está escaneando, escaneando.

— Ah, é — eu digo com uma onda de culpa. — Não, Becca estava lá também. Mal, Laura e Becca.

Os acontecimentos de ontem à noite são capturados apenas como imagens congeladas, som amplificados. Continuam doendo nos meus braços e nas minhas pernas, guinchando nos meus ouvidos e na minha alma. Cansado, mas alerta. Resquícios do porre na cabeça.

— Você está bem? — você pergunta.

A pergunta fatal.
— Sim, estou. Estou bem — eu afirmo.
— Tem certeza?
— Absoluta.
Eu sorrio. Uma espécie de.

Talvez, se eu contasse tudo, talvez tudo acabasse bem. Dá até para sentir a ponta da minha língua tensionada contra meu céu da boca para dizer... dizer o quê?

Você inclinou a cabeça para ouvir, com expectativa nas sobrancelhas.

Despache.

— Olha — eu digo. — Eu queria contar para você...

E na mesma hora você adota uma expressão preocupada. Desvia o olhar, com medo.

Mau começo, mau começo. Comece mais suave.

— Está tudo bem, está tudo bem — eu repito. — Não é nada importante, não se preocupe. Mas é só que... é uma coisa que quero pensar que posso conversar livremente com você.

— Drogas? — você diz, olha para mim rápida e diretamente. — Eu não sou cega. As suas pupilas estavam do tamanho de pratos.

— Desculpe.

Você olha para mim um momento e reflete.

— Você não tem de me pedir desculpas. Eu não sou sua mãe — você diz. — Por que não me contou antes?

— Ora, eu não sei... não é um assunto que se pode comentar com facilidade, sabe? E aí... eu não sei. Eu me assustei porque... — hesito mais uma vez.

— Porque o quê?

— Bem, tem o seu pai e tudo que você passou com ele. E depois tem o fato de que você é enfermeira e tudo.

Eu acrescento isso rapidamente, no fim, porque seu rosto se desmancha com a menção ao seu pai.

— O fato de você não tomar sua insulina como deve — você diz.
— É isso que deixa a enfermeira triste.
— É, bem...
Fico aliviado de ver que parte da ansiedade passou no seu rosto. Acho que você pode ter pensado que minha grande revelação ia ser sobre Becca, afinal.
— Olha — você diz. — Eu não sou estraga-prazeres e me recuso terminantemente a ser quem vai lhe dizer o que deve fazer. Não me desenhe assim, Ivo, porque não vamos sobreviver a isso.
— Eu sei.
— Mas você *precisa* se cuidar. Você não é como Mal e todos os outros, não é. Você não está no seu corpo e também não está na sua mente.
Fico parado e o alcance de todas as mentiras se expande em volta de mim. Mentiras para mim mesmo, acho. Mas agora que você está aqui e que você se importa, elas se tornaram mentiras para você. Esquecendo as injeções de insulina desde os meus 20 anos... talvez uma por dia, todos os dias. E as drogas também — não só os comprimidos. Será que preciso declarar tudo? De que posso escapar? Sinto que quero contar tudo para você, mas... isso seria envenenar tudo sem motivo?
— Qual é o problema? — você pergunta.
— Não foi só a noite passada. Foram algumas noites. Muitas noites.
— Não duvido — você dá de ombros. — E eu lá quero saber?
— Parava e recomeçava desde... bem, desde antes de você e eu ficarmos juntos. Parava e recomeçava.
— E enquanto estivemos juntos?
— Um fim de semana ou outro... você sabe, quando eu ficava preso em casa e você estava fora num plantão noturno ou entre trabalhos.
— E aí era o quê, mais comprimidos?

Sopro o ar inseguro.

— Comprimidos. Algum ácido — faço uma careta, ouço os cliques nos cantos da minha boca. — Um pouco de pó.

— Pó? Bem, o quê, cocaína? Ou...

— Sim, cocaína.

— Merda, Ivo. *Cocaína?* Nunca pensei que fosse algo parecido.

Eu me encolho envergonhado enquanto você franze a testa e lança um olhar penetrante para o meio da cama entre nós, procurando entender aquilo tudo.

— Então era cocaína — você diz.

Ah, não pergunte. Por favor, não pergunte.

— É só isso? Você não fez... mais nada.

Não é uma pergunta. Não posso responder. Não é uma pergunta.

— *Heroína?* — você pergunta e o seu choque explode. — Meu Deus, Ivo, eu simplesmente não sei quem você é. *Heroína?*

Você tira as cobertas de cima e começa a pegar as roupas do seu armário, a enfiar sua calça jeans.

— Mia — eu digo. — Mia, ouça...

— Eu não quero ouvir mais nada. Você me *jurou* que ia se cuidar, Ivo. Você *jurou.*

— Nada mudou. Nada.

Você tenta calçar um pé de meia em pé, mas tropeça e tem de se sentar. O colchão incha embaixo de mim quando você senta.

— Eu sei que você não quer ouvir mais nada, Mia, mas eu sou o mesmo homem.

Você calça os sapatos, puxa a língua e enfia o calcanhar com agressividade.

— Eu apenas... Eu só fico *entediado,* está bem? — eu digo. — Entediado e *solitário.* É você que trabalha sem parar.

— Então, o que... você está dizendo que a culpa é *minha?*

— Não, não. Não estou dizendo isso...

— Você quer que eu desista da enfermagem e venha para cá segurar a sua mão, é isso?

Fecho os olhos, pare agora. Absorva toda a tensão no quarto. Não adianta, não adianta. Eu não vou voltar.

— Mas é muita burrice — você diz. — Você é diabético! O que acha que vai dizer quando os médicos começarem a perguntar sobre o seu histórico?

Silêncio.

— E se você acabar precisando de um transplante de rim um dia? Porque é isso que acontece. Eles põem você no fim de todas as listas. Provavelmente nem vão se dar ao trabalho de botar você na lista. Meu Deus, quem é você?

— Eu quis que você soubesse — eu digo. — Fiz isso umas três vezes. Em toda a minha vida. E não vou fazer mais. Já parei.

Bem, é isso. Você tem a mim.

Todo eu.

— Você vai dizer alguma coisa? — eu pergunto.

— Não tenho nada para dizer — você diz.

E vai embora.

Pego a pistola e aponto para o fertilizante do cliente, vejo o laser vermelho dançar no código de barras. Ela bipa.

— São 54 libras e 86 no total, por favor — eu digo, e as palavras automáticas provocam uma sensação boa. Um roteiro confiável. — Por favor, ponha seu cartão na máquina e digite a senha.

O velho semicerra os olhos diante do teclado e digita o número dele. É 1593. Esperamos, então olho para Laura, Mal e Becca ali parados, bem perto. Não posso acreditar que tive de fazê-los vir. Não acredito que esqueci de trazer a minha insulina para o trabalho.

A impressora cospe e corta os recibos, eu os uno ao cartão e dou de volta para o velho que os pega e empurra seu carrinho pesado para longe.

— Você não pode trabalhar vinte e quatro horas por dia — diz Laura, se adiantando mais uma vez.

— E não estou — eu digo em voz baixa. — Só quero me ocupar. Ter uma ocupação. Receber um salário.

Mal posso me dar ao luxo de falar num volume normal esses dias. Enfio a pistola de laser no coldre.

— Você falou com ela?

— Conversamos pelo telefone umas duas vezes.

— E o que ela diz?

— Ela diz que tem de fazer as provas e que não quer comprometer os resultados. Ela não quer me ver.

— Então você acha que acabou?

— Está parecendo, não está? — diz Mal.

— Eu não sei — digo eu, sofrendo horrores. — Eu diria que é 99,9 por cento certo.

Outro cliente se aproxima e Laura, Mal e Becca recuam de novo, fazem sinal para a mulher passar.

O trabalho é bom. Eles foram bons ao me darem horas extras aqui e quando já estamos há um tempo no mesmo trabalho os colegas começam a reconhecer os padrões. Alguém, de repente, quer horas extras, e você atende, sem perguntas.

Estou grato.

— Não vejo qual é o problema — diz Laura quando o terreno fica livre. — Por que ela está querendo controlar tudo que você faz?

— Não é assim — eu digo. — É mais complicado do que isso.

— Bem, por quê? — ela diz.

— Não é algo que eu possa contar, é um assunto particular.

— Ah, mas para nós você pode contar. Nós nunca contaríamos para ela. Você não vai falar nada, não é, Becca?

Becca dá de ombros.

— Não tem nada a ver comigo.

— Tem a ver com confiança, não é? Olhem, o pai dela era alcoólatra, e isso desmontou a família dela, e...

— Mas isso é completamente diferente — diz Laura. — Você não é alcoólatra, é? Não vejo por que você tem de pagar pelos erros que o pai dela cometeu na vida.

Fecho os olhos e tento não me irritar com Laura. Mas é difícil, é difícil. Ela não entende os sinais. Eu não quero falar sobre isso. Rezo para que chegue outro cliente.

— E de qualquer maneira, será que ela não cometeu nenhum erro na vida dela?

— Ela é uma boa menina — diz Becca. — Mas, sabe, talvez ela não seja a mulher certa para você, Ivo. Saindo às quatro da manhã, decorando a cidade... É meio... — ela franze o nariz.

Eu não posso responder isso. Faço um silêncio forçado. Aquele tipo de silêncio profundo em que procuro esconder o fato de que estou engolindo as lágrimas. Pigarreio ruidosamente e me vejo bufar feito um cavalo. Dou um grande e alegre sorriso para Becca.

As sobrancelhas de Becca se unem com simpatia, ela põe a mão sobre a minha e aperta.

— Tempos difíceis — diz ela.

Faço que sim com a cabeça, apertando os lábios.

— É sério, Ivo, você está melhor fora disso, se quiser saber o que eu acho — diz Laura. — Pessoas como Mia... bem, ela é uma garota adorável e tudo, mas ela faz de você alguém que você não é, talvez para combinar com o que ela está fazendo, sabe? Você tem de garantir que está fazendo o que *você* quer fazer.

Um sorriso, um sim com a cabeça e é Becca que acaba me entendendo, afinal.

— Vamos — ela diz para Laura. — Eu quero comprar umas flores.

— Lá do outro lado, perto das aquáticas — eu digo.

Elas se afastam, mas Mal fica por ali e observa outro casal de clientes passar pelo caixa.

— Então, para onde você vai? — ele pergunta. — Voltar definitivamente para a casa da sua mãe?

— Ah, não sei — eu digo, e me sinto meio idiota por estar tão deprimido.

— Olha, eu estava pensando — ele diz —, cá entre nós, acho que vou arrumar um apartamento para mim em breve.

— É mesmo? E a Laura?

— A casa da Laura sempre foi dela e eu sempre pretendi ter um lugar só meu, só que nunca consegui. E então, o que você acha? Podíamos morar juntos. Alugar um lugar maior, se somarmos os recursos.

Meu instinto é absolutamente não. Eu ainda estou preso à ideia de você e eu. Você e eu morando juntos e... se eu for morar com ele, será como dizer adeus para sempre. Dizer que nunca mais vai ser bom.

— Ouça — ele diz —, eu não quero falar a coisa errada, mas... — ele estende a mão e tira a pistola laser do coldre e começa a apontar o raio dançante para as coisas. — Bem, não há nada nesse mundo que seja totalmente ruim, sabe? Agora temos mais opções.

— É.

Um "é" morto.

— Nós poderíamos fazer o que quiséssemos. Poderíamos alugar uma grande TV, comprar um novo console. Fazer torneios, cara. Puxar um fumo, você sabe, pedir pizzas, cervejas. Convidar o Kelvin, talvez.

— Eu vou pensar, cara, certo?

— Certo, está bom. Enquanto isso vou procurar.

— É... é, está bem.

◆

Acendem a luz lá de fora. O jardim volta à vida mais uma vez.

Ou será que foi porque abri meus olhos?

Não posso ter certeza, não posso ter certeza.

— Você está bem, querido?

Sheila entra num segundo.

— Urgh — esfrego meus olhos. — Não quero ser aquele tipo de pessoa que reclama de luzes...

— Eu sei, eu sei. Sinto muito... chamamos os empreiteiros, eles vêm amanhã de novo ou depois de amanhã, e vão ficar até resolver de vez esse problema.

Franzo a testa e coço meu rosto áspero.

— Você estava esperando lá fora no corredor?

— O quê?

— Você entrou bem na hora.

— Ah, é, estou vigiando do lado de fora do seu quarto cada minuto do dia, querido. E é só uma coincidência ser o mesmo lugar em que guardamos os biscoitos.

Jugular [juhg-yuh-ler] sf. Anat. Jugular

— Tem um jeito — diz Mal. — Definitivamente há um jeito de se matar alguém. Quando conhecemos os pontos certos de pressão.

Ele agarra Kelvin pela base do pescoço.

— Tem a ver com a jugular.

Kelv grita.

— Ai! Me larga!

Ele se revira para escapar.

Mal mantém a pegada.

— É algum lugar por aqui.

Kelvin pensa seriamente que pode morrer.

— Me larga!

Tom definitivo de pânico na voz dele.

Mal o solta, Kelvin dá um pulo para longe, e se vira para examinar o pescoço.

— Que porra, olha só para isso!

Marcas vermelhas de dedos começam a aparecer em volta do pescoço e do ombro de Kelvin.
— Está vendo? — diz Mal. — É por aí.

◆

A porta abre de novo e retornam os passos de Sheila.
— Ora, ora — diz ela.
— O que foi?
— Nada com que se preocupar. Foi um visitante. Era aquele homem que esteve aqui antes, com a sua irmã.
— Kelvin?
— Isso mesmo.
— Eu não quero vê-lo.
— Não se preocupe, já o mandei ir embora. Acho que ele não ficou muito surpreso. Não resistiu muito.
Escondo o rosto com as mãos.
— Eu não preciso disso, não preciso disso.
— Ora, o que é isso? Não há nada com que se preocupar. Sinceramente, não há.
Ela se aproxima e senta e fico um pouco surpreso quando ela pega a minha mão e fica segurando. Por um segundo, imagino, se elas também têm de fazer esse tipo de coisa. A sensação é boa. Ela alisa as costas da minha mão com ternura e todos os anéis que ela tem nos dedos tilintam e tranquilizam. Me fazem lembrar de uma cigana. Brilho forte no olho.
— Esse pânico não vai lhe fazer nada bem — ela diz, suave. — Você mesmo disse isso, não foi? Você sabe que é verdade.
Faço que sim com a cabeça e tento controlar a minha ansiedade.
Tudo está muito perto da superfície agora.
— Sheila, posso lhe dizer uma coisa?

— O que quiser, querido. Qualquer coisa mesmo.

Eu fungo e recupero o fôlego, exatamente como uma criança que quer a mamãe.

— Não consigo me desapegar — eu digo.

— O que quer dizer?

— Eu tento me desapegar, de todas essas *coisas*, essas *coisas* de ansiedade. Mas *não consigo*. Elas sempre voltam para mim.

Ela acaricia minha mão suavemente.

— Estão invadindo. Até brincar desse jogo idiota está me invadindo, é como se cada parte do corpo trouxesse tudo de volta para mim. Cada parte de mim quer contar a mesma história. Sinto que talvez, talvez, o jogo *seja mesmo* para ser assim.

Loucura até pensar nisso.

Constrangedor.

Mas é possível pensar que pode ser verdade.

Sheila olha para mim, sem constrangimento, composta e calma.

— Eu sei, eu sei, querido, eu sei. Eu vejo isso. E não tem nenhum jeito de você falar dessas coisas? Compartilhar seus problemas? Sou toda ouvidos.

Ela põe os dedos por trás dos lóbulos das orelhas e os puxa para fora.

Boba.

Mulher boba.

— Olha — ela diz —, detesto ser portadora de más notícias, mas tenho de dizer para você que esses problemas acumulados podiam se beneficiar com... bem, se você continua terminantemente contra a solução de morfina...

— Ah, eu não sei mais.

— Ou se você não queria chegar a isso, pelo menos um pouquinho de massagem e talvez algum exercício leve.

— Humm.

— Nada muito extenuante, apenas o suficiente para tirar essas coisas da sua cabeça. E temos uma mulher que vem e faz isso para você, a Karen. Vai gostar dela, ela é um amor. Posso marcar uma hora para você, se quiser. Gostaria de ver você fora da cama, andando por aí, por favor.

— Humm.

— Ou será que uma terapeuta de Reiki? Alguns dos nossos residentes se beneficiam muito com isso. A mulher vem e realinha os seus chacras.

Ela tem um ótimo desempenho dizendo isso, séria, mas suspeito que lá no fundo ache besteira. Balanço a cabeça. Não, não.

— Não, não achei que essa seria sua praia.

Dou um sorriso para ela.

— Sinceramente. Você tem de se ajudar o máximo possível e não estou dizendo isso porque não quero fazer eu mesma. Eu posso fazer o que você quiser. Mas você precisa se ajudar.

— Humm.

— Prometa que vai pelo menos pensar nisso.

— Sim.

— Promete?

— Prometo.

Kidney [kid-nee] sm. Anat. Rim

Adici essa ligação o máximo que pude

Devo ter pego o celular umas cinquenta vezes hoje e largado sem apertar um dígito sequer.

Agora apertei todos e está tocando.

São seis semanas e quatro dias desde que terminamos e nos falamos... o quê? Umas quatro vezes? E cada uma dessas ligações chegou a um impasse gaguejante no final. Você precisa de espaço. Você não sabe se vale a pena. De qualquer forma, você tem de se concentrar. Você nem sabe se é possível manter uma relação e passar pelo que você quer passar.

— Muitas outras mulheres do curso se separaram dos seus companheiros — você disse. — Às vezes fico imaginando se enfermagem e vida privada combinam, afinal.

E em cada uma das nossas conversas hesitantes, com o coração pesado e um nó na garganta, eu disse:

— Você é capaz de me dizer com certeza de que não há nenhuma esperança de que alguma coisa aconteça? Nunca?

E foi isso que sobrou daqueles longos e estáticos silêncios. Você não os matou completamente.

Sempre houve aquele fiozinho de esperança.

Um fio finíssimo, que estou a ponto de arrebentar para sempre.

— Alô?

Um calor de partir o coração na sua voz quando você atende. Você está demonstrando um prazer contido de ver o meu nome acender no seu celular.

— Alô — eu digo, simplesmente.

Então percebo que não pensei nisso antes. O que posso dizer?

— Eu... desculpe ter ligado para você.

— Não, é bom saber de você.

— Como você está?

— Ah, nada brilhante, para ser sincera. A minha prova final está chegando, por isso estou ocupadíssima e completamente estressada. É aquela combinação clássica e mortal.

— Nunca termina — eu disse.

— Mas é bom fazer um intervalo. Eu tinha esperança que você ligasse.

Ah... não seja boa para mim. Não faça isso. Eu não preciso de esperança agora, quando estou a ponto de jogar tudo fora.

— Olha — eu digo. — Eu... eu queria falar uma coisa, mas não sei bem...

— Sim.
— Eu recebi uma... uma notícia péssima do médico.
— Ah, não. O que foi?
Pense rápido. Eu preciso falar isso mais rápido... porque você pensa que eu posso estar morrendo agora e eu não sei, eu não sei se *estou* morrendo ou...
— Estive tentando me acertar em algumas coisas desde que... você sabe, ultimamente... e fiz um monte de check-ups. Fui encaminhado para o nefrologista.
— Ah, meu Deus.
— Fui à consulta hoje de manhã.
— E o que...
— Ele diz que eu tenho altos níveis de... creatinina? No meu sangue.
Silêncio. Por um segundo acho que você vai desligar.
Acho que você talvez diga: "bem feito".
Acho que você talvez diga: "eu disse".
Você diz: "merda".
— Ele diz que há sinais de falência renal.
— Puta que pariu.
— É.
Por que você não me *contou*? Eu podia ter ido com você. O que...
— Sinto ter ligado para você. Eu só... tenho sido um cretino. Você é a única pessoa que conheço com quem eu poderia conversar sobre isso. E você é enfermeira, por isso pensei que devia saber alguma coisa.
Você suspira profundamente, e parece muito mais chocada do que eu pensei que ficaria. A minúscula chama de esperança ainda arde no meio de toda essa cinza sufocante.
— Eu não sei, não sei — você diz. — É um resultado estável? Eles testaram amostras de um dia inteiro?

— Ele estava falando sobre falência renal no estágio dois.

— Ivo, por que você não me falou nada? Você deve ter ficado louco.

— Não achei que você quisesse saber. Você disse que não queria assistir a outra pessoa se ferrar.

— Como você pode pensar isso?

— Falência renal. Exatamente o que você disse.

— Eu nunca descartaria você desse jeito — você diz. — Ora, você sabe disso.

Solto um suspiro exausto.

— Não sei mais se eu sei.

— Ouça — você diz, procurando a coisa certa a dizer. — Eu tenho um monte de notas sobre tratamento renal. Vou encontrá-las. Talvez encontre alguns panfletos que explicam tudo e posso enviar para você.

— Obrigado — eu digo. — Estou emocionado de ver que você se importa. — Eu sinto... eu realmente...

— É, sente muito — você diz.

◆

— Muito bem, querido, prontinho. — Sheila segura um vidro e uma colher. — Nada demais. O que vou fazer é medir uma quantidade aqui... — ela abana a colher — ... e depois você vai tomar isso como toma remédio para a tosse, certo?

Estou assustado. Eu quero você. Quero seus braços em volta de mim. Onde está o meu cobertor? Eu quero o meu cobertor. Devo pedir agora?

— E você vai começar a sentir os benefícios mais ou menos no mesmo instante. Está bem? Então quando o noticiário local aparecer na televisão, você já vai estar se sentindo mais inteiro.

— Eles deviam dar isso para todos que assistem ao noticiário local. — Sorriso amarelo.

Sheila dá risada.

Eu quero você... Eu quero que você me diga. Estou fazendo a coisa certa? Se eu tomar isso não vou voltar.

Pegue o meu cobertor. Está no armário, não está?

Eu quero perguntar para Sheila. Devia perguntar para ela. Não estou seguro quanto a isso. Mas não se pode sequer perguntar para os médicos, não é? Eles não podem dizer o que você deve fazer; você tem de decidir sozinho.

A sua saúde nas suas mãos.

Mas não fui eu que passei sete anos na escola de medicina.

— Eu não sei — digo para ela.

— O quê, querido?

— Eu não sei se eu quero. Você... você acha que eu devo?

— Acho. — Ela sorri. — Eu tomaria qualquer coisa.

Ah. Ela pode me dizer o que fazer. Pode?

— É que... eu não quero me viciar. Eu sei que é idiotice. Mas é que... eu fui viciado, mais ou menos, isto é, por que sou eu que tenho de resolver isso? Vocês têm todas... — respire — ... essas pessoas que estão aí para nos ajudar e... tudo que elas dizem é "eu não sei, o que você acha?".

Sheila para um momento e se senta calmamente na cadeira de visitas, oferecendo todo o tempo que eu preciso.

— Ouça, ninguém vai obrigá-lo a fazer o que você não quer fazer. Eu não vou. Nem o dr. Sood. Mas eu vi um monte de gente passar pelo que você está passando. Todos os dias. Eu não quero que você faça do jeito mais difícil.

— Não.

— E é só uma solução leve, está bem? Vai aliviar essa ansiedade. Vai aliviar os sintomas. Vai fazer você parar de se preocupar. Vai esvaziar um pouco sua cabeça.

— Certo.

— Então vamos fazer uma pausa, certo? Vou pegar o seu cobertor.

— Sim.

— Aqui dentro, não é?

— É.

Ela pega o cobertor no armário e me ajuda a arrumá-lo nos ombros. Enfio os dedos nos nós.

— Sabe de uma coisa? Vamos fazer um trato. Você toma isso agora e acho que tarde da noite os efeitos já terão passado. Por isso, prometo voltar aqui esta noite e, se você não quiser, não vai ter de tomar nunca mais e essa é minha promessa solene, certo?

— Certo.

Certo.

— Está pronto?

Ela pega o vidro, enche a colher com cuidado e estende a mão.

— Vira, vira.

— Vira, vira.

Dedos retesados agarram o crochê. Sentem os nós.

— Agora um golinho de chá. Para tirar o gosto. Pronto.

Um gole.

A xícara tilinta quando volta para o pires.

— Tudo certo?

— Certo.

— Bom.

— Quer mais alguma coisa de mim? Seu desejo é uma ordem.

— Não, obrigado.

Lips [lıp] sm. Anat. Lábios.

Os seus lábios. Os beijos mais deliciosos.

Ah, quando me lembro dos seus lábios...

Deitado aqui agora eu desejo pensar neles, mas... não posso.

O bico perfeito...

Tenho medo até de começar.

Nem tenho coragem de pensar... de pensar no beijo...
Não.

Pense de forma diferente. Lábios. Como foi aquele primeiro beijo?
    Os primeiros foram de vovó e vovô. O do vovô era sempre ultrababado e com cheiro de cerveja. Laura detestava. Lembro que todas as vezes ela se *encolhia*. Eu gostava muito do cheiro de cerveja velha. Bem frutado.
    Mas eu não gostava dos beijos da vovó. Os lábios dela eram finos e secos, frios e não opunham resistência, como o beijo de um fantasma. Mas a pior parte era que havia sempre aquele pelo ou algo parecido no lábio superior, um pouco para a esquerda, não no centro — devia ser onde ela costumava arrancar porque toda vez que eu tinha de beijá-la na despedida o pelo me pinicava, como um pequeno choque elétrico.
    Não dá para acreditar que ela me aturava quando eu me revirava todo para me afastar dela, reclamando. *Tem um espinho no lábio dela! Machuca!*
    O que as gerações mais velhas têm de aturar...

Primeiro beijo para valer: Nicola Peterson.
    Aos 14 anos de idade, no meio do campo da escola, longe de todo mundo.
    A *investida* daquela menina... A primeira coisa que eu via era aquele abismo enorme e largo se jogando em cima de mim como se soubesse o que estava fazendo. Por um tempo, achei que talvez fosse eu que estivesse enganado. Eu não sabia, não é? Porque ninguém ensina de verdade como beijar. Por onde começamos? Você tem de aprender à medida que vai beijando.
    Os beijos dela me *assustavam*. Isso não é certo, é?

Kelvin achou hilariante, mas ele nunca tinha beijado ninguém.

Houve quatro ou cinco nesse meio-tempo, todas as bases cobertas, virgindade dispensada alegremente, mas o fato é que foi você que me fez adorar beijar.

Não.

Não... eu *não posso*. *Não posso* destrancar isso. É muito... tenho medo. Pode deflagrar tudo de novo, seria demais. Muito além da conta.

◆

Lá vem a cavalaria.

Arrisco entrar no quarto da minha mãe, que é proibido para mim, e a encontro sentada na beira da cama, se olhando no espelho, com uma coleção de estilhaços de maquiagem serpenteando ao lado dela no edredom.

Passaram vinte minutos desde que Laura bateu a porta da frente e saiu de casa tremendo. Mamãe ainda parece triste.

Ela me vê. — Oi, querido — e sua boca imediatamente forma um sorriso, mas pela primeira vez ela não consegue mantê-lo, apesar de eu retribuir o sorriso.

Ela está muito triste.

Tira a tampa do batom e roda para o tubo sair, aponta para a boca. Mas antes de passar nos lábios ela suspira e deixa a mão cair de novo no colo.

Sigo um instinto, dou um passo à frente e pego o batom. Ela deixa eu segurar, ainda aberto.

Cheiro delicioso. Um dos meus cheiros preferidos.

Estendo a mão para a sua boca, ela vira o rosto para mim. Começo a aplicar o batom no lábio superior, depois no inferior, imitando vagamente o que a vi fazer mais ou menos em todas as manhãs da minha infância. E como em mais ou menos todos os desenhos da minha infância, eu perco as linhas.

E eu sei que passei da linha, por isso continuo. E mamãe deixa o rosto virado para mim. Deixa assim até eu desenhar um grande rosto sorridente de batom até quase as orelhas dela. Quando eu aplico o batom, a pele das bochechas dela se estica para fora e me preocupo que isso possa doer, mas ela não se mexe e esse é o único estímulo de que preciso.

Depois de guardar o cilindro e botar a tampa, ela vira e se olha no espelho.

Ela sorri, um pequeno sorriso no meio do meu enorme.

Ainda é possível sorrir quando se está chorando.

---◆---

No escuro, lábios desconhecidos e pretos como breu se apertam apaixonadamente nos meus. Não são como os seus. São diferentes dos seus. Eles abrem e meus lábios abrem, abrem juntos, vão mais fundo, uma língua entra entre os meus...

Não. Não. Não posso pensar nisso.

---◆---

— Está tudo bem, querido?

Sheila, na porta.

A voz dela é como... é como ouvir rádio quando estou quase dormindo.

Porém mais claro, mais agudo.

— Como está se sentindo?

Ela também está falando devagar.

— É — eu digo —, bem.

— Bom, venho ver você daqui a pouco, para saber como está. Você tem o botão aí se precisar de mim.

Olho para o botão. Lá está ele, serpenteando na minha cama. Amigável.

— Eu tenho o meu botão.

— Certo, querido.

Ela não está mais lá.

Isso está funcionando? Acho que a morfina deve estar funcionando.

É suave. Eu me sinto suave.

É como sentar no banco de trás do carro, as vozes e o rádio em volta, rodopiando e me embalando para dormir.

Muscle [muhs-uh l] sm. Anat. Músculo

— Nossa preocupação é com o desgaste muscular — resmunga o auxiliar para a sua mãe.

Máscara de plástico marca o seu rosto.

Preso à cama, o respirador sopra o ar, você inspira; clica; para dentro, você solta o ar.

Um respirador não é uma parte do corpo. Não é de jeito nenhum.

Cérebro marcado.

Estamos aqui com você há dois dias, já. O respirador sopra, você inspira; clica; para dentro, você solta o ar.

— Temos de torcer para ela ser capaz de respirar sem ajuda logo. A preocupação é que, com o respirador fazendo todo o trabalho, os músculos que ela usa para respirar fiquem fracos demais para trabalhar sozinhos.

Não — *não*.

Amarga lembrança, maligna.

◆

É onde a pobre Amber estará agora. O cérebro dela será marcado com a lembrança da mãe dela, deitada naquela cama. Como a piscadela cega do rastro de um sol escuro, se repetindo na sua retina.

Levei mais de um ano para piscar para longe aqueles seus momentos finais, mesmo que por pouco tempo.

Nose [nohz] sm. Anat. Nariz
Aqueles lápis de cera Crayola no meu primeiro ano da escola primária.

É por isso que eu lembro daquilo.

Depois de reduzir o lápis de cera ao tamanho de uma ervilha, enfiei no meu nariz e me surpreendi de ver que ficou ali, entalado. Lembro claramente de não ter conseguido pinçá-lo para fora com meu polegar e indicador. O cotoco só subiu mais.

Não entrei em pânico.

Fiquei lá sentado, olhando para o meu desenho de um gato retangular, fungando profundamente o tempo todo. E eu já sabia que devia agir como se nada tivesse acontecido. Não havia como pedir ajuda. Simplesmente escolhi outra cor e continuei colorindo, fiquei lá com o lápis de cera do tamanho de uma ervilha entalado no nariz durante metade da tarde.

Então tive uma ideia: eu podia apertar o meu nariz acima do lápis de cera e talvez assim ele saísse.

Aperto.

Estalo.

Chacoalho.

Olhei para baixo e lá estava ele, na mesa.

Talvez aquele momento de simples harmonia entre meus pensamentos e meus atos — isto é, a reflexão e a execução da remoção de um lápis de cera de dentro de mim sem precisar pedir ajuda para um adulto — tenha sido o mais elevado ponto de realização mental em toda a minha vida.

◆

Olhos se abrem de repente. Por quê?

Luz do sol. É dia.

Na janela, recortado com reflexos listrados, o rosto de um homem olhando para dentro.

Maltratado, barba por fazer.

O rosto de um homem de casaco vinho com um detalhe amarelo no bolso de cima...

Então ele some.

O quê...?

Não sei o quê...

Ele estava realmente...

Aperto o botão. Aperto agora. Aperto até ouvir o clique.

Meu coração dispara. Bate, batendo, batendo em mim.

Passos no corredor. Sheila.

— Sim, querido, você está bem?

— Lá... — aponto para a janela.

— O que é?

Lá — *Lá*. Tinha um rosto lá.

Ela finalmente vai até a janela e levanta o vidro.

Havia um rosto, definitivamente.

Eu não imaginei. Não foi uma alucinação, e se isso foi uma alucinação, foi a mais concreta. Não. Sheila vai — eu sei que ela vai — virar para mim e dizer que não tem ninguém ali.

— Oi!

A voz dela soa distante, projetada sobre o gramado lá fora. Ela grita algumas ordens e lá está ele de novo: o homem, reaparecendo pela direita. Ele está se explicando para ela com um quê de petulância.

Quem será ele?

Não sei.

Ele está olhando para Sheila como um aluno que levou um sermão. Só consigo ouvir o tom arrependido e os tons mais baixos da explicação dele. Tons que dizem que ele não sabia que estava fazendo alguma coisa errada, que não fora culpa dele estar fazendo alguma coisa errada, que foi culpa de outra pessoa e que ele estava apenas obedecendo ordens, e por que essa coisa era errada, afinal?

A voz de Sheila está mais calma. Mas ainda matronal. Consigo captar alguma coisa. "Pacientes aqui dentro... estado muito grave... você gostaria se estivesse no lugar deles?" Frases com tom próprio de assinatura.

O homem se retira humildemente e Sheila fecha a janela de novo.

— Uns inúteis, não são? — diz ela. — São os palhaços do NRG outra vez. Eu disse que eles têm de vir primeiro para a recepção, mas eles acham que são os donos desse lugar agora. Você está bem?

— Não, não estou — digo ofegante, pegando a máscara de oxigênio.

— Desculpe por isso — ela diz e vem me ajudar.

— Qualquer um poderia entrar. Podia ter sido qualquer pessoa.

— Não, eu sei o que você está pensando — ela diz —, mas não podia ser qualquer um. Eles precisam de um passe especial para entrar pelo portão, é tudo seguro aqui, certo? Todos eles foram investigados. Ele tomou o caminho errado, só isso.

Ela endireita a boca e olha para mim.

— E agora vamos botá-lo de volta na rota certa. Você sabe como isso é importante.

Fecho os olhos e respiro algumas vezes.

— Não posso fazer isso. É coisa demais. Preciso de mais ajuda.

◆

Um estalo amplificado explode na minha cabeça e atrai minha atenção para dois alto-falantes presos ao teto do Baurice Hartson Rest & Recuperation Room. Disparam uma música de fundo vagamente oriental e Karen rapidamente abaixa o volume até um nível adequadamente etéreo.

— Uma coisinha para evocar uma atmosfera mais agradável. — Ela sorri.

Ela tem um belo sorriso. E um sotaque entrecortado. Não totalmente inglês, mas quase. Ela fala "ésses" em vez de "zês". Seus "as" soam diferentes. Doces. Sueca, imagino, se isso for uma massagem sueca...

— Então, se puder tirar o seu pijama, o que vou fazer é massagear o seu peito com esse óleo, que deve ajudar a limpar suas vias respiratórias e ajudá-lo a respirar melhor. Sheila me disse que tem tido dificuldade para respirar.

— Sim — eu digo e começo a desabotoar o paletó do meu pijama.

— Bem, isso deve ajudar a limpar esses pulmões.

Faço que sim com a cabeça.

— Vou só fechar isso aqui...

Ela chuta duas, três vezes, o aparador de borracha da porta e deixa a porta fechar.

— Pronto — ela diz, e me ajuda a tirar o paletó do pijama. — Espero que você não seja tímido como todos os ingleses... você é?

— Um... não. Acho que não.

— Bom saber disso. Os ingleses parecem sempre muito acanhados.

— É mesmo?

— É, muito sem educação. As mulheres entram nas nossas saunas com seus maiôs de banho. É muito anti-higiênico.

Parece que ela está me repreendendo, mas continua sorrindo com doçura. São sinais difíceis de interpretar.

— Um corpo é só um corpo. Por que ter vergonha dele?

Eu me instalo na mesa e procuro passar a impressão de não timidez.

— Agora estou esquentando o óleo nas minhas mãos, para não provocar um choque muito grande no organismo. Está pronto para eu começar a massageá-lo?

— Claro.

Ela encosta as mãos com firmeza e espalha o óleo no meu peito. Deve estar acostumada com isso, é claro, mas eu não. Não estou bem preparado para aquela sensação. O contato. Fecho os olhos. São só as palmas das mãos dela pressionadas no meu peito, para cá e para lá, assim e assado, subindo e rodando no meu peito. Sinto uma onda de pequenos choques elétricos, as minhas terminações nervosas relembram de quando me tocavam assim. Dez anos atrás. Sensações bloqueadas há tanto tempo que esqueci que já aconteceram. Bem lá no fundo do silêncio invisível minha pele gravou o conhecimento perdido. Lembranças físicas, impensadas e inesquecíveis.

— E se é assim que consideram o próprio corpo — Karen continua —, então eu concluo que têm algo errado na cabeça. Eu e minha mãe, quando ela estava muito fraca, costumávamos tomar banho juntas e eu a ajudava a se lavar, do mesmo jeito que ela me ajudava a me lavar quando eu era bebê. O que pode ser mais natural do que isso?

Começo a tossir e ela se afasta um pouco, mas deixa as mãos oleosas no meu peito.

— Desculpe — eu digo, sem ar.

— Não, não é nada. É por isso que estamos aqui.

Ela recomeça depois que eu me acalmo, mais suave, massageia a parte de cima e o centro do meu peito com as pontas dos dedos.

— Essa pressão está boa?

— Sim... — eu gorgulho e tenho de pigarrear. — Sim, está ótimo, obrigado.

Agora estou superconsciente da rouquidão. Pelo menos não estou tossindo.

Relaxo de novo. Solto o ar cuidadosamente. Esqueço o áudio improvisado, as paredes de magnólia, a falha da camada dupla de vidro da janela, com o vapor condensado no canto inferior esquerdo. Eu me concentro no toque dela. Penso na sensação de suas mãos. Ritmo constante esfregando o meu peito. Sim, sim.

— Então, há quanto tempo é residente aqui?

— Eu não sei... esqueço. Acho que é minha terceira semana.

— É difícil contar o tempo, não é? E está contente com o atendimento?

— Eles são excelentes.

— É, todo mundo diz isso. O pessoal aqui é muito bom.

— Eu adoro a Sheila.

— Uma mulher muito inteligente — ela diz, em tom quase confidencial —, realmente sabe o que está fazendo.

E lá estão as pontas do seu cabelo passando no meu pescoço e no meu rosto, suas palmas da mão apertando o meu peito, os dedos em volta do meu maxilar e do lóbulo da orelha, envolvendo o meu crânio, as pontas dos dedos subindo, apertando e arranhando no meu cabelo. Fazendo o mesmo que os seus dedos nas minhas costas quando você achou o ponto logo abaixo das costelas... o lugar insuportável... bem...

Não.

A mesa range ritmicamente embaixo de mim.

Abro os olhos, vejo o rosto de Karen trabalhando intensamente, concentrada na função. Ela me pega espiando e sorri.

— Tudo bem?

Eu sorrio mas duvido que o sorriso chegue aos meus olhos. Eu os fecho novamente.

Pensamento positivo. Pense em outra coisa. Qualquer coisa, qualquer outro lugar.

Mas você está em toda parte. As lembranças de você, a sua forma.

Todas as partes do meu corpo se juntam e lembram de você. Tenho suas texturas nas pontas dos meus dedos, o seu cheiro nas vias respiratórias, o equilíbrio do seu peso nos meus braços e nas minhas costas. Em todas as partes do meu corpo há espaço para você e eu só preciso que você volte e preencha tudo.

O bipe eletrônico do alarme da porta toca de repente, no corredor — meus músculos se retesam subitamente e meu coração acelera imediatamente. As mãos de Karen param um pouco e depois continuam trabalhando com o barulho.

— Ah, é só o alarme da porta — ela fala em meio ao ruído. — Devem estar testando.

O alarme para abruptamente depois de alguns segundos, deixa o barulho do bater de uma porta esmaecer lentamente e permite a volta da música tranquilizante.

Eu preciso relaxar.

— Você consegue se lembrar de alguma parte do corpo que comece com a letra O? — pergunto.

— Ah — ela diz, e para a massagem um segundo, com um sorriso esperto. — Você está fazendo aquela brincadeira da Sheila?

— Estou.

— É, ela gosta de fazer as pessoas entrarem nesse jogo. Assim elas se abrem um pouco.

— É — eu digo, embora não pareça tão legal posto desse jeito.

— Deixe-me pensar. O... Eu sei o que eu faria com o "O". Porque sou aromaterapeuta qualificada, teria muito que dizer sobre o nervo olfativo. Sim, definitivamente, era isso que eu faria.

Começo mais uma vez a tossir, meio engasgado e levanto a mão para me desculpar.

— O que é o nervo olfativo?

— É o que permite o processamento do cheiro. É uma coisa extraordinária, muito misteriosa. Eu tenho folhas e mais folhas de pesquisa mostrando que nosso nervo olfativo é um dos mais eficientes na ligação com o cérebro. Estão começando a utilizá-lo em pacientes em coma para despertá-los através dessas associações.

Olfactory nerve [ol-fak-tuh-ree nurv] sm. Anat. Nervo olfativo

Eu não sei o que a memória olfativa da minha vida seria. Vetiver: esse é o seu cheiro.

Captei algumas poucas vezes nos últimos dez anos trabalhando no caixa, o cheiro de Vetiver. É um *hiperlink* imediato até você, até você e eu.

Não.

Outra coisa.

◆

O sr. Miller, mostrando o saco plástico diante dele.

— Nesse saco plástico está um dos cheiros mais incríveis e inesquecíveis que o homem conhece. É espantoso mesmo que seja possível guardá-lo dentro de algo tão simples. Espantoso.

Ele tem toda a classe na palma da mão.

— Quem quer experimentar essa delícia?

— Vinte e quatro mãos direitas são erguidas. Quatro mãos esquerdas.

Ele vem até mim.

— Uma cheirada científica, por favor.

Ele está esquisito. Por que está agindo assim todo estranho e meio... respeitoso?

Eu cheiro, timidamente.

— Merda! Mas que merda!

Explosão ácida no meu cérebro e nos olhos.

Para trás, recuo, levanto do meu banco e acabei de dizer "merda" na frente de todo mundo, duas vezes.

Todos dão risada. Kelvin, ao meu lado, ri histericamente.

Eu bufo; botar para fora, botar para fora. Ejetar o fedor. O meu nariz está sangrando? Eu devo estar sangrando.

Miller fechou o saco. Observa aquele espetáculo diante dele.

— Amônia. Agora, se todos pararem de ser tão infantis, por favor, o que aprendemos aqui é que temos de ser muito mais cuidadosos ao experimentar odores no laboratório.

Ele segura o saco longe do corpo e abana o cheiro do nariz dele com um gesto efeminado da mão.

◆

Vetiver: o aroma que você trouxe, agora, ao meu quarto da infância, na casa da minha mãe — na minha casa.

Nós tínhamos conversado aquelas poucas vezes ao telefone, mas o fato de não termos estado na presença um do outro desde que terminamos — quanto tempo, sete semanas? — se torna absoluto e físico pelo fato de eu poder sentir o seu cheiro.

Então lá está você concretamente, uma mulher adulta, com casaco pesado de lã, feito com estilo para adultos sérios, sentada numa cadeira de adolescente. Você parece sem jeito.

Estou sentado na minha cama de solteiro com edredom duplo. Não há mais nenhum lugar.

Nas paredes à nossa volta o velho papel de parede, foguetes estilo James Bond, cuidadosamente desenhados. Jamais me ocorreu, antes, o cuidado com que foram feitos aqueles desenhos. Como se alguém se preocupasse com a engenharia. Só para o papel de parede infantil. Não se tem mais isso agora. Mamãe não teve motivo para redecorar, por isso, essa combinação incoerente.

Isso podia ser o meu passado olhando para o meu futuro.

— Então você terminou de fazer suas provas? — eu pergunto.

— Finalmente. Não me pergunte como eu me saí, porque não quero pensar nisso. Estou voltando para os lagos para passar um mês com a minha mãe antes de começar a trabalhar.

— Ah, certo. Bem, dê-lhe lembranças.

— Eu trouxe isso... — você diz, tímida, segurando o cobertor de crochê. — Não sei bem por quê. Você nem deve querer.

— Não, eu quero. Eu quero.

Pego o cobertor e fico segurando, dobrado no meu colo. Ele também cheira a Vetiver e lembro de você borrifando o perfume antes de partir para sua última transferência de trabalho, meses atrás. Você fez isso para que eu não a esquecesse. Agora significa que não vou poder mesmo.

— Obrigado — eu digo.

— E pesquisei algumas das minhas anotações — você diz. — Tenho alguns folhetos e coisas que explicam o básico. Doença renal em estágio dois: veja estas sessões aqui. Vão precisar fazer acompanhamento regular com você, para garantir que não haja mais perda das funções renais. Mas o principal é manter o seu coração com saúde. Pare de fumar e faça um pouco de exercício.

E eu posso escutar minha própria voz gaguejando, ingênua.

— Ah, é? Ah, isso me tira um peso, é...

— É *sério*. Por favor, por favor, não seja complacente.

Você muda de posição na cadeira. Talvez eu tenha sido um pouco insolente.

— De qualquer modo — você diz —, não é nada que não possa incluir na sua vida... e vamos torcer para não haver mais nenhuma deterioração.

Eu folheio os papéis e tento assimilar alguma coisa, mas vou ter de deixar para quando estiver sozinho.

— Trouxe isso para você também. Um pouco de leitura leve.

Você me dá um livro de capa dura: *Planting design*, de Piet Oudolf. Sua bondade não me surpreende.

Você sorri alegremente, satisfeita de ver que estou satisfeito.

— É só um livro de biblioteca, mas achei que lhe daria algumas boas ideias, algumas coisas para pensar enquanto começa a se acostumar ao lugar em que está, nesses dias.

Ponho o livro sobre o cobertor no meu colo e dou um tapinha nele para demonstrar gratidão. Eu me permito olhar para você e você sorri.

— Muito obrigado por se dar ao trabalho. Estou realmente grato.

Passo o dedo na borda do cobertor.

— Fico feliz de poder ajudar — você diz: — Só porque tivemos nossos problemas não quer dizer que eu não me importo.

— Sinto muito ter abusado tanto de você — eu digo.

Você abaixa a cabeça e olha para o colo.

— Essa é uma bagagem minha também. Não é... acho que não é algo que eu possa enfrentar. Toda essa... coisa da *confiança*.

— Não fui sincero com você e sinto muito.

— Talvez isso tivesse mesmo de acontecer. Foi demais ouvi-lo me contar, e ver que não estava se cuidando.

— Esse não sou eu. Não é o que eu quero ser.

Olho para você e tento manter seu olhar no meu, mas você desvia.

— Eu posso mudar, Mia — eu digo.

Você olha para mim de novo e alguma parte egocêntrica de mim imagina lágrimas nos seus olhos. Mas eles estão secos.

— Há momentos em que quero deixar tudo de lado, Ivo. Sinto sua falta e você sabe disso. Mas está tudo muito no ar nesse momento. Eu vou embora e quando voltar terei o novo emprego. Você está enfrentando toda essa mudança na sua saúde e... não é a hora certa. Você não acha que seria melhor se fôssemos apenas amigos?

Olho para os seus olhos e vejo bondade. E percebo que esqueci de dizer para mim mesmo o que devia ter dito para mim mesmo o tempo todo: "lembre-se de nunca, jamais ter esperança".

Arrasado de novo.

— É melhor sermos amigos. Melhor do que não ter nada — você diz.

Não.

Não é melhor.

— Talvez eu ligue para você da casa da minha mãe. Que tal daqui a uma ou duas semanas?

Meu Deus, será que é bom esticar isso se não vai chegar a um final feliz? Será que eu não devia cortar esses laços de uma vez, agora?

A única coisa em que consigo pensar é na foto que Mal me enviou por mensagem de texto logo antes de você chegar. Ele tinha encontrado um apartamento.

Mas não consegui contar para você.

— É, é — eu digo. — Isso seria bom.

Palm [pahm] sf. Anat. Palma

Barulho de passos na escada. A porta do quarto se abre e minha mãe entra.

Eu já estava acordado de qualquer maneira. Estava aqui onde ela me deixara, na cama, com a minha melhor roupa de igreja.

Agora já escureceu.

Ela estende a mão para a minha mesa de cabeceira e aperta o interruptor para acender a lâmpada. Vira a luminária rapidamente para a parede. Deixa abaixada.

A casa estava em silêncio desde que os últimos pranteadores foram embora, e desde que Laura bateu a porta do quarto, aos prantos.

Mamãe senta na beira do colchão e eu deslizo sem querer para perto dela.

Ela levanta a mão e acaricia o meu cabelo.

— Como você está, querido?

Não digo nada. Encolho mais ainda o corpo em volta do lugar onde ela está sentada, com o aconchego selado entre nós. Eu sei que não preciso dizer nada. Sei que ela entende.

— Você é um bravo soldadinho, não é?

Olho para ela e vejo que ela continua com seus brincos mais finos.

— Você está bem, mamãe?

Ela olha para mim, mas não responde imediatamente. Está exausta. É a primeira vez que noto cansaço no rosto dela, só que não pode ser a primeira vez que ela se cansa, é claro.

— Vou ficar bem, querido. Nós vamos superar isso, vocês e eu.

— É.

— Olha, você não precisa voltar para a escola até se sentir pronto para isso. Todos vão entender que você precisa de um tempo.

Eu franzo a testa na penumbra.

— Eu quero ir amanhã.

— Vamos tirar alguns dias para... para pensar no seu pai.

— Eles vão achar que sou bobo.

— Ninguém vai pensar isso, querido.

— Eu quero ir e quero que seja como qualquer dia.

Mamãe fica quieta por um momento e suspira profundamente.

— Está bem. Vamos ver como vai se sentir de manhã.

— Certo.

Ela sorri para mim.

— Você é o homem da casa agora, hein?

— É.

— O seu pai sentia muito orgulho de você, você sabe disso, não sabe?

— Ele ia querer que eu fosse para a escola — eu digo e olho de novo para o quarto mal-iluminado.

Ela continua acariciando meu cabelo de leve, depois mais devagar e finalmente parando com a mão na parte de trás da minha cabeça.

— A palma da calma — diz ela. — Você sente as pontas dos meus dedos tirando todas as preocupações e a tristeza? E você sente que a palma da minha mão está empurrando carinho, amor, felicidade e paz para dentro de você? Você sente isso acontecendo?

Eu sinto. Tenho certeza de que sinto.

— A palma da calma — ela diz para mim.

◆

Bem que eu precisava de uma palma da calma agora. O mundo está começando a girar em volta de mim. Não consigo me lembrar a última vez que me senti normal. O que é normal agora? Imagino a palma da mão da minha mãe na parte de trás da minha cabeça. Se fechar os olhos posso quase sentir.

Ou a sua mão.

A sua mão na minha.

A minha mão na sua.

As palmas pulsando juntas.

Uma âncora — você e eu pairando de mãos dadas pelo mundo.

São as toxinas. Karen disse que a massagem ia liberar toxinas no meu sangue. Se há uma coisa que não preciso agora são mais toxinas.

E o rosto: aquele rosto na janela me deixou perturbado.

Estou vulnerável. Agora entendo isso. É como se meu corpo precisasse apenas da ignição para ficar cheio de adrenalina. Ansiedade. Pânico.

Sheila tem razão, eu tenho um buraco no meio, com a forma do pânico. Se preenche com qualquer coisa.

Quim [kwim] sf. Chul. Boceta
Não há mais para onde ir. O que é "Q"?
Gostaria que existisse mais alguma coisa para dizer. O quê?
Há só uma coisa.
Becca, na sua grande festa de aniversário no fim de semana, no território de Mal, no norte, ela de braços abertos, dez para as duas, lá, parada, de sutiã e nada mais. Sem calça. Especificamente, particularmente, explicitamente, sem calça.
— Eu sou a rainha xoxota!
Olho para ela e desvio o olhar. Olho de novo e nem consigo entender o que estou olhando. Não registra.

E é isso, levando tudo em conta. A coisa mais surpreendente que eu já vi.

Olho para Mal, que olha para nós com aquela expressão fixa de divertimento. Laura grita e ri lá parada com sua fantasia preta e orelhas de gata.
Sabe, às vezes, quando vemos o pior de tudo alinhado diante de nós, tudo que podemos fazer é entrar no jogo. Para ver até que ponto podemos despencar.
Empurrar nosso corpo até passar do limite. Às vezes, às vezes.
Fico aqui tremendo na escada de alguma boate, em algum lugar... não tenho a menor ideia de onde, nem de como voltar para o hotel... em alguma cidade desconhecida do norte. E estou viajando. Viajando de tudo. Viajando em você, viajando na minha saúde, viajando no meu futuro, para fora do meu organismo. Desistir, desistir. E tem sido bom e fácil me livrar da responsabilidade e passá-la para Mal, Laura e Becca. Se eu não devia fazer isso, caberia a eles me dizer.

E de qualquer forma, uma viagem não vai me matar. É o padrão geral que tem de melhorar. E isso pode começar amanhã. Se eu quiser que comece.

Becca faz a pose tempo suficiente para ficar registrada na eternidade, seus radiantes dentes brancos num sorriso de Hollywood.

— Minha calcinha não combinava com o meu sutiã — ela proclama — e esse é o meu melhor sutiã.

Não posso olhar para ela. É como o sol. Um sol escuro. Noto que tem muito pelo. Não quero ter visto isso. Quero ser um cavalheiro. E agora ela foi embora, rebolando através da cortina e entrando na boate mais adiante, seguida por Laura.

— *Que porra é essa?* — pergunto para Mal.

— É a noite do fetiche — diz ele para mim e me concentro na boca dele. — Eles não queriam nos deixar entrar porque só entra quem está fantasiado de fetiches. Então eu fiz um trato com eles. Que podíamos entrar se usássemos apenas uma peça de roupa.

— *Esta noite* está *esquisita* — eu digo.

— Você ouviu a Becca — ele diz. — Viemos para cá à procura de ação, então vamos cair de boca.

Ah, sim, é por isso que estou aqui. Becca. *Você não ia querer desapontar uma mulher no seu aniversário, ia? Não vejo nenhuma ação há meses, então vamos nos divertir!*

Becca, a persuasiva.

Suficientemente persuasiva para Mal e eu estarmos agora num pequeno quarto com uma parede cheia de cabides de casacos e ele está torcendo as pernas para fora das calças. Ele quica e fala ao mesmo tempo:

— Vamos lá, cara, é uma peça de roupa ou menos — ele olha bem para mim. — Está comigo, amigo?

Humm? Estou.

— Nós somos os sortudos — ele diz, apontando para minhas pernas magricelas. — Uma peça de roupa, por isso podemos entrar lá com nossas calças. Diferente da Becca, hein? Tiremos o chapéu para Becca, cara.

Abaixo as calças para a rainha xoxota.

— Ah! Sim.

O ar frio me rodeia e formiga minha pele desacostumada com a expansão e a exposição. Quero dizer que a sensação é... *boa*. É meio *mágica*. Descemos o breve lance de escada que dá na boate inundada de cores. Uma escuridão aconchegante e envolvente cheia de luzes com as cores primárias projetadas em sequência lenta e simples. O hip-hop lateja suave, bem gostoso. Mas, meu Deus, o que é esse lugar? Meus olhos saltam de uma zona para outra, sem querer parar, esperando registrar o efeito geral, seguir a luz pulsante que ilumina esse grupo de pessoas aqui, outro grupo lá, e mais esse. Há montes e mais montes de corpos sinuosos, um ou dois completamente nus, grandes dobras de carne, trapos de tecido, do rego da bunda até o crânio, pregas de gordura pendendo para baixo e para fora.

— Sinta-se em casa, cara — diz Mal e desaparece. — Eu vou encontrar umas pessoas.

Ele está com aquela cara. Nesta noite ele está em missão de traficante. Deve ser por isso que nos deixaram entrar. Precisamos manter os clientes felizes.

Eu ando por ali, meu cérebro chafurda na minha cabeça. Registro a cena da alegre carnificina diante de mim, bundas massudas vibrando intensamente enquanto se rearranjam. A calvície, as cabeças vermelhas, agora cabeças verdes, e as veias nas têmporas se contorcendo e latejando, desavergonhadamente. Tenho de me afastar dessa sujeira. Tipicamente britânica. Urgh. Eu não quero estar aqui.

Olhos alertas à procura de um rosto familiar, um rosto da família, Laura: Laura está lá. Lá com sua roupa de gata e orelhas de gata. Quase familiar, trocando o vermelho vivo pelo que agora é verde, em sua pele brilhante e esticada.

— Como soube que devia usar uma fantasia de gata? — pergunto.
Ela dá uma piscadela para mim.
— Talvez alguém tenha me dado uma dica — ela diz. — Não é brilhante? Olhe para todo mundo! É incrível.
E estou olhando em volta e quando olho de novo ela continua falando... há quanto tempo estávamos falando? E os lábios com batom estão em todo o meu rosto e ela está falando e falando muito, a voz dela entrando e saindo da batida do baixo.
E agora estou falando também, e todas as palavras que estou dizendo são sobre você. Posso sentir que estou falando rápido, despejando os meus problemas, mas o peso deles não está diminuindo nada. Laura, agora, e Mal, agora, eles estão ouvindo os sons que estou fazendo, mas minhas palavras não estão combinando com as formas nos rostos deles. Talvez não estejam saindo direito. Talvez eu esteja lá só falando em línguas.
— Ela enrolou você — diz Laura. — Conheço mulheres assim, elas tentam controlá-lo. Querem transformar você no que não é. Ficam muito em cima, querem assumir a sua vida.
Não, não, não é nada disso.
A cabeça de Laura meneia ritmicamente diante de mim, pontuando sua versão da verdade, como se eu não soubesse do que estou falando. Mas não é verdade, não é verdade.
— Você deve tomar cuidado com mulheres assim — diz Mal. — Elas ferram com você e depois o prendem.
E aqui está Becca, Becca gelada, nadando no escuro.
Um braço envolve facilmente a minha cintura. É o braço dela.
— Você está bem?
Sim, sim.
Ela olha bem fundo nos meus olhos e seu sorriso se acalma, o olhar fica mais suave. Sinto a tontura aumentando.
— Vem comigo — ela diz —, venha e conceda uma dança à aniversariante. — E ela recua, pega minhas mãos de novo e dançamos

lentamente, lá, à distância dos nossos braços, no meio do salão, enquanto o baixo pulsa em volta de nós, através do ar, através do chão, através de todas as pessoas nesse lugar.

— Você sente falta dela — ela diz.

Sim.

E minha garganta fecha. E as lágrimas... há lágrimas.

Becca põe o antebraço casualmente sobre o meu ombro e toca meu pescoço e minha orelha com as pontas dos dedos, e nós dançamos, bem pertinho.

A coisa era essa, a coisa de Becca: "Eu sou a rainha xoxota!"

Estou consciente, estou muito consciente do que está acontecendo lá embaixo, sob a luz azul. Agora estou decidido a ficar discretamente longe. Desejaria não me esfregar na boceta da rainha. Mas a rainha não tem vergonha. Ela me segura perto, gentilmente perto, desinibida.

— Feche os olhos — diz ela.

Eu obedeço e sinto as pontas dos dedos dela trabalhando preguiçosas no meu pescoço, no lóbulo da minha orelha e no meu cabelo.

— Não precisa ver. Apenas sinta. Você precisa sentir melhor.

Eu sinto a mão dela descer pelo meu pescoço, bem devagar, e pegar meu punho direito e movê-lo lentamente no ar. Ela põe meu punho delicadamente no ombro dela, as pontas dos meus dedos encostam no seu pescoço.

— É tão gostoso ser segurada — ela murmura e gira, constante em seus movimentos, a bunda nua me pressionando. — O contato é tudo, o contato é bom. É bom se sentir bem e é assim que deve ser.

Desligue, desligue. Eu não quero pensar, eu não quero pensar em você. Você nunca deverá saber disso. Nada disso faria sentido. Todo esse tempo fico pensando em você. Se eu quero que você saiba de alguma coisa, eu quero que saiba que estou pensando em você.

Nós nos movemos, nós nos movemos e eu sinto o movimento fluido de Becca como se fosse o meu, sigo as mudanças e deslizo através do salão, meus olhos fechados pulsando no escuro.

— Ei — ela sussurra de brincadeira no meu ouvido. — Deixe-me levá-lo para longe de toda essa gente. Venha por aqui.

Abro os olhos assim que ela desaparece atrás de uma cortina pesada que pende de uma barra presa a uma parede preta. Eu permaneço afundado em verde-escuro, que muda agora para branco alvíssimo. Abro a cortina de veludo e passo para uma escuridão profunda, negro absoluto.

Preto rico. Preto como preto petróleo. Meus olhos tentam se aclimatar enviando manchas coloridas e rodopiantes perturbadoras e imperfeitas. Estou vendo a imperfeição nos meus olhos.

Flutuando, estou imóvel e posso sentir os líquidos, o movimento no meu cérebro, lentamente, lentamente no sentido horário, revolvendo lentamente, lentamente no sentido anti-horário.

E com todo o negrume em volta, a acústica está morta. Minha atenção se volta aos pequenos sons do primeiro plano. Gente. Mais do que Becca. Há respiração à minha esquerda. Leve movimento na extrema direita. Chupando. Os tiques e sibilos de lambidas ou chupadas. Beijos simples e inocentes, talvez.

Talvez.

Onde está...?

Ouço Becca dar uma risadinha, por talvez um quarto de segundo, mas dá para saber que é ela — o seu timbre. Seus dentes. Ela está em pé, parada, do outro lado do salão, bem à minha frente.

Ela pega meus punhos, me puxa para frente e para baixo, e nós nos sentamos, e ela solta meus punhos, põe a mão mais para baixo no meu corpo, me acaricia com ternura, suas unhas dão precisão a cada flexão dos dedos.

A sensação é de estar fazendo a coisa errada. Meus pensamentos voam para você, para meus compromissos com você, mas são pensamentos redundantes, que vazam no escuro, sem casa para ir. Qualquer lealdade com você é apenas um hábito, agora. Você não precisa mais disso.

— Pobre menino — diz Becca, com os lábios no lóbulo da minha orelha —, não precisa pensar, só sentir.

E lá de fora, da escuridão completa, do preto rico, lábios desconhecidos se unem apaixonadamente aos meus. Eles abrem e meus lábios abrem, abrem juntos, vão mais fundo, uma língua se enfia entre os meus lábios.

Isso supostamente está certo.

Quando peguei o telefone ainda havia luz lá fora. E ainda mergulhado na ressaca da noite passada na boate do fetiche, fiquei muito satisfeito por ouvir a sua voz. Foi como voltar para casa. Eu posso fechar isso, posso fechar tudo isso e me refestelar no consolo da sua voz.

Naquele momento eu deslizei para me sentar no chão da cozinha com o grande telefone velho aninhado nas minhas pernas esticadas, e estou segurando o fone com firmeza pelo bocal como uma bola de críquete. Minha orelha está esquentando mas não troco. Ainda não. Aperto o fone na orelha até o plástico estalar em protesto.

Esse silêncio já estava durando tempo demais, surreal. Mais silêncio do que silêncio, porque dá para ouvir a estática posicionada e preparada para pegar qualquer som. Respiro bem fundo, solto o ar pelo nariz e o ruído digital enche a minha cabeça. E a sua também, sem dúvida.

— Isso é gostoso — murmuro. — Passar o tempo com você. Mesmo você a duzentos quilômetros de distância.

— Sim — você diz. — É sim.

Passo o dedo entre os números no teclado do telefone.

— Eu realmente sinto saudade de passar o tempo com você — você diz. — Mais ainda do que pensava que ia sentir.

Silêncio. Posso sentir minha testa franzindo. Você está tentando dizer alguma coisa?

— Então eu andei pensando se...

Você suspira, e os baites fluem na minha cabeça, no meu cérebro, me fazem fechar os olhos para tolerar isso.

— Ah... o que você está *dizendo*? — gemo.

— Eu não sei o que estou dizendo. O que eu estou dizendo? Estou dizendo que olho para nós e me pergunto, por que nós não podemos resolver tudo? E a única pessoa para quem eu quero perguntar é você. Eu quero voltar atrás e conversar com você sobre qual você acha que vai ser o desfecho para tudo isso.

Estalo baixo. Arrisco a troca de orelhas com o fone.

— Você não é igual ao resto — você diz. — Mas eu tenho de tomar cuidado, Ivo. Com um histórico feito o meu, você tem de entender, eu preciso tomar cuidado.

— Eu quero que você tome cuidado — digo. — Eu realmente, de verdade, quero que você tenha cuidado. Isto é, ao ponto de, se eu for lhe causar problemas, então... então eu não quero que seja eu.

Merda!

— O que foi isso?

— Ah, desculpe — digo. — Estava com o dedo no cinco e apertei acidentalmente.

Mais um estalo na linha e eu conheço exatamente a risadinha bufada que você acabou de dar.

O calor sai da minha orelha livre. Imagine a orelha, agora, brilhando no escuro.

Merda!

— O que foi isso? — pergunto.

— Isso foi o número um, em dez, só por não falar nada de positivo. Diga alguma coisa positiva.

— É uma delícia rir junto com você de novo.

— É.

— Eu não rio nem perto disso com mais ninguém.
— Não, nem eu.
Pausa.
A sensação é boa.
A sensação é de dizer que eu quis dizer.
Você suspira e mais uma onda de estática inunda o meu cérebro.
— O que nós vamos fazer? — você diz.
— Não sei ao certo.
— Nem eu.
Uma pausa bastante longa.
— Não quero que me apresse — você acaba dizendo. — Só posso encarar um dia de cada vez. Uma *hora* de cada vez.
— Sim. Sim.
— E suponho que temos de confiar que isso vai nos levar a algum lugar... algum lugar melhor do que esse.
— É.
— Vamos trabalhar com o que faz sentido.
Uma outra pausa muito longa e eu tenho um oceano de alívio represado e esperando para cascatear por cima de mim, mas não quero deixar. Não, não. Deixe pingar.
— O que você acha que vai acontecer? — você diz.
— Não sei. Eu quero muito mesmo que dê certo.
— Eu também.
— Adoro um final feliz.
— Eu também.
— É melhor eu ir — digo. — O carro da minha mãe acabou de parar na entrada da casa.
Começo a levantar para soar ocupado. Nada de carro. Eu só quero interromper isso agora. Parar enquanto estamos ganhando.
— Ligo de novo amanhã, está bem?
— Sim.
— É melhor eu ir.

— É.

Você para mais uma vez e nós dois devemos perceber isso ao mesmo tempo.

— Quero dizer que eu amo você — você diz. — Era isso que eu costumava dizer nesse ponto.

— Humm.

— Blu, bla, blu.

— É. Blu, bla, blu, também.

◆

Acordo com o choque, penso que estou me afogando.

Aperte o botão, aperte, aperte... eu...

— Você está bem?

Sheila entra, urgentemente.

— Afogando... eu estou...

— Certo, certo, agora...

Máscara pressionada no meu nariz e na minha boca. Apertada com firmeza.

Eu não sei onde.

Pergunte, pergunte...

Que dia é hoje...? É...?

Não tenho ideia. Nem sei por onde começar a descobrir.

Que dia foi ontem?

Eu...?

Sheila abre as mãos e passa o elástico da máscara por trás da minha cabeça. O elástico estala e aperta por cima das minhas orelhas.

— Certo, querido. Agora respire, sim? Você conhece a rotina.

— Respirando, respirando.

— E parece que é hora de um pouco mais de solução de morfina, não é?

— Sim, sim.

Sim, sim.

Ela começa a se mover na rotina da morfina que agora já é familiar. Pega o vidro metodicamente. Movimentos pequenos, estranhos e formais. Ela não quer fazer nada errado. Responsabilidade total, as drogas.

— Vira, vira.

◆

— Aqui estamos, finalmente — digo, chegando finalmente ao topo da colina.

Você segue atrás de mim, apoia a mão no joelho para se erguer na última inclinação do terreno. Cai sem ar ao meu lado e passa as mãos na minha cintura quando eu ponho o braço nos seus ombros e a aperto com força: o abraço ansioso de um casal que já tinha se perdido um do outro e que agora se reunia. É uma sensação boa essa de nos agarrarmos um ao outro depois de tudo que passamos.

Um dia de cada vez, depois uma semana e tudo fica bem.

Tudo fica bem.

— Meu lugar favorito no mundo — digo.

Aqui em cima estamos mais em contato com esse céu profundo do que com o vale lá embaixo. Imensas nuvens cinzas e brancas florescem epicamente no azul.

Abaixo de nós a terra desaparece e desce para o vale. Uma minúscula ciclista serve de ponto de referência para dar perspectiva; ela pedala para leste na estrada de terra a caminho da cidade. Está bem mais longe do que parece ser possível.

— Foi aqui que espalhamos as cinzas do meu pai — digo. — Lembro de mamãe, Laura e eu vindo até aqui e fazendo isso.

— É um lindo lugar. Perfeito.

— Acho que minha mãe esperou uns dois anos antes de virmos espalhar. Ela queria que tivéssemos idade suficiente para lembrar.

Estendemos cuidadosamente o cobertor no chão limpo — o cobertor que agora você usava alegremente para o que pretendia — e se senta. Eu sento atrás de você e passo os braços na sua cintura, encosto o queixo no seu ombro.

— Quem usou pela primeira vez a palavra "rolando" sobre colinas sabia exatamente do que estava falando — você diz. — Essas colinas realmente rolam.

— Elas têm exatamente o tamanho e a redondeza certas.

— E milhões de cores. São como um livro de imagens verdes e depois se você olhar tempo suficiente, começa a ver todos os amarelos e marrons aparecendo. Roxo delineando as partes de baixo.

— Você poderia fazer um cobertor com essas cores?

— A natureza já se encarregou disso — você diz.

Você pega uma maçã e dá uma mordida. Levanto a cabeça do seu ombro e você me deixa dar uma mordida também.

— Então — eu digo. — Fui convidado para entrar no curso de *design* de jardins.

— Ah, é mesmo? Muito bem! Acho que você vai ser ótimo nisso — você diz e depois completa: — Você vai passar mal de tanto nervosismo, não vai?

— Mal posso esperar.

— Não, eu acho que você vai entrar lá e vai florescer completamente.

Você se encosta em mim para um chamego e puxa meus braços para um novo abraço.

— Isso é muito gostoso — você diz.

— É.

— Não é mais a sensação de viver um dia depois do outro. Não para mim. E para você?

— Não... não, sinto que é... perfeito.

Você respira bem fundo e solta o ar lentamente.

— Você acha que quando você morrer...

— Certo... legal...

— ... que a cinza de quando você é cremado é o mesmo tipo de cinza que as pessoas usam em seus jardins?

— Eu não sei.

— Você não tem de saber coisas como essa se vai fazer um curso de *design* de jardins?

— Eu não sei. Provavelmente sim.

Dou risada.

— O que foi?

— Por que você sempre nos leva para os lugares mais escuros?

— Eu faço isso? Acho que a enfermagem pode ter quebrado meu filtro da escuridão.

— Então quando é enfermeira a pessoa fica imune às pessoas morrendo?

Você mastigou pensativa por um tempo.

— Não — você responde —, imune não. Se você sabe que fez o melhor possível para ajudar essa pessoa, então... bem, a alternativa é que, se ela morreu, é porque você não estava lá ao lado dela e não ajudou.

— Imagino que sim.

— Você tem um trabalho a fazer, ajudá-las, e apenas deve fazer o seu melhor. Às vezes, quase penso que é uma coisa egoísta... quanto melhor for o seu trabalho, mais autorrespeito você terá. Tentei explicar isso para uma das mulheres no meu curso e ela olhou para mim como se eu estivesse louca.

Você examina a maçã para escolher a próxima mordida.

— Eu entendo isso.

— Sempre penso que é pior quando a gente vê a família. Não podemos fazer muita coisa por eles. Não dá tempo. E não existe nada para receitar para afastar a dor da perda de alguém.

— Não existe nada mesmo.

— E você vê crianças pequenas, como os médicos e as enfermeiras devem ter visto quando seu pai morreu, e pensa que tem todo amor de que aquele doente precisa, bem ali.

Você joga o miolo da maçã no vale lá embaixo, vê quando para e se aninha na samambaia.

Tec, tec.

— Bem, essa é uma maneira de resolver onde vai plantar sua macieira — eu digo.

Você dá um largo sorriso e um beijo de maçã, um selinho na minha boca, e deitamos no cobertor, abraçados, bem juntos.

— Se eu fosse cinza — você diz, com a voz distante, dissolvida no vento —, gostaria de ser espalhada embaixo de uma árvore frutífera. Ou se for o tipo errado de cinza, gostaria de ser enterrada embaixo de uma árvore frutífera. Comida para as minhocas.

— É?

Minha voz soa grave e alta aos meus ouvidos.

— Porque aí os meus nutrientes iam alimentar as frutas. E então talvez os passarinhos bicassem as frutas e teriam energia para voar, de um jeito que a mesma energia que me faz dizer essas palavras agora seria usada para ajudar o passarinho a voar. Eu estaria literalmente voando.

— É... é.

— E isso para mim é realmente reconfortante. Ver a mim mesma pulando dessa colina e mergulhando lá embaixo, nesse céu, lá embaixo no vale. Bem lá embaixo e para cima, em volta. Por toda parte.

Você levanta as mãos para o céu, cruza os braços com as palmas viradas para baixo e junta os polegares para formar um passarinho. Um passarinho batendo as asas.

Junto a minha mão direita à sua esquerda, polegar com polegar.

Um passarinho. Um passarinho batendo as asas.

Juntamos nossas mãos contra o céu.

Batendo as asas, batendo as asas no azul.

Naquele momento ouço o cantar típico dos passarinhos ao longe e um breve bater de asas, e uma expressão de prazer infantil passa pelo seu rosto.

Rib [rib] sf. Anat. Costela

Mal levanta uma costela grudenta e a faz girar antes de arrancar a carne do osso, faminto, com os dentes.

— Mal — diz Laura em tom de aviso.

— O quê?

— Isso não é muito legal para um vegetariano assistir.

Mal olha para você e sorri de orelha a orelha, deixa o osso cair no prato e lambe os dedos ruidosamente.

— Você não se importa, não é?

Você dá de ombros e continua a comer o seu risoto.

Eu sabia que essa não era uma boa ideia. Tudo que fiz foi ficar lá parado torcendo para que Mal se comportasse. Mas ele está em um dos seus dias petulantes, do contra. Exige direção cuidadosa.

O olhar que você me deu quando ele tirou a placa "reservado" da mesa, sem sequer disfarçar, determinou bem o tom da noite. Você está aqui meio relutante de qualquer maneira, por isso agora eu tenho de ficar de olho em você para saber se está se divertindo. Estamos todos tensos porque podem nos desmascarar. Todos nós, exceto Mal.

— Já tomou a sua injeção? — você me pergunta de repente.

— Humm? Já — eu digo, e mostro minha bolsa de insulina como prova.

— Mas isso deve ser potássio suficiente para um bom tempo, não é? — você diz, apontando para a quantidade de tomate na minha *bouillabaisse*.

Mal não se contém e olha para mim. Um olhar tipo "está tudo sob controle".

— Tem certeza de que você não quer uma costela, amigo?

— Acho que não é uma boa ideia, obrigado. Não faz muito bem para mim.

— Ah, quem é que come qualquer coisa porque faz bem, hein?

Ouço você suspirar ao meu lado e rezo para você ter paciência. Você está de cabeça baixa agora e dá para ver que está se concentrando para suportar isso.

— Costelas o assustam então? — pergunta Mal.

Você para e contempla tudo durante um tempo, e eu tento captar o seu olhar para lembrá-la por que estamos aqui. *Construindo pontes, lembra? Para um futuro sustentável e amistoso?* Mas você não olha para mim.

— Particularmente não.

— E como está o frango? — pergunto para Laura.

— Meio seco — ela diz, graficamente.

Sinto um pouco de enjoo, por isso continuo a comer o que estava comendo. Podemos aguentar até o café se ninguém mais disser nada assim tão...

— Ivo contou a novidade? — você diz.

— Não... — diz Laura, levantando a cabeça, toda interessada.

— Não é *aquilo* — eu digo.

— Não, é que nós estamos procurando um apartamento juntos — você diz. — Meu contrato de aluguel termina em três meses e você ainda está tecnicamente na casa da sua mãe, não está?

Mal põe uma costela no prato dele e olha para mim, franzindo a testa profundamente.

— Bem... e sobre o *nosso* apartamento, cara?

— Que apartamento?

— Eu tenho um imóvel separado para nós, já que tínhamos combinado... ah, meu Deus.

— Desculpe... eu não... eu não sabia que você ia em frente, fazer isso...

— Eu investi duzentas libras nisso, cara. Duzentas que você me fez perder.

— De qualquer modo — digo. — Pensei que isso não ia dar em nada.

— É, ora...

Mergulhamos num silêncio constrangedor, salvo a percussão dos talheres batendo na louça. Até as pessoas das outras mesas parecem que não têm muito barulho para fazer.

— Então... onde vocês estão pensando em ficar? — pergunta Laura.

— Em algum lugar perto do hospital — você diz. — Pelo menos no início. Sempre podemos experimentar alguns contratos por temporada e ver o que é melhor.

Continuamos comendo, submissos. Mal chega para trás nas pernas da cadeira, mastigando exageradamente.

— E aí, qual é a sensação de ser mulher? — diz Mal. — Ter sido feita da costela de um homem?

Laura franze a testa.

— Ei, do que você está falando?

— De Adão e Eva — eu digo, meio ressabiado. — Eva foi feita da costela do Adão.

— Ah — ela diz, apertando os olhos para recuperar a memória. — Eu tinha me esquecido disso. O velho Cecil Alexander nos ensinou isso no catecismo de domingo.

Laura vira para você.

— Ele era o vigário na igreja da mamãe antes do pai do Mal assumir.

— Ah — você diz.

— É verdade, então, que os homens têm uma costela a menos?

— É — diz Mal.

— Não — você diz. — Homens e mulheres têm doze pares.

Mal respira fundo e ergue as sobrancelhas para mim, achando divertido.

— Então como você se sente — ele diz —, sendo uma deliciosa sobra?

Imagino que você não vai responder. Eu espero que você não responda.

— Bem, não é a melhor história, é? — você diz.

— Não é? Você não gosta desse cara sendo rasgado e uma de suas costelas sendo arrancada fora, com todos aqueles pedaços gelatinosos pendurados e pingando no chão? — Ele pega mais carne e começa a tirá-la do osso com os dedos. — É isso que a mulher é.

— Bem, não é só isso — você diz. — Depois a mulher trata de arruinar toda a existência humana. Ponto para as meninas!

— Nós levamos a pior nesse mito, não é? — diz Laura.

— Mas não é um mito, é? — diz Mal. — Isso de fato aconteceu.

— Não, não aconteceu — diz Laura feito menininha.

Ele arranca um pedaço de outra costela e nos força a esperar sua explicação.

— A história veio de algum lugar, não foi? — diz ele, apontando para você com a costela descarnada. — Por isso veio do corpo das mulheres e de toda a sua fraqueza. E se não houvesse verdade nenhuma nisso teria morrido séculos atrás. Aqui está o homem e aqui está a mulher e um é servo do outro. É isso que as pessoas sentem. Isso é a verdade biológica.

— *Deve* ser — você diz.

Ah, isso está indo muito mal.

— É a natureza — ele diz, desenhando um círculo no ar, usando um osso como ponteiro.

— Diga isso para as mulheres que chegam ao hospital depois de um aborto mal feito, com a gravidez já adiantada, só porque estavam esperando uma menina.

Olho rapidamente para você. Será que precisamos realmente disso?

Futuro sustentável e amistoso?

É?

Mal ergue as sobrancelhas de novo para mim, mas eu não olho para ele.

O silêncio se instala entre nós mais uma vez, cortado apenas pelos tilintares rápidos de garfos pairando relutantes sobre a carne.

Talvez fosse melhor não pedir sobremesa.

— O que você está *fazendo*?

Levanto a cabeça e vejo que Mal enfiou o osso da costela no seu risoto.

— O quê? Eu queria experimentar.

— Mal, ela é vegetariana — diz Laura.

— Ah, e daí? Não tem nenhuma carne aqui, tem?

— Olha — você diz e se levanta. — Eu vou embora, tá? Não estou me sentindo muito bem. Aqui estão vinte libras pela minha parte — você se vira para mim — Você vem?

◆

— E... pronto — diz Sheila, batendo o carrinho do telefone no batente da porta e parando de repente.

Ela o solta com um rodopio e empurra para dentro do quarto.

— Aqui é telefonia das antigas. Vou deixar isso aqui. Agora, eu dei o número para ele e ele disse que ia esperar uns dez minutos para ligar.

Olho para ela e meneio a cabeça para indicar que entendi, com relutância. Tudo isso muito relutantemente.

— Depois é você que decide, querido. Atender, ou não.

— É.

— Olha — diz ela. — Não é da minha conta, mas acho muito bom você ter concordado com isso. Sei que pode parecer meio bobo, aceitar uma ligação de alguém que está a vinte metros de distância, no estacionamento, mas... ora, se você está disposto a pelo menos pensar em ser um pouquinho mais flexível, bem, isso, para mim, é o verdadeiro caráter. Isso é a verdadeira força.

Sorrio, um sorriso administrativo. Não posso fazer mais do que isso.

— Vou deixar você sozinho — ela diz.

Sheila sai do quarto, fecha a porta devagar e assim que sua partida é registrada no vidro congelado, o telefone começa a tocar. O chilreio eletrônico barato. Irritante. Olho para o aparelho por um segundo, mas o instinto é forte demais. Não posso deixar aquele barulho continuar e perturbar os outros pacientes.

Deixo que continue.

Chilreio, chilreio.

Pego o fone.

— Alô.

— Alô, amigo.

— Oi, Kelvin.

— Como vai você?

A primeira pergunta habitual, nem vale a pena responder.

— Você queria falar.

— Desculpe, amigo, é meio estranho conversar de um estacionamento. Meio espião da guerra fria.

— Vocês ainda querem que eu encontre com Mal.

— É.

— Eu não vou, Kelv.

— Não.

Uma pausa sem jeito.

— Eu queria contar para você o que ninguém mais lhe contou — diz ele.

Kelvin para de falar outra vez. Sei que ele quer que eu diga alguma coisa, que ajude a lubrificar o caminho para ele. Mas ele tem de batalhar por isso. Não preciso mover um dedo.

— Eu sei que essa é a última coisa de que você precisa, de gente indo até você com exigências quando você se sente tão mal, mas sei que vai querer saber. Mesmo que não mude de ideia. Sei que você vai querer todos os fatos.

Mais silêncio forçado.

— Ninguém quer lhe perturbar, eu menos ainda, mas as coisas estão péssimas. Para a mãe e o pai dele, para Laura. Estão morrendo de preocupação por ele o dia todo, todos os dias. E quando ele volta, em geral, está em péssimo estado. Na última vez ele tremia e chorava porque... bem, você sabe, tinha ficado sem dinheiro e não tinha tomado sua dose.

Minha mente se lança nesse cenário, busca uma resposta emocional. Volta sem nada.

— É demais para eles suportarem. Ele não é mais o rapaz insolente que você conheceu. Ele mudou. Ele mudou muito. E pagou caro por tudo que aconteceu.

— Eu também, Kelvin.

— Sei que pagou, amigo. Eu sei. E sinto muito trazer essa lembrança nesse momento em que você está... você sabe.

— Morrendo?

Ele não consegue pronunciar a palavra.

— Olha, amigo, você não pode continuar vivendo como se ninguém fosse notar ou se importar se você está aqui ou não. Quando você se for, irá para sempre. Tem muita gente que vai sentir muito. Que vai ficar em pedaços por conta disso.

— Por que você está tentando fazer isso, afinal? Por que está tentando fazer com que eu me sinta culpado?

— Não estou tentando fazer com que se sinta culpado.

— Ele a *matou*, Kelvin.

Pronto.

Isso o fez parar.

Isso o fez calar a boca.

— De qualquer modo não entendo por que você está tão interessado nisso. É porque quer trepar com a Laura? Acho que você quer que ele suma.

Silêncio total. Agora eu o peguei. Peguei de jeito.

— Você pode me agredir o quanto quiser, amigo — ele diz em voz baixa. — Só estou contando do jeito que eu vejo a coisa.

— É mesmo?

— É mesmo. E já vi você fazer isso inúmeras vezes com a vida dessas pessoas e, se eu puder impedi-lo de fazer de novo, eu vou.

— Eu não estou fazendo nada.

— É, só está sendo você, não é?

O telefone fica mudo.

Ponho o fone delicadamente no aparelho e aperto a minha campainha.

Skin [skin] sf. Anat. Pele

— A pele — Kelvin lê de um livro de estudo — é o maior órgão do corpo humano — ele olha para mim. — Bem — diz ele, com seu rosto grande e burro —, não é o maior órgão no *meu* corpo.

— Ahhh! — Jogo minha caneta, ela quica na mesa da cozinha e rola pelo chão. — Eu sabia que você ia dizer isso!

— O quê? Mas é verdade!

Ver a mente de Kelvin funcionando é como observar um petroleiro tentando fazer uma manobra com um carro virando em espaço pequeno. Eu me abaixo, pego minha caneta e tento voltar para as minhas anotações. Preciso parar com esse tremor todo. Estou começando a ficar realmente apavorado com essa prova.

— É uma piada muito idiota — eu digo.

— E daí? Todas as boas piadas são idiotas.

— Não, mas essa é idiota *ruim*. É a primeira coisa que todo mundo sempre diz... — e é simplesmente impossível. Não funciona. Mesmo que você tivesse um pau do tamanho da linha do Equador, a pele continuaria sendo do tamanho da linha do Equador e mais um ser humano, não seria?

Kelvin me ignora e vira a página.

— A pele se renova a cada vinte e oito dias — ele lê.

— Eu sei.

— Meu pau se renova a cada vinte e oito minutos.

◆

Laura está jogada, ainda de robe, no meio do sofá na sala do seu apartamento, chorando. A expressão dela, da mais completa piedade, chega a ser quase engraçada. Eu me sinto mal de pensar isso porque o estado do rosto dela não é nada engraçado.

A pele parece superescaldada, o vermelho irritado das bochechas vira uma cor amarelada, quase de osso, embaixo do nariz e em volta da boca.

— Preciso ir para um *spa* daqui a três dias — ela diz enquanto assoa o nariz com um pedaço de papel de cozinha — para tirar essa cara de Freddy Krueger.

— Bem, então por que fez um *peeling* químico se vai para um *spa* em três dias, sua burra? — diz Mal muito alto.

Percebo que ele está se mostrando para esconder o constrangimento de nos ter arrastado para o apartamento de Laura para obter a sua opinião médica.

Você senta timidamente ao lado dela no sofá.

— O que foi que você passou no rosto, exatamente?

Laura empurra a caixa para perto de você.

— Ácido glicólico — você lê. — Você seguiu as instruções?

— Segui — ela faz que sim com a cabeça, triste. — Eu só aumentei um pouquinho a porcentagem. Só um *tiquinho*.

Você pega o folheto com o texto em letras minúsculas e lê.

— Está sentindo alguma dor?

— Agora nem tanto — ela funga. — No início parecia que meu rosto inteiro estava pegando fogo. Agora parece muito esticado. Mas o problema é a aparência. Não sei por quanto tempo vai ficar assim.

As lágrimas enchem os olhos de novo e você estala a língua com simpatia, vira o folheto de instruções que está segurando.

— É burrice, eu sei — diz Laura —, mas vou com Becca a uma festa de despedida de uma amiga no fim de semana e não quero parecer uma bruxa velha e seca ao lado dela.

— Ah, Laura, você tem uma pele linda — você diz.

— É, só que não está mais no rosto dela — diz Mal.

Você olha furiosa para ele.

— O que foi? — ele diz. — Eu podia ter fervido água numa chaleira e jogado na cara dela que teria o mesmo efeito. E seria mais barato também.

Laura pega seu espelhinho e levanta e abaixa a cabeça para avaliar os danos mais uma vez.

— Becca é linda mesmo sem fazer nada — diz ela —, e eu passo horas... como quando fomos a aquela boate de fetiche no aniversário dela, lembra? — Ela olha para mim como se pedisse para eu lembrar. — Ela não precisou fazer esforço algum, virou instantaneamente um pitéu para os olhos e eu fiquei lá naquela minha fantasia idiota de gata, ninguém deu a menor bola para mim. E pensei que seria exatamente assim no *spa*.

Um processo momentâneo acontece nos seus olhos quando você olha para mim. Alguma coisa começa a incomodar na minha barriga. *Boate de fetiche? Precisa de alguma explicação?*

— Era aniversário dela, não era? Ah, aquela foi uma noite e tanto — diz Mal com tristeza forçada. — Mas ela estava linda mesmo, não estava?

— Muito obrigada, Mal! — Laura dispara. — Era exatamente isso que eu queria ouvir.

— Ora, vamos... Aquele corpo só de sutiã? E nada mais? Temos que tirar o chapéu para ela.

— Você estava lá? — você diz, olhando para mim. — Onde eu estava? Não lembro nem de ter ouvido falar nisso.

Semicerro os olhos para Mal, finjo lembrar apenas vagamente, lanço sobre ele todas as negativas que posso.

— Ela disse que a calcinha e o sutiã não combinavam e que aquele era o seu melhor sutiã — explica Laura, sofrendo muito.

— Ah! Lembrei. Foi quando vocês dois estavam dando um tempo — diz Mal.

— Eu não lembro — eu digo.

— Não me surpreende, no estado em que você estava — diz Mal, dando risada.

— Quando foi isso? — você pergunta, quase como se não tivesse escutado o que ele disse.

— Meus lábios estão selados — diz Mal. — Já falei demais.

— Você foi a uma boate de *S&M*?

Estamos marchando a uma velocidade furiosa agora. Estou começando a ficar sem ar.

— Eu estava deprimido — eu digo. — Nós tínhamos ido para o norte, para um lugar que Mal conhecia. Eu não queria ir, mas era aniversário da Becca e... todos acharam que eu devia me divertir. Eu não sabia qual era o plano deles quando saímos, mas... quando estamos lá, estamos lá.

— E você tinha tomado alguma coisa?

Olho direto para você e seus olhos estão flamejando. Meu primeiro instinto é desviar o olhar. Tento evitar, mas quando consigo já é tarde demais.

— Eu estava muito deprimido — eu repito.

As batidas dos nossos passos na calçada ecoam nos muros e nos carros estacionados à medida que vamos passando pelos quadrados de pedra, descendo a rua.

— Eu não entendo — você diz. — Primeiro, não entendo por que você não conseguiu *parar* simplesmente. Você não é viciado, você não é dependente, é apenas um mau hábito do qual você não se desfaz. E eu não entendo como essas pessoas, esses amigos e familiares podem ficar vendo isso acontecer, deixar que você faça isso com você. E com a gente.

— Não havia "a gente" aquele fim de semana. Não havia nós.

Vejo que seus olhos estão estressados e desconfiados. Está acontecendo de novo. A coisa toda está indo à merda *de novo*.

— Apenas conte-me o que aconteceu — você diz.

— Certo, olha, você precisa tentar lembrar como foi... como foi um tempo difícil. Para nós dois. Foi, não foi?

Você não responde.

Eu suspiro, trêmulo.

Sinceridade. Sinceridade total.

Finalmente.

— Estávamos na boate e uma mulher estava dançando comigo e eu me sentia... estava aborrecido por sua causa.

Você franze a testa profundamente, processando isso.

— Nós fomos para um quarto nos fundos e... eu não sei o que aconteceu. Nós nos beijamos. Lembro que nos beijamos.

— Você sabe quem ela era?

Você olha para mim com dureza no olhar, examina, observa, suas pupilas se movem minimamente da esquerda para a direita para a esquerda quando olha para cada um dos meus olhos.

◆

— Hora de mais remédios para escaras, sinto muito — avisa Sheila quando entra porta adentro, sorrindo um pouco.

Ela para de repente.

— Ah, querido, o que houve?

Estou chorando. O que é que estou fazendo, aquela voz grotesca, seca, aquela rouquidão horrorosa? Não consigo botar para fora.

Quero derramar lágrimas, mas não consigo beber água suficiente para formar lágrimas.

Sheila fecha a porta e corre para o meu lado, mas ela não sabe o que dizer. Fica simplesmente lá parada e segura minha mão fria, alisa as costas dela.

— Eu nunca deveria ter começado isso — eu digo.

— Começado o quê, meu querido?

— É doloroso demais lembrar dessas coisas.

— Ah, querido, eu sinto muito, era para ser apenas uma brincadeira boba para ajudar a mantê-lo ocupado.

— Não, não — eu digo, recuperando aos poucos um certo equilíbrio —, não é você, não é você. Sou eu.

Será que estou imaginando isso? Fico chocado ao ver que ela parece meio impressionada. Brilho duplo nos olhos dela.

— Sheila... será que eu posso...? Morfina?

— Ah, sim, sim, é claro. Só um segundo.

Tear duct [teer duhkt] sm. Anat. Canal lacrimal

É isso aí: não consigo fazer as lágrimas brotarem. De qualquer modo, meninos não choram, não é?

Mas se não choramos é por que não nos importamos?

Se ao menos pudesse botar tudo para fora com choro...

Talvez seja melhor não poder.

Talvez eu não tenha merecido isso.

Chorar não é tristeza. Chorar está para tristeza como o frio está para um resfriado. Não tem relação.

Os motivos idiotas que me fizeram chorar.

Chorei no enterro do meu pai, mas lembro com certeza de que não foi pelo motivo que todos disseram que era. Foi porque todos me chamaram de "pobre amorzinho" e diziam "ah, Deus o abençoe". E se um número suficiente de pessoas diz "ah, Deus o abençoe" para você em apenas um dia você surta. Uma congregação de mais de 150. Cada um deles deve ter dito "ah, Deus o abençoe" para mim.

Finalmente desabei quando minha avó me ofereceu um biscoito. Eu disse que não queria. Ela disse, "ora, pode comer, é seu". Mas eu disse que não, porque estava sentindo que devia homenagear meu pai não comendo o biscoito.

— Vá em frente! Você sabe que você quer!

Todos olhando para mim.

Eu enrubesço, quente, não consigo impedir as lágrimas.

— Ah, Deus o abençoe...

Seus merdas.

Onde estão todos agora, hein?

◆

E aqui estou eu, mais uma vez. Pensei que tinha escapado. Fui burro o suficiente para me permitir pensar que talvez você e eu tivéssemos finalmente nos entendido. Mas me vejo de volta no meu quarto da infância, na minha cama da meninice com o colchão afundado, vestido com o pijama velho do meu pai. Estou apertando o seu cobertor no rosto. O cheiro dele enche minhas narinas e sou inundado por uma onda renovada de remorso. Sofrimento merecido.

Não há volta para isso.

Não existe volta.

Ouço minha mãe na escada. O arrastar dos chinelos. Num segundo aparecerá na porta, quebrará o encanto da solidão. Levanto a cabeça. Lá está ela. Não muda nunca, é sempre a mesma.

— Posso entrar?

Não digo nada. Ela entra. Segurando um prato de canja de galinha, que põe ao lado do meu relógio despertador. Ela senta ao meu lado, na cama, e rangemos para mais perto um do outro.

Puxo o cobertor de crochê, puxo a segurança dele para mim. Olho para minha mãe.

— O cobertor tem o cheiro dela.

— Ah, querido.

Nós dois choramos.

Ela embala minha cabeça, põe a palma da mão no meu cabelo, suavemente, faz pressão em todo ele, gentilmente.

Ela quer conversar sobre isso, mas sinto minha ansiedade me queimando por dentro. Não tenho nada para dizer para ela. Tudo que há para dizer partiria seu coração. Ela nem sabe que eu fumo. Como poderia contar sobre... todo o resto?

Não posso contar nada para ela, então ficamos assim, sentados em silêncio, enquanto a sopa esfria. Estou sem apetite. Só queria que ela fizesse a sopa para ter alguma coisa para fazer. Alguma coisa longe de mim.

Sinto muito, mamãe.

Não quero ser mau.

Fico só sentado ali, empurrando o crochê para o meu nariz, para a minha boca e apertando para chorar.

Mamãe beija o topo da minha cabeça, meu cabelo.

— Foi cruel — ela diz agora. — Ela foi cruel demais.

Não — digo. — Não, ela não foi cruel.

— Você quer que eu lave para você? Tenho certeza de que posso pôr em lavagem de roupas delicadas ou algo assim, se você quiser mantê-lo.

Ela começa a examinar um canto do cobertor para ver a melhor forma de lavá-lo.

— Não — digo —, não, obrigado.

Mamãe me deixa lá.

Eu quero que esse cobertor continue com o seu cheiro. É lembrança para mim. Eu posso mudar. Posso fazer isso e, então, você vai voltar. E vamos nos enrolar nele.

Mamãe reaparece na porta, segurando um cobertor bem dobrado que tirou do roupeiro.

— Aqui está, querido, por que não usa esse, hein? Fique com este cobertor.

◆

Laura está em cima de mim e as pessoas das outras mesas do café estão começando a sentir uma lufada de escândalo. Eu gostaria de não estar com a minha camisa do trabalho.

— Por que você não está mais falando com o meu namorado?

— Laura, estou apenas tentando almoçar, está bem?

— Por que você não está falando com o Mal?

Mal está encolhido atrás dela, tentando não olhar nos meus olhos.

— Não estou.

Eu quero dizer que não estou não falando com ele.

— É — ela diz —, não está. E eu quero saber por quê.

Examino meus dedos sujos de pó de salgadinhos, sem saber o que devo dizer. Ela está me oferecendo uma novela, como se as pessoas devessem conversar assim, umas com as outras.

— Eu acho que é uma merda completa o que você está fazendo — ela diz.

Eu não vou compactuar com isso. Começo a tirar o pó de cada dedo metodicamente, com lambidas e chupadas propositais.

Mal puxa uma cadeira ao lado da minha e senta.

— Como pode ser culpa do Mal? — Laura exige saber.

— Não. Laura... — diz Mal — ... está tudo bem com ele, certo? Eu não devia ter falado nada. Foi um erro, está bem? Pensei que ela soubesse. Você me disse que ela sabia.

— Não, eu não disse porra nenhuma!

— Laura, abaixe a voz! — eu digo, olhando para o outro canto do café para ver se alguém da administração está por ali.

— Você disse que eles estavam sendo francos e abertos um com o outro sobre tudo — diz Mal.

Ele parece constrangido. Aborrecido mesmo. Laura olha furiosa para mim de novo.

— Ela e você não estavam nem juntos na época, afinal. Eu não sei por que ela pensa que pode ficar toda irritada com isso se tinha largado você...

Balanço a cabeça. Não, não. Eu não quero que ela jogue o fogo contra você.

Laura vira para Mal.

— Ele passou a vida inteira culpando os outros pelas escolhas dele. Já é hora de começar a assumir alguma responsabilidade.

— *Foda-se!*

Eu me surpreendo ao sentir o grito saindo de mim. Ouço um estalo de língua vindo de um cliente numa mesa próxima.

— Quer me deixar em paz? Você acha que quero ficar aqui sentado ouvindo as suas besteiras? Olhe só para você! Olhe para sua própria vida para variar e dê um jeito nela antes de começar a cuspir sábios conselhos sobre mim e a minha vida.

Por um momento penso que Laura vai rir quando as palavras ficam reverberando no ar à nossa volta. Isso é uma brincadeira, certo? Nenhum de nós está realmente levando isso a sério.

Ela olha fixo para mim com aquela expressão instável e, com seu típico silêncio extrovertido de repente, ela se levanta e vai embora, deixando um espaço vazio, grande e estúpido, no seu rastro.

E faz tudo girar em torno dela. Agora foi ela a injustiçada. Muito típico.

Então ficamos Mal e eu.

Dois corpos adjacentes no mesmo espaço.

Sem olhar um para o outro.

Estou olhando para o carrinho que espera os pratos vazios dos comensais. Talvez eu devesse ajudar a equipe da cozinha com isso, talvez empurrar o carrinho para eles.

A voz de Mal chega primeiro.

— Ela está prestes a se tornar mais poderosa do que você jamais poderia imaginar.

Com a cara completamente séria.

Eu bufo com desprezo, de leve.

— E eu não sei?

Ficamos ali sentados e só... nem sei. Ali estamos nós. De novo.

— Olha, cara — ele diz —, ela só está tentando me defender. Você sabe como ela é.

— É.

— Não sou nada bom nisso e falo merda... as coisas erradas. Mas, olha só, é sincero, cara. Estou só de olho no meu parceiro. Quero apenas cuidar dele quando vejo que ele está mudando muito.

Olho para ele agora e ele dá uma olhada nervosa para mim. Nunca o vi daquele jeito antes.

— Nós passamos por muita coisa — ele diz. — E olha, é verdade, eu devia ter sido um amigo melhor em relação à sua saúde. Você sabe como é, eu gosto de cuidar dos meus parceiros. Mas nesse caso eu não correspondi. Não sabia que você estava tendo desmaios e tudo aquilo. Eu não cuidei de você. Diabetes e tudo... é notícia séria. Você precisa cuidar disso. Assim, ser um pouco estratégico. Mas você não é fácil, sabe o que quero dizer?

— Não, eu sei. Não é tão ruim assim. Não quero ser tratado de modo diferente por ninguém mais. Não sou algum caso especial importante.

Mal meneia a cabeça, pensativo.

— Só para sua informação, se eu achasse que você queria saber que eu sabia, eu teria contado e me certificado de que ia se cuidar.

— Estou bem, estou bem. Eu posso me cuidar. Só preciso... não fazer tanta merda com o meu corpo, entende?

— Sim, é claro, cara.

Ele mexe os pés e fica pensativo de novo. Talvez esteja esperando alguma coisa de mim, mas eu não tenho nada. Eu não quero uma cena.

— Houve um momento em em que pensei... você sabe. Nós podíamos arrumar um lugar, morar juntos. Nos divertir.

Olho fixamente para meu copo vazio de Fanta. Soa meio patético o que ele está falando agora.

— Mas você nunca respondeu quando eu disse isso. Por isso pensei que talvez você não quisesse mais ser meu amigo.

É verdade. Eu não disse nada para ele. Mas foi porque...

— É bem solitário quando seu melhor amigo desaparece sem deixar rastro. Isso não é bom, cara, não é? Desaparecer assim da noite para o dia.

Deitado aqui agora, revendo aquela cena depois de todos esses anos, penso no olhar límpido e na entonação honesta dele e acho que talvez eu tenha provocado efeito maior do que imaginava, simplesmente por não estar por perto. Talvez a gente não possa simplesmente se desligar da vida das pessoas. Talvez eu até pudesse ser persuadido de que ele estava sendo razoável.

Mas não. De jeito nenhum.

◆

Faz toda diferença sentar aqui perto da janela, ver lá fora o pé de magnólia e o gramado mais adiante. O tordo voltou, está adejando por aí. Há algo de profundamente consolador em ver seus pequenos movimentos excêntricos.

— E então... — eu digo, tomo um pequeno gole de água e engulo com certa dificuldade — ... como foi? Sua mãe?

Amber não consegue evitar que o sorriso simpático se espalhe pelo rosto abatido.

— Foi muito concorrido — diz ela, com olhos faiscantes. — Foi realmente muito comovente. Mamãe ia ficar totalmente encantada de ver como foi.

— Ah, Amber, fico muito contente.

— Um monte de gente com quem ela trabalhava apareceu e todas as pessoas com quem ela frequentava a igreja, e todos os amigos da escola de teatro. E havia um grupo de homens de um lugar em que ela tinha trabalhado há uns dez anos, e eles disseram para mim, "sua mãe tinha muito orgulho de você e ela sempre falava de você quando trabalhava conosco". As pessoas realmente gostavam muito dela, sabe?

— E o seu pai? Como ele se portou?

— Ah, ele foi brilhante. Não conseguiu pensar num texto para leitura, mas se levantou e falou na frente de toda aquela gente e foi muito corajoso. Contou para eles como minha mãe e ele se conheceram e como as pessoas não gostavam dele porque é japonês e ela inglesa, mas que ela ficou do lado dele contra os amigos e que acabaram conquistando a todos, e que ele tinha orgulho de chamá--los de amigos agora, e que aquele estava sendo o funeral mais carinhoso...

— Brilhante — eu digo e bebo mais água. — Estou muito contente. Você fez tudo isso acontecer.

— Não, foi você. Você que me fez pensar de forma diferente. Obrigada.

— As pessoas podem passar suas vidas inteiras sem pensar diferente sobre as coisas.

Ela fica um pouco encabulada e... bem, eu também. É uma sensação estranha dizer para alguém que sentimos orgulho desse alguém. Mas eu estou orgulhoso. E satisfeito com o fato de ela achar que eu ajudei.

Ela sorri com timidez e começa a pegar suas coisas.

— Acho que é melhor eu ir. Vamos plantar uma árvore para mamãe esta tarde. Acho que ela ia gostar disso.

— Ora, isso é adorável — eu digo.

— Você gostaria que eu fizesse alguma coisa para você... para Mia?

Olho para o meu cobertor, viro uma ponta e inspeciono o acabamento perfeito. Bebo um gole de água.

— Se você quiser, poderia fazer um crochê. Faça um grafite de crochê.

— É?

— Faça bem feito. Isso me deixaria muito feliz.

Teeth [teeth] sm. Anat. Dentes;

tongue [tuhng] sf. Anat. Língua;

tonsils [ton-suh l] sf. Anat. Amígdala;

tastebuds [teyst buhd] sf. Anat. Papilas gustativas;

throat [throht] sf. Anat. Garganta

Dentes.

Língua.

É tudo boca. Dentes, língua, é gosto. Gosto e textura. Gosto e tato. Papilas gustativas. Dentes e língua, papilas gustativas, garganta, amígdalas. Tudo lá, junto.

Muito secos. Meus dentes e minha língua sedentos agora. Estão grudentos e secos. Preciso beber. Quero inundar a minha boca com um oceano de alívio.

Vovó: velha como sua língua, não tão velha quanto seus dentes.

As papilas gustativas mudam, não mudam? Quando envelhecemos. Elas mudam. Quando eu era menino, vovô me deu um gole do uísque dele. Horrível, horrível. Não consegui entender como alguém podia gostar de beber aquilo. Bile estomacal. Horrível. Eu sabia que quando crescesse só comeria doces. Quando tivesse bastante idade para comer só o que eu quisesse. Doces e mistura para bolo. Não podia comer naquela hora.

— Bom dia, querido. Como é que você está hoje?

Sheila. Voz baixa. Voz gentil. Ela anda pelo quarto, olha para mim. Procura julgar como estou me sentindo.

— Quer que eu traga alguma coisa? Uma bebida ou...?

Nada de comer. Não havia mais comida no cardápio. Eu tinha feito minha última ceia.

— Chá? — peço. — Por favor.

— Uma xícara de chá? Está bem, querido, espere aí que vou pegar chá para você.

Xícara de chá. Inunda a boca. Inunda as papilas. Algo que deve ser dito.

Xícara de chá. Sempre a primeira coisa para me botar em movimento de manhã. É o meu... o que dizem? Meu controle. Controle do meu estado.

Xícara de chá inunda a língua, os dentes, a garganta, as amígdalas.

Toda a boca.

Seis cubos de açúcar na minha xícara de chá, era o que eu punha quando era pequeno. Não poderia fazer isso agora. Pegava com a colher o melado no fundo da caneca. Dias felizes.

— O quê...?

Sheila põe uma xícara de chá com pires no armário ao lado da minha cama.

— Pronto, querido. Trouxe também um novo copo de água para você, caso prefira, está bem?

Sorrio para ela. Espero que o sorriso atinja o meu rosto.

Ela senta um pouco enquanto o chá esfria ao nosso lado.

— Jackie me disse que você teve um pequeno problema à noite.

— Humm, é.

— Respirando mal de novo, não é?

— É. É, horrível.

Ela estala a língua com simpatia e segura a minha mão.

— Que... que dia é hoje?

— É uma bela e luminosa terça-feira.

— Terça-feira? Não consigo acompanhar.

— Mesmo assim, pelo menos você tem uma desculpa, hein? Você pode perder a conta dos dias quando está se sentindo meio estranho. Não sei qual é a minha desculpa.

— É, não.

— Mas está se sentindo um pouco melhor agora?

Faço que sim com a cabeça.

— Meio estranho. Sonhos muito, muito estranhos.

— É, isso é normal. Isso é bem normal com a morfina.

— Mas... melhor do que horrível.

— Isso é bom. Nosso objetivo é agradar, não é?

— É.

— Bem, agora não posso ficar aqui tagarelando o dia inteiro. Tenho de ir.

— Certo.

— Está com a sua campainha? Está aí ao lado da sua mão, olhe.

Olho. Minha mão está ao lado da campainha.

— Estou logo ali fora, certo?

— Certo.

Ela sai e deixa o chá fumegando para trás.
Eu sei que não vou beber.
Não sinto mais o gosto de nada.
Língua, dentes e papilas gustativas, todos mortos.
Todos já estão mortos.

Urethra [yoo-ree-thruh] sf. Anat. Uretra.

Uretra? Ha? Uretra Flankrin.
Do que você está falando?

Uvula [yoo-vyuh-luh] sf. Anat. Úvula

— Sash! Sasha, venha cá! — chama Mal em meio à música ribombante da nossa festa de apartamento novo.

É mais a festa dele de apartamento novo. Eu não quero conhecer ninguém novo.

O garoto de chapéu-coco vem ao encontro de Mal, Mal põe o braço no ombro dele e o aproxima de mim.

— Ivo, esse é o Sasha. Meu bom amigo lá do norte.

Aperto a mão dele, que está fria. Ele tem três lanças saindo do lábio inferior e os lóbulos das orelhas alargados.

— Como vai?

— Sash é o rei dos *piercings* — diz Mal.

— Ah, é? — digo, fazendo um esforço.

Não quero conhecer essa coisa. Não dou a mínima.

— Quais você tem?

— Bem, os que você pode ver. — sorri Sasha com uma rouquidão meio *nerd* na voz. — Tenho dois alargadores de orelha, três no lábio inferior, nas duas narinas e numa sobrancelha...

— E por dentro? — diz Mal, animado.

— Língua, gengiva e úvula — ele diz.

— O que é isso? — pergunto.

Sasha abre a boca e põe a língua para mim, depois levanta o lábio superior e exibe uma barra prateada que acho que fura a gengiva de cima.

— Ah, meu Deus — digo.

Sempre fui um pouco impressionável com coisas assim.

— Mostre para ele — pede Mal.

Sasha abre mais a boca e põe a língua para fora.

— *Piercing* na úvula — diz Mal, olhos brilhantes.

Franzo a testa e espio lá dentro, sem saber o que procurar, então eu vejo: a campainha no fundo da garganta tem uma barra na frente.

— Ah, meu Deus — digo. — Não quero ver isso.

Mal sorri de orelha a orelha, mas Sasha parece ofendido. Ele me olha com olhar mortal, depois puxa o lábio inferior para baixo e me mostra por dentro. Lá, entre as três lanças, está tatuada a palavra "Dor".

Ele desaparece na escuridão, com ar de uma vingança *nerd* que acabou de obter.

Eu não preciso disso. Nunca quis uma festa de apartamento novo para começo de conversa. Mas Mal insistiu, é claro. Uma chance especial de ter todos os seus amigos e conhecidos por perto. Deixar seus fregueses à vontade em sua nova instalação.

Esse é meu novo estágio na vida. Isso é o compromisso que estou assumindo.

Nunca me senti tão pra baixo.

Sento no chão, encosto na parede. A *minha* parede. Metade minha. Todas as nossas cadeiras foram tomadas por vagabundos, penetras sem rosto, convidados por Mal, e o burburinho lateja em mim, pelo chão. Não é isso que eu quero.

Vamos lá, vamos lá, pensamento positivo.

Levanto do chão e digo para mim mesmo. "Manda ver. Use as palavras. Vamos lá, vamos lá, manda ver. Vamos sentir isso. Olhe para cima, para as luzes, através da fumaça." Mesmo tendo ajudado Mal a pendurar a velha roda de bicicleta no *plafonnier* da luminária do teto, ela ainda funciona. A roda ficou um lixo pendurada, como um halo que escorregou. Mas, tiremos o chapéu, cara, as luzes da árvore de Natal penduradas na roda, elas são mágicas.

Você pode ser o mágico e mesmo assim curtir o truque.

Mal botou Coldcut para tocar e todos estão em pé e quicando por toda parte, e gritando "huhuhu!" apontando para o teto. Eles pulam sem parar e posso senti-los através do chão. Lá no andar de baixo deve estar feito o interior de um alto-falante, o teto inteiro "duf, duf, duf", sob os pulos deles.

Mas os Coldcut, cara, são gênios. Estou focando neles agora, nas batidas do baixo, pulsando contra a parede, posso sentir através do chão. Posso sentir através da parede, é o bumbo, a barriga que está falando comigo. Está me fazendo viver.

Queria que você estivesse aqui para sentir isso... eu desejo...

A cara grotesca e dançante de Sasha cresce para cima de mim agora. Agressivo. Ele está sendo agressivo. A única coisa que consigo pensar é que quero transformá-lo numa campainha. Sanguessuga desprezível.

Eu o empurro com os punhos cerrados e ele se desequilibra. Ele exala um bafo fedido como o cheiro de roupa molhada.

Estou longe agora, empurrado por Mal, e ele está gritando comigo. Está tentando me acalmar.

— Aquele puto — eu digo olhando para o *punk* da campainha.

Ele se recompôs do outro lado com Becca, brincando de doido com ela. Ela presta tanta atenção nele quanto prestou em mim.

— Calma, cara... — Mal continua em cima de mim, a cara dele colada na minha — ... você está numa ruim, é isso? Nós vamos tirá-lo dessa. Aqui, aqui, espere... — ele se vira para a mesa de bebidas — Aqui... tome isso, certo?

Pego o drinque e entorno.

— Meu presentinho de casa nova, certo? É hora de se animar e relaxar, está bem?

— Sim.

Olho para cima e a cara dele continua olhando fixo, bem para a minha.

Batidas, cores e rostos gemendo passam por mim e agora eu saí pela porta da frente. Estou na rua e Mal está comigo. Ele está falando comigo.

— *Eu vou fazer ficar tudo bem* — ele está dizendo.

Estamos deixando a festa da casa nova para trás — ninguém vai se importar, vai? Não assim, tão siderados.

— Nós podemos resolver tudo — ele está dizendo.

Ele vai fazer ficar tudo bem.

— Nós podemos explicar para ela. Vou levar você lá.

Ele vai me levar até você. Ele diz que você vai ficar empolgada. E que ficaremos juntos de novo.

— *Ouça, vamos pegar o meu carro. Está chovendo a cântaros.*

Sim, sim, um carro. Não precisamos andar direito.

E estamos dirigindo. Adoro dirigir. Adoro ser dirigido. Desde quando era criança, com meu pai. As luzes dos postes passando, capturadas na chuva animada do para-brisa. Quanto tempo o cérebro deve levar para registrar todo esse movimento? É incrível, incrível. Cada esquina se desenha em tempo real. Todos os ângulos perfeitos.

Para onde estamos indo? Não estamos indo, estamos vindo.

Eu estou vindo até você.

Estacionado, portas do carro fechadas, saio a pé agora, sim, sim. Estou vindo até você. Estou inalando a calçada — rua comprida e reta e estou surfando cada laje dela. Subidas minúsculas, descidas minúsculas.

Nós podemos resolver tudo!

Estou batendo na sua porta porque preciso falar com você agora, é isso. Eu devo dizer, certo, que isso é para sempre, não é? Eu consegui! Eu vejo você! Eu sinto você! Você e eu para sempre.

Sua porta abre e é você! É excitante!

— *O quê? Vá para casa, vá para casa, são quatro horas.*

— Nós podemos resolver tudo! — eu digo — Nós podemos, Mia!

— *Meu Deus, Mal, em que estado ele está?*

— *Ele quis vir para ver você. Eu o trouxe para ver você.*

— É isso para sempre — digo. — Estou excitado! Isso é lindo!

— *Vá para casa, ande logo. Podemos conversar sobre isso quando você estiver mais inteiro.*

— Eu estou...

— *Você está cuidando dele? Você não está chapado também, está?*

— *Nã, não. Estou ótimo.*

— *Você está bem?*

— *Você...*

— Eu não...

— *O que é?*

— *Você tomou a sua insulina?*

— Eu não sei...

— *Está bem, fique aqui. Eu vou... É melhor chamar uma ambulância.*

— *Nã, não. Vou levá-lo de carro. Não se chama ambulância por uma coisa dessas.*

— *Chama sim.*

— *Está bem, então, chame a ambulância e daqui a uma hora e meia, quando eles chegarem aqui, diga que eu o levei para o pronto-socorro.*

— *Ah, que inferno, está bem, vamos botá-lo no seu carro.*

* * *

Estou no banco de trás do carro de Mal e você está no banco do carona, e Mal está dirigindo. Estou tentando falar, mas as palavras não saem.

Sua voz. *Vamos, pense em alguma coisa. Não pare de pensar agora. Você e eu lá no vale. Você se lembra? Lá no topo, com o capim em volta de nós, o céu lá em cima e o céu lá embaixo. Você está me ouvindo?*

Não consigo pensar. Não quero pensar. Deixe-me em paz.

Não sei quais sons estão saindo da minha boca.

Posso ouvir você. Ainda posso ouvir você. Você não está falando comigo. Está falando com Mal. A sua voz no rodamoinho.

— *Lá, lá. Lá está a placa do hospital. Você sabe onde é a entrada da emergência?*

Resmungos de Mal.

Sua voz muda.

— *Você está bem? Mal?*

Não ouço resposta.

Uma puxada forte e uma sensação estranha na cabeça e nos ombros. Estranhamente pesada.

Estou acordado, estou consciente, estou consciente das luzes cor de laranja passando. Estou deitado no banco de trás e posso ver a silhueta grande de Mal se jogando e se remexendo no banco e você com ele, para fazê-lo parar.

— *Pare!*

Então uma batida, sua voz e a de Mal silenciam de repente, como uma súbita respirada de oxigênio, e o peso na minha cabeça e nos meus ombros fica imenso imediatamente, depois passa e, de estalo, sou jogado no chão e empurrado, forçado, martelado no metal e no tapete e nas engrenagens do mecanismo do banco, estou sendo esmagado e um barulho imenso e horrendo se estraçalha em volta de nós, em volta de tudo, arrebentando e quebrando.

◆

Sua mão. Estou segurando a sua mão.

O respirador sopra, você respira; clica; para fora, você solta o ar.

Estou aqui com você. Você sente que estou segurando a sua mão?

Eu quero que sinta que estou segurando. Minha palma com a sua palma. Pontas dos dedos nas costas, perto do seu punho, nossos polegares entrelaçados. Você sente a vida entrando em você pela palma da minha mão? Energia boa, energia boa indo para a palma da sua mão, da palma da minha mão.

Quero que você saiba o que está acontecendo com você. Você sofreu um acidente de carro. Você ficou ferida. Você está no Hospital Geral. Eles a mantêm dormindo de propósito, porque querem ver se o seu corpo consegue se curar. Você está entendendo?

Para dentro; clica; para fora.

Mas, ouça, é muito importante que preste atenção no que eu digo.

Estão falando sobre desligar a máquina. Você precisa ficar suficientemente forte para fazer isso sozinha.

Então se puder melhorar um pouco, apenas tente controlar isso... agora é a hora. Agora é realmente a boa hora.

Sua mãe está aqui e o seu... o seu pai também.

Nós todos só queremos...

Querida, você não pode ir, você não pode ir.

Quem é que vai comprar bobagens para encher a minha meia no Natal?

Preciso que você veja meus projetos de jardins. Para o curso. Preciso que você os aprove.

Como pode me deixar fazendo isso?

Está me entendendo?

Pode sentir o meu polegar alisando as suas articulações? Pode sentir a minha mão?

◆

— Prontinho — diz Sheila quando o jovem e atarracado aluno de enfermagem abotoa os últimos botões do paletó do meu pijama —, um pouco de limpeza faz o mundo girar.

— É — digo. — Obrigado.

— De nada — diz o enfermeiro. Ele se vira para Sheila: — O que eu devo...?

— Leve a água para o banheiro no corredor à direita e pode despejar lá.

O enfermeiro olha para mim e dá um sorriso tímido antes de sair.

— Isso — diz Sheila. — Obrigada.

— Tudo bem. É dureza ser aluno.

— Querido, agora eu tenho de verificar os pedidos de almoço e...

— Sheila...

— Sim, querido?

— Você tem o número do Kelv? O homem com quem falei ao telefone.

— Número do telefone? Sim, é claro.

— Pode ligar para ele? Diga que eu quero falar com ele.

A expressão dela não deixa transparecer nem um pingo de opinião.

Fico grato por isso.

◆

Eu... O que é isso?

Por um momento pude sentir realmente a forma da sua mão na minha. A maciez da sua pele. Você voltou agora, por mim? Agora que sou eu no leito de hospital? Você está segurando a minha mão, como eu segurei a sua?

Estou aqui.
Vou imaginar você aqui.
Estou aqui.
Minha mão aninhada na sua.
A sua mão.
A sua mão.
O seu polegar acaricia gentilmente as minhas articulações.
Preciso que você me diga que essa é a coisa certa.
Você sabe que essa é a coisa certa.
Uma batida bem fraca, forte o bastante para fazer a madeira da minha porta ressoar.
Meu cérebro apagado se aguça mais uma vez para ver o que é o quê.

— Oi, amigo, como você está?
— Oi, Kelvin.
— Como você está hoje?
— Não estou grande coisa.
— Não, não.

Parece não haver nenhum ressentimento a respeito da nossa última ligação. Bom. Fico contente com isso. A vida é curta demais.

— Sheila disse que você queria me ver.

Faço sinal para ele entrar e aponto para a cadeira.

A porta, que ele deixou aberta, agora é fechada por fora e vejo a ponta da túnica de Sheila quando ela se afasta diante da janela estreita.

— Bem — diz Kelvin —, está um dia bonito lá fora. Bonito e com sol. Pouco vento. Na verdade, perfeito. Eu o levaria lá para fora de novo se pudesse, mas acho que você não ia me agradecer por isso, ia?

— Não.

— Quem sabe na próxima vez, hein? Se você se concentrar em ficar um pouco mais forte, você e eu podemos sair e dar um passeio no jardim.

A falação nervosa dele desacelera e para. É claro que ele quer saber por que eu o chamei.

Mas eu não tenho certeza. Vou ter de...

— Eu queria ter certeza de que estamos bem.

— É claro que estamos bem, amigo, não seja bobo.

— Você é um bom amigo.

— Não seja bobo — ele diz outra vez e desvia o olhar.

— Eu quero um favor seu.

— Ah, isso é típico — ele diz, forçando a brincadeira.

— Em você eu posso confiar.

— Pode.

— Quero que você se certifique de que eles estão bem. Laura. A mãe e o pai de Mal.

— Claro.

— Quando eu morrer. Eu quero que eles fiquem bem.

— Sim. É claro.

Isso não está indo na direção que eu queria. Seja mais direto.

— O meu enterro.

Kelvin suspira e se prepara para dizer alguma coisa.

— Preste atenção — digo. — Eu não queria. Detesto confusão. Mas é... é para os outros. As outras pessoas.

— As pessoas vão querer prestar homenagem.

— É, bem, eu quero que seja eu. Eu quero que eles... me conheçam.

— Ah, amigo — ele diz. — Estou realmente satisfeito de ouvi-lo dizer isso. É definitivamente a coisa certa.

— Então. A música — solto um suspiro trêmulo e olho para o teto. — "Closer", do Low.

Kelvin procura seu celular e anota o que estou dizendo.

— E gosto do Gillian Welch cantando "I'll Fly Away".

— Certo.

— Eles são eu. Essa última é um pouquinho alegre, afinal.

— Mais alguma coisa?

— "Monkey Gone to Heaven"?

Ele olha para mim por um segundo, depois sorri e balança a cabeça.

— Sempre achei que ignoram injustamente o cancan.

Fico tenso. Rindo, de certo modo.

Bem, agora estamos chegando a algum lugar.

— Alguma coisa para eles se sentirem melhor — eu digo. — Posso confiar em você.

— É claro que pode, amigo.

— E... será que você podia escrever alguma coisa? Alguma coisa que signifique alguma coisa?

Ele parece realmente surpreso.

— Bem... posso. Seria uma honra. Tem certeza de que confia em mim para fazer isso?

— Eu quero que você faça isso. Se pudesse apenas... dizer apenas...

Um nó inesperado na minha garganta. Isso é *difícil*.

— Será que você pode dizer que eu sabia... um pouco tarde talvez, mas eu percebi que... você sabe, eu me fechava. E que... que talvez não fosse a coisa certa. Talvez eu pudesse ter sido... ter estado mais com as pessoas, sabe? E ajudado mais. Isso... isso faz sentido para você?

Kelvin faz que sim com a cabeça, sem palavras.

— E que esse funeral é o meu gesto...

— Demais.

— Demais?

— É.

— Bem, bem, e o resto, não triste demais, não hilariante demais. Você me conhece.

— Obrigado, amigo. Obrigado. Vou fazer isso.

— Ah, e as cinzas.

— Cinzas.

— Espalhadas no alto do vale.

— No topo, certo.

— Em algum lugar que combine.
— Aham.
— Não há muitas árvores lá, mas... se vir alguma macieira...
— Macieira, certo...
— Bem ali. Na raiz.
— Entendi.

Minha mente sai pela janela outra vez e enfio os dedos no meu cobertor, me envolvo em você.

Voice [vois] sf. Anat. Voz

— Oi.

O quê...?

— Oi.

É... é *você*.

Claro como o dia. É *você*.

Sua voz. Sua voz amiga. De onde saiu isso?

Estou ouvindo isso? Você está mesmo aqui?

Tão completamente familiar. Voz familiar. Confecção familiar dos sons. A inclinação e o tom, a elevação e a queda, o timbre e a percussão. Tão claro, tão claro.

Tenho uma planta baixa. Bem aqui, uma planta baixa de você. Ninguém pode tirar isso de mim. Eu amo isso, eu amo isso.

— Oi.

Posso ouvi-la falando isso agora.

Ilumina minha massa cinzenta.

Faz meu coração acelerar agora. Posso senti-lo pulsar. Através do lençol. Através do colchão. Fica mais lento.

— Oi, querido.

O pulso acelera de novo, bate através do colchão. É sob medida com os sons, minha planta baixa de você. Eu quero ficar perto de você. Quero me misturar com você.

Oi, oi.

Mais lento.
Onde você está?
Você veio me ver?
Eu digo: Mia?
— Bom dia, querido.
Ah.
Sheila.
Gentil Sheila.
Esse é um som de verdade. Som físico.
Posso ouvi-lo com meus ouvidos. Ah, a sensação é diferente, ouvir com as orelhas. Vibrações graves.
— Trouxe água fresca para você.
Cruel confusão da morfina. É confuso. Estranho.
Som. Som suave. Som baixo. Mexe com minha massa cinzenta. Cérebro estranho.
— Vamos molhar esses lábios, certo?
Uma refrescância se espalha nos meus lábios, no meu queixo. Alívio. Está pingando, estou babando.
Sheila continua falando comigo. Adorável voz melodiosa. Bela voz. Mas lenta, gentil.
— Andei pensando no seu A a Z — ela diz. — O que você tem até agora? Está no "V", é isso? Ou no "W"?
Voz, voz. A voz de Sheila.
Quando foi a última vez que usei a minha voz?
Eu quero falar, obrigado. Vou tentar falar...
— Não tente falar, querido.
Seco demais agora. Ressecado demais.
Quais foram as minhas últimas palavras? Não consigo lembrar.
Espero ter dito o suficiente.
Suficiente para eles poderem prosseguir.

Luz pisca.
Acende.

Agora a única coisa que posso sentir de mim é um coração batendo numa cama. Posso ouvi-lo através do colchão. Mais rápido agora, mais rápido.
Ele percebeu o que eu vi pela janela.
Meu coração bate com o que eu vi.
Será que devo apertar o botão?
Sheila? Sheila está aí?
Não, não.
Mais rápido agora, meu coração bate na roupa de cama.
Meu coração bate e eu respiro.
Eu respiro e eu vejo.
É tudo que eu sou agora.
Agora estou vendo através da janela e além. Além do pé de magnólia.
Na brisa entre os galhos duros e experientes da pequena árvore lá fora, adeja e flutua um coração.
Um coração de amor.
Um coração de amor de crochê.
Está lá. Veja, está lá de verdade, na árvore.
Posso vê-lo.

Wings [wɪŋ] sf. Zoo. Asas

Estou acima do vale.
Estou aqui. Posso senti-lo aqui, em volta de mim.
Posso sentir o calor do sol, meu sangue refestelado abaixo da superfície de minha pele.
E é você.
Você, olhe, você está com as palmas para cima e cruzando suas mãos agora, apertando os polegares para formar um pássaro. Um pássaro voando.

Levanto minha mão direita, aperto na sua esquerda, polegar com polegar.

Um pássaro. Um pássaro voando.

Nossas mãos contra o céu.

Voando, voando, no azul.

Dois pássaros canoros, voando nas correntes, energizados pelo fruto da árvore, lá no bocejar do vento do vale. É quando estaremos juntos, misturados ao ar livre.

Você está sorrindo e arregalando os olhos.

Os seus olhos.

— Ah, é tão bom ver você — eu digo. — Pensei que nunca mais ia vê-la.

Deixe-me olhar para você, deixe-me bebê-la toda.

— Você parece tão bem e tão feliz... Você está feliz?

— Muito feliz.

— Ah, estou muito contente. Isso é incrível. Você está incrível. Senti tanto a sua falta...

— Também senti falta de você.

— Eu sinto muito, sinto muito mesmo.

— Eu sei.

— Você foi tão direita, clara, boa e sincera comigo... Eu sinto muito.

— Eu sei.

— Nem posso pedir o seu perdão. Você não deve me perdoar nunca.

— Não importa.

Nem sei dizer como estou aliviado. Depois de todos esses anos. Você está exatamente, exatamente como me lembro de você, só que mais clara. Cristalina. Seus olhos brilham muito para mim.

— Pode me dar sua mão?

— Aqui.

Eu posso sentir! Posso sentir a pele macia. Posso senti-la alisando minhas articulações com seu polegar.
— Você está me ouvindo aqui.
— Ah, sim, eu estou ouvindo.
— Conhecendo as minhas palavras.
— Elas soam iguais, exatamente como soavam antes.
— O mesmo som, nenhum som.
— Pode me ouvir agora? Sabe as minhas palavras no mesmo instante em que as penso?
— Sei.
— Perdão.
— Venha.
— Para onde está indo? Você não vai embora, vai? Por favor, não vá.
— Não vou deixá-lo. Estou aqui para você. Não se preocupe.
A qualidade desbotada da sua voz.
Músicas do canto dos pássaros que são sua assinatura.
Bater de asas.
Ahhh.
Ainda lá.
Acordado para sempre.
Essa respiração, essa respiração.
Como se passasse por dentro de um canudo.
O sono não vem.
Deitado atravessado na dor.
Dor feito um galho atravessando as minhas costas.
Galho de árvore pontudo e retorcido.

Carrinho tilintando.
— Olá, querido, sou só eu. Só Sheila.
Tilintando, tilintando.

Lá vai ele. Humm.

Tilintando, tilintando.

As pessoas não falam mais comigo agora. Nem Jef, nem Jackie. Só a Sheila.

Bom, bom.

A fala mexe a química, cabeça trabalhando.

Me mantém acordado.

Não mais.

Bom.

São pessoas boas.

Pessoas boas.

Anjos.

Noite agora.

Psssiu.

Psssiu, psssiu cale a boca.

◆

— Bom dia, querido.

Tilintando, tilintando.

Lá vem o carrinho.

Bebida, não posso beber.

Bom, vá.

Gosto quando não acontece nada.

O que eu era, o que eu devia ser...?

Eu?

◆

— Olá, querido. Sou só eu. Sheila.

Sheila.

— Só vou tirar o seu cobertor, está bem? Deixe-me desprender dos seus dedos aqui para podermos arrumar sua cama, certo?

Humm?

— Só vou botar ao lado da sua cama, está bem? Não ficará longe.

Não. Eu...

Não... não, isso não está certo.

Eu não me sinto bem.

Frio.

Frio agora.

X.

O quê...?

Som conhecido da porta dupla deslizando e fechando no corredor.

Não parece nada...

Quem estaria andando lá agora?

A sensação está... errada. Parece... contra a rotina. O quê...?

Ridículo. Pare, pare.

Pare de pensar.

Tenho na minha cabeça que Mal está se aproximando, passando pela porta dupla, sem controle, desequilibrado.

Menos, agora.

Pensar assim é loucura.

Miniguincho de sola de borracha em piso liso. Preso e amplificado pelas paredes brilhantes.

Ele está lá fora. Isso basta para mim: essas duas coisas. A porta deslizar, hora errada do dia, sapato que guincha.

Quem mais poderia ser?

Não.

Feche os olhos e não abra.

Pense em outras coisas.

X ray [eks-rey] sm. Fís. Raios X
Xilofone. Costelas como um xilofone de desenho animado.

"X", de cromossomo X.

◆

— Muito bem, camarada.
 Quê...?
 Cérebro ligado.
 Acende como uma luz de segurança. Tem... teve movimento na porta?
 Alguma coisa?
 Tem alguém lá?
 Meus ouvidos tentam ouvir, mas estou dormindo demais para abrir os olhos. Estou percebendo que estou mais adormecido do que pensava. Não posso... me mexer.
 Não há nada lá.
 Os mesmos terrores noturnos.
 Cérebro desliga.

— Você está bem, não está?
 Ligo.
 Lá na porta, no pé da minha cama, definitivamente.
 O quarto se lembra do som.
 A pintura ressoa.
 — Lugar legal você tem aqui. Todas as conveniências modernas.
 Massa cinzenta agora completamente acesa e ativa.
 É a voz do Mal. Definitivamente Mal. Mais grave, mas os mesmos tons. A mesma toada.
 Ele está lá. Ele está lá na porta.
 Alerta agora. Estou vivo no quarto.

Não posso... não há nada que eu possa fazer.
Um pouco de náusea acelera no meu estômago.
Aperte o botão. Eu quero apertar o botão. Achar a minha mão. Achar o botão para apertar.
Minha mão chega, agarra: nada. Deserto de cobertor.
— Eu queria vir vê-lo.
Voz baixa. Ansiosa. Certa tensão nela.
Silêncio. Merda, merda.
Ar-condicionado incessante, incessante respiração.
Abro os olhos. Luz dolorosa. Lá está ele sentado. Simplesmente sentado. Está simplesmente ali.
Não posso ver se é ele, mas é ele, não é? Tudo me diz que é ele. Merda. Merda, Sheila. Você disse que ele nunca entraria.
Jaqueta vinho. Letras amarelas no bolso de cima. NRG. O quê...? Ele tem o quê...? É o Mal? Estou confuso.
— É o Mal — ele diz. — É Malachy.
— M...? — quero dizer Mal.
Quero dizer Mal, mas meus lábios estão colados.
— Isso mesmo. Não fale se não puder falar.
— N... não.
— O quê?
— Não faça...
— Não faça o que, camarada? O que... o que você está dizendo? Não estou entendendo.
Ele se debruça sobre mim. Paira sobre mim.
— S... s...
Ele está franzindo a testa.
Ele emite um cheiro. Cheiro lá de fora. Campos de futebol americano. Não, é como... arquibancadas de futebol americano. Não faz sentido. Cheiro frio.
Ele se debruça, perigosamente perto.
— Você o quê, camarada?

Empurro, empurro para me afastar dele, eu o empurro para longe.

Ele recua, me avalia de cima a baixo.

Ele pensa que estou delirando.

Não estou delirando.

— Pare — digo, acho que digo.

Ele recuou.

— Está bem... eu não vou machucá-lo. Calma, cara. Calma.

Ele continua com a testa franzida. Tentando me entender.

— Só vim aqui para vê-lo. Só vim aqui para dizer "oi".

Ele levanta a mão e coça a cabeça... um movimento familiar. Um movimento Mal. Mostra que está estressado. Expressão angustiada.

Parece hesitar. Nervoso.

Parece sincero.

Benigno.

— Eu só queria dizer "oi" — ele fala outra vez.

Quanto mais olho para ele, mais volto à superfície. Relaxe. Relaxe um pouco. Realidade.

Ele parece assustado. Parece quase tímido.

— Se importa se eu sentar? — ele pergunta. — Se eu ficar aqui um pouco?

Fecho os olhos, não cabe a mim decidir se ele fica ou vai. Depois de um tempo ouço a escolha dele. Batida e arrastar minúsculos. Sopro de ar do plástico. Ele sentou na cadeira de visita.

— Porra, cara, não vou lhe fazer nenhum mal. Você não pensou isso, pensou?

Balanço a cabeça. Sim.

Abro os olhos de novo, fixo nele.

Ele desvia o olhar rapidamente, vira para a janela.

Talvez não suporte a visão de mim, deitado ali, com essa máscara presa ao rosto.

Tudo bem. Olharei para ele desviando o olhar.

— Não sei o que dizer em lugares assim — ele diz, ainda espiando a magnólia lá fora.

O coração, o coração que adeja. Será que ele também vê?

— Eu detesto hospitais. Poderia falar do tempo.

Pausa um segundo.

— Inclemente.

Ele bufa para ele mesmo.

Eu vou falar alguma coisa. Preciso tentar falar alguma coisa. Mas não vem.

— Aqui — ele diz, levanta e avança.

Não posso impedi-lo...

Ele derrama cuidadosamente um pouco de água na xícara de chá na minha mesa e encosta nos meus lábios.

— Vamos lá.

Ele põe a mão atrás da minha cabeça para erguê-la, mas eu não consigo...

E ele está com lágrimas nos olhos, posso ver, bem de perto, está com lágrimas.

— Espere um minuto — ele diz e põe minha cabeça gentilmente no travesseiro. — Eu vou... aqui.

Ele desembrulha uma esponja da minha mesa de cabeceira e mergulha na xícara.

— Assim está melhor, não é?

Lábios molhados. Melhor, sim, melhor.

Tento de novo agora. Digo:

— Por onde você andou?

Pigarreio. Melhora um pouco com a água.

— Fiquei com Becca um pouco. Dando um pouco de espaço na minha cabeça, um pouco de espaço para o cérebro. Ela queria vir aqui para vê-lo, Becca, mas... você sabe. Meio assustada, eu acho. Ela detesta hospitais. Você sabe como é. As pessoas ouvem o nome St. Leonard e pensam... pensam numa certa coisa.

Fecho os olhos. É. Sair com os pés na frente, dentro de um caixão.

O silêncio cresce entre nós, no ar-condicionado.

Ele quer que eu diga alguma coisa. Que lhe dê um sinal.

No mundo inteiro das palavras, não consigo pensar em nenhuma.

— Você sabe por que estou aqui? Esperava que soubesse.

Lá vamos nós. Lá vamos nós agora.

— Eu quero tornar tudo melhor, mas não consigo melhorar nada. Não consigo dizer nada. Algumas coisas são grandes demais, sabe? Complicadas demais para palavras. Mas eu não queria simplesmente deixar para lá, cara. Você precisa de coisa melhor do que isso. Eu quis vir aqui. Eu não tenho todas as palavras bonitas, você sabe, mas eu pensei que tinha de vir e que alguma coisa boa podia sair disso. Fazer a coisa certa, não é?

Ele bufa baixinho, mordisca nervoso uma cutícula.

— Mas que merda, você sabe, até dizer isso, cara, parece falso. *Ah*, você sabe, *eu não sei o que dizer*. Sinto que parece que só estou falando para você sentir pena de mim, mas não estou, eu não quero que sinta pena de mim. Eu sinto pena de você. Eu sinto muito por você.

Ele engasga de repente e não consegue continuar.

Olho para ele. Simpatia.

— Eu jurei que ia tentar fazer a coisa certa, mas... bem, são só palavras, não é?

— Não.

— Eu queria dizer, tem um monte de coisas que eu devia ter dito e feito, sabe? E um monte de coisas que eu não devia ter dito nem feito. Tive muito tempo para pensar sobre isso. Tempo demais. Você sabe disso. Aposto que você já passou por isso, não passou? Sei que já.

Eu passei.

— Você descobre de repente que fez todas essas coisas terríveis por... por nenhum motivo, quase. Coisas que não pareciam horríveis na hora, sabe? E não foram por um longo tempo. Mas você descobre que... você sabe, seu mundo inteiro mudou por causa delas. O mundo de muita gente. Você deixou a sua marca, quer goste ou não.

Olho para ele agora e ele parece pequeno. É como se estivesse olhando para ele de muito longe. O homenzinho. Um homenzinho numa cadeira, perto de mim, aqui, um homenzinho numa cama.

— Então aqui estou eu, sabe? Aqui estamos nós.
— Humm — franzo a testa e tento engolir.
Chega à metade do caminho e cuspo de volta.
Não consigo...
— Não sei por que estou aqui, cara, para ser sincero — diz ele, olhando para mim quase envergonhado. — Todos aqueles anos, você sabe, imaginando como seria encontrá-lo de novo, falar o que tenho para falar. Eu sabia que nunca seria a mesma coisa que tinha pensado. Tinha montes de coisas para dizer. Sentado aqui. Pensando em tudo. Mas foi embora, sabe? Não é importante, é? Palavras não mudam nada. Não mudam o que aconteceu.

— Não.

— Você sabe, cara, se eu pudesse, faria... num instante voltaria e mudaria tudo. Eu não deixaria você ficar naquela festa. Não deixaria você sair daquela festa. Não entraria naquela merda de carro. Não faria nada daquilo, cara. Foi tudo minha culpa, cara.

Não, não. Cru demais. Eu não quero falar sobre isso. Não quero pôr isso para fora agora. Poremos isso para fora mais tarde, se tivermos mesmo de botar para fora. Botamos para fora mais tarde. Mas ele se concentrou em mim, com a intenção de falar de tudo isso. Ele vai ficar aqui sentado e me fazer passar por isso, minuto a minuto.

— Não — digo.
— Foi sim. Eu estava lá, eu devia ter impedido. Eu sei que devia.
— Eu não...

— Você está morrendo, não é? Não vamos inventar nada. Você está morrendo. E isso é culpa minha também, não é? Eu nunca contei para você, contei? Quando você estava se ferrando nas boates todas as noites, eu nunca disse nada. Mas foi porque eu não sabia, cara. Eu não sabia que as coisas estavam tão ruins com você. Mas eu devia saber. Eu não podia jamais ficar ali assistindo e eu sinto muito, muito.

Ele fixa em mim um olhar desesperado.

— E se houvesse alguma coisa, *qualquer coisa* que eu pudesse fazer para tornar tudo melhor, eu faria, agora mesmo, sabe o que quero dizer?

O olhar penetrante nos olhos dele falha e finalmente se dilui e uma lágrima enche o olho direito, transborda quando encosta na pálpebra e escorre pelo lado do nariz. Ele chega para trás na cadeira. Exausto com aquele esforço todo.

Fecho os olhos de novo.

Sou eu. O meu contorno, podia ser uma linha de giz, rabiscada no chão do nosso apartamento. Nosso apartamento compartilhado. Estou olhando para cima, surpreso com a roda de bicicleta pendendo torta do *plafonnier*. Surpreso de ter uma visão. Uma visão de barras fluorescentes e fumaça.

Surpreso o bastante para me projetar pela porta da frente, me declarar surpreso.

Seu rosto, não surpreso. Não achando graça.

Sua voz, assustada. Viagem para a emergência por mim.

Banco de trás do carro para mim, olhando para você.

Você e Mal, aliança incômoda.

Tudo por mim.

Tudo por minha causa.

Sou um passageiro.

Você, lá no leito do hospital, eu segurando a sua mão.

Eu, aqui no leito do hospital. Por minha causa.

É por minha causa. Tudo.
Olho para Mal. Ele não está olhando.
Preciso fazer com que ele olhe para mim.
— Mal. — Ele olha.
O rosto dele está cinza e abatido. O traço da lágrima permanece. Estendo a mão. Ele chega perto. Segura minha mão. Pega pelo lado de fora. A palma dele nas minhas articulações. Fecha gentilmente o punho.
— Tudo bem com você — digo.
Ele solta o ar e funga ruidosamente. Não tenta recuperar a culpa. Na verdade eu acho que fica entre nós. Mas... a verdade não serve para nada.
Um grande fluxo de catarro começa a sair do nariz dele.
— Ah, que merda, cara. Desculpe — ele diz, cobre o rosto com a mão e limpa com o punho da camisa.
Eu sorrio. Realmente me faz sorrir. Sinto que se espalha no meu rosto.
— Desculpe. — Ele ri.
Eu respiro.
É bom. Essa sensação... a sensação é boa.
Foi a coisa certa a fazer. Todas as coisas se encaixam.
Um sorriso largo e alegre enche o rosto dele, até os olhos.
E o alívio, o *alívio* nele. Eu não esperava isso.
E eles estavam certos, é claro, estavam certos. Sheila, Kelvin. Até Laura. Sobre... sobre o quê?
Vê-lo assim tão arrasado... ele parece... *perdoado*. E isso não está certo.
— Desculpe, cara — digo.
Ele olha de novo para mim.
— Não seja mole.
E ah, o alívio disso: nele e agora em mim... Posso sentir fisicamente aqui, no meu corpo. Me sinto leve com isso, o peso disso

vai embora. Foi o que me disseram que ia acontecer. Uma leveza, é verdade. Isso é definitivamente uma coisa. Definitivamente uma sensação real.

É você que eu quero agora. É você que quero que me perdoe.

Eu tusso. Meu corpo tosse sem mim. Preciso esperar que passe.

Olho além dele, olho para a janela. Luz dolorosa.

Um alívio esvoaçante: o coração, lá. O seu coração na árvore.

Fecho os olhos.

Muito, muito contente que isso tenha acabado.

Parece tão fácil que é constrangedor. Posso sentir o meu coração pelas minhas costas, através da dor, através dos braços até as pontas dos dedos uma onda avassaladora de amor e de boa vontade.

Indo embora, posso sentir o tempo deslizar à minha volta.

A máquina de café funciona outra vez e para, e Mal, bem perto, continua lá. A sensação de uma mão na minha mão permanece.

E eu não sei se ele está lá e não sei se é você, cruzando as mãos para formar um pássaro. Um pássaro voando. Contra o céu, voando no azul. Se misturando ao vento. Sem indefinição.

O relaxamento, eu posso sentir, subindo pela minha espinha e indo para a base do meu crânio, subindo e dando a volta no osso grosso do meu crânio, indo ao recesso mais profundo da minha testa. Mas nas profundezas da minha testa profundamente franzida sinto resistência. Estou preso no quarto. Ainda estamos no quarto bege, seco, com ar-condicionado.

Sobrecarregado com a onda. Sinto meu rosto se desfazendo, mas não vem nenhuma lágrima. Garganta apertada.

— Ah, cara, você está bem? — diz a voz de Mal, perto.

Abro os olhos e ele está lá. Ainda está lá.

E eu ainda estou aqui. Olho para ele e... há lágrimas?

Ainda não.

— Eu sei, cara — ele diz. — Eu sei.

— Apenas...

— Eu sei.

— Rio Severn.

Silêncio... a não ser pelo infindável ar-condicionado soltando ar.

— Você o quê, camarada? — a voz dele, seca no silêncio.

Arregalo os olhos. Olho para ele. Olho bem para ele. Será que ele se lembra? Será que ele se lembra de tudo que eu lembro?

Seu rosto cinza fica imóvel, áspero e com a barba por fazer, cabelo despenteado de todos os lados.

— Hephzibah? — digo.

Os olhos dele, confusos, clareiam e aguçam. Eu o estou lendo, lendo. Querendo que ele se lembre do que disse para mim.

— Hip, hip, hurra? — digo, insistindo, insistindo para ele se lembrar.

A clareza congela nos olhos dele. Uma lembrança é registrada.

— Ele *tem* de lembrar. Leve-me para Hephzibah num carrinho de mão... duas voltas ao estilo filme de terror... jogue-me no Severn...

— Entendeu? — digo.

— Ah, não, cara. — Ele está olhando para mim, estudando.

— Você disse.

Ainda estudando. Ele está com medo.

— Não me peça, cara.

— Por favor, Mal.

— Não é justo pedir isso para qualquer pessoa.

Não é. Não é justo.

Suspiro profundamente — mais profundamente do que eu posso — e tusso. Me encolho com a tosse que consigo tossir.

O clamor dos meus pensamentos afunda, derrotado, para a parte de trás da minha cabeça. Tudo que eu quero agora, tudo que eu preciso, é estar com você. Fecho os olhos e encosto a cabeça de novo no travesseiro.

Ouço o silêncio.

— Vamos lá, camarada — diz a voz de Mal, renovada com clareza. — Posso lhe dar conforto de qualquer maneira. Esse... é o mesmo cobertor... esse é o cobertor da Mia? — Leve tremor na voz dele. — Não serve para nada dobrado aos seus pés, não é?

Sinto que ele se inclina sobre mim para pegá-lo.

— Pronto, cara. Vamos arrumar você, está bem?

Mudança sutil no ar frio.

— Vamos tirar isso?

Abro os olhos, levanto a cabeça e deixo Mal tirar a máscara de oxigênio do meu rosto. Ele a pendura com todo cuidado no topo do balão ao meu lado. Ar frio e seco no meu nariz e na minha boca e a forma grudenta da máscara persiste.

— Feche os olhos, cara, está bem? — ele sussurra. — Feche os olhos.

Olho para ele, fixo o olhar nos olhos dele. Outra lágrima cai do olho dele quando se inclina sobre mim. Sinto que ela aterrissa no meu rosto.

Ele olha para mim e eu olho para ele. Posso ver no olho dele. Posso ver o que ele está pedindo para mim.

— Feche os olhos.

Agora eu fecho os olhos. Fecho.

A visão do rosto dele, dos galhos retorcidos da árvore à luz do dia, cortados pela janela mais além, tudo permanece e tudo se apaga na minha visão.

Pálpebras luminosas escurecem agora.

A mão dele, agora curva na parte de trás do meu crânio, segurando minha cabeça na palma.

Palma de calma.

Cheiro levemente familiar — Vetiver. Ainda detectável, depois de todos esses anos.

Você.

Lã macia no meu rosto. Alpaca e merino. Tão grossa e pesada, empurrada, empurrada por Mal, apertado, apertado. Suficientemente apertado. Da maneira certa.

Pontos consistentes.

Forte sensação de você.

Seca aquela lágrima.

Minha mão agora reanimada. Ele a segura. Suave, suave. Mão quente embalando a minha, a minha que eu tinha esquecido. A minha muito fria.

— Está melhor, não é?

Mais forte agora, o cheiro.

Empurrando, mas apertado.

Forte sensação de você.

É isso, é isso que eu posso fazer: inalar profundamente.

Respirar fundo.

Dormir lá embaixo, no fundo com você.

Agradecimentos

— Equipe...

Agradeço antes de tudo aos meus dois irmãos que me abrigaram e me aturaram; à minha mãe e ao meu pai, que deram seu tempo e espaço; aos meus colegas de banda, todos foram inspiração; e à família Jolly, de Preston, que me recebeu no Natal uma vez.

Obrigado a você também, Cath, pelo apoio, pelo desestímulo positivo e por ter me dado o título sem querer.

Agradeço aos conselhos que a dra. Alice Myers, David Abdy, Sally Quigg, Ian Abdy, Shonagh Musgrave, Carolyn Willitts, Simon Wheatley, Sara Grainger, Su Portwood, Frith Tiplady, Anna Davis, Chris Walking e o grupo do outono de 2011, da escola de escrita criativa Curtis Brown, me deram.

Tenho uma dívida com Susan Armstrong e Jane Lawson, Anne O'Brien e às equipes talentosas de Conville & Walsh e Transworld, sem as quais esse livro seria pior (e também não seria publicado).

Eu nunca conheci John Murray, autor e benevolente editor da *Panurge New Writing*. Mas agradeço por algumas das suas notas datilografadas de 1994 e por uma conversa pelo telefone em 2003. Bastam algumas poucas palavras para mudar o mundo da gente.

Esse romance foi testado, discutido e ocasionalmente amarrado pela incomparavelmente maravilhosa Christine Jolly. Jols, não há agradecimento que chegue por tudo que você trouxe para esse livro. Mas posso tentar: obrigado vezes *cinquenta*.

Impressão e Acabamento:
LIS GRÁFICA E EDITORA LTDA.